동해는 누구의 바다인가

동해는 누구의 바다인가

1판 1쇄 인쇄 2014. 8. 1.
1판 1쇄 발행 2014. 8. 8.

지은이 서정철·김인환

발행인 김강유
책임 편집 김상영
책임 디자인 안희정
제작 안해룡, 박상현
제작처 미광원색사, 서정바인텍, 금성엘엔에스

발행처 김영사
등록 1979년 5월 17일 (제406-2003-036호)
주소 경기도 파주시 문발로 197(문발동) 우편번호 413-120
전화 마케팅부 031)955-3100, 편집부 031)955-3250
팩스 031)955-3111

값은 뒤표지에 있습니다.
ISBN 978-89-349-6864-1 03810

독자 의견 전화 031)955-3200
홈페이지 www.gimmyoung.com
이메일 bestbook@gimmyoung.com

좋은 독자가 좋은 책을 만듭니다.
김영사는 독자 여러분의 의견에 항상 귀 기울이고 있습니다.

이 도서의 국립중앙도서관 출판시도서목록(CIP)은 서지정보유통지원시스템 홈페이지
(http://seoji.nl.go.kr)와 국가자료공동목록시스템(http://www.nl.go.kr/kolisnet)에서
이용하실 수 있습니다.(CIP제어번호 : CIP2014020214)

The truth of the East Sea and the Sea of Japan

고지도에서 찾은
동해와 일본해의 역사와 진실

동해는 누구의 바다인가

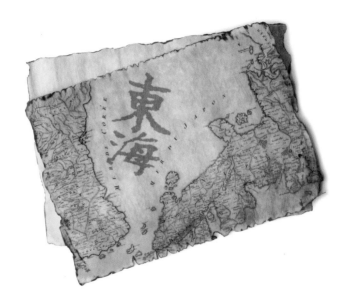

서정철 · 김인환

김영사

일러두기

한국에서는 약 2,000년 전부터 한반도 동쪽 해역을 '동해'라고 부르고 《삼국사기(三國史記)》를 비롯한 사료에 기록하고 있어 그 이름은 한국민의 의식 속에 깊이 각인되어 있다. 그리고 정부는 한국어를 모르는 외국인들의 이해를 돕기 위해 이를 1990년대에 'East Sea'라고 번역하여 홍보하고 있다.

그러나 역사적으로 볼 때 17세기 후반부터 18세기 말경까지 많은 외국 지도에서는 '동해'를 'Sea of Korea', 'Mer de Corée'라고 부르고 고지도에도 그렇게 표기하였다. 현재 국내에서도 동해를 '한국해'라고 해야 한다는 주장이 있다. 그러니 본의 아니게 한반도 동쪽 해역에는 두 개의 이름이 있는 것이다. 두 이름은 역사적 출현과 명명의 동기가 다르나 확실한 것은 모두 한국과 관계되는 이름으로 현재 통용되는 '일본해'보다 역사적으로 오래되었으며 '일본해'와의 병기를 정당화하는 이름이라는 사실이다. 그렇기 때문에 우리는 그 역사적 출현과 배경에 대해 상세히 살펴볼 필요가 있다.

서문1

40년 동해 명칭 탐구에 마침표를 찍다

　약 20년 전 우리나라가 동해 병기 운동을 시작하던 때에는 동해라는 이름이 우리나라 지도에만 표기되었다. 그런데 일본 측 조사에 의하면 오늘날 전 세계 지도의 약 25%가 동해 명칭을 병기하고 있다. 그동안 우리 정부를 비롯해 관련 학회와 학자 들의 집중적인 노력이 이루어낸 결과이다. 물론 우리의 노력은 이 정도에 만족하지 않고 계속되겠지만 소원하는 목표에 도달하기 위해서는 앞으로도 더 힘든 고난의 길을 가야 할 것 같다.

　버지니아에서의 쾌거, 뉴욕 주 의회 법사위가 동해 병기 법안을 통과시킨 소식, 뉴저지·캘리포니아 등지에서의 움직임 등이 매우 고무적이고 낙관적이긴 하지만, 우리는 먼저 현실의 장벽이 얼마나 넘기 힘든 것인지를 알아야 한다. 우선 제1 우방인 미국을 비롯하여 영국, 독일, 프랑스, 러시아, 중국 등까지 동해의 명칭은 국제수로기구(IHO)가 정한 일본해를 공식화하고 있다. 미국의 한 주에서 병기가 결정되고 몇 개 주에서 유사한 움직임이 있다고 해서 우리의 '아래로부터의 혁명'이 어느 날 여러 나라의 관행을 하루아침에 갈아치우게 되리라고 속단하는 것은 너무나 안일한 발상이다. 또한 그것은 막강한 일본 정부의 로비 능력을 과소평가하는 것이다. 단지 버지니아에서의 결정이 하나의 모멘텀을 제공해 방향 전환의 시발점이 되었으면 하고 바랄 뿐이다.

앞으로의 전망이 다소 밝지 못한 편이라고 해도 모든 어려움을 극복하려는 노력을 계속한다면 언젠가는 반드시 동해 병기라는 염원이 이루어질 것이라고 믿는다. 우리에게는 역사적으로나 문화적으로 동해 명칭이 정당하다는 모든 증거가 있고, 일본해는 그러한 정당성을 갖고 있지 못하다. 무엇보다 유엔지명위원회와 국제수로기구의 지명 원칙을 충실히 지키고 있기 때문에, 오늘날의 세계적인 추세에 따라 그러한 사실을 낱낱이 밝혀 진실을 인정하고 잘못된 것을 바로잡도록 기대할 수 있다. 이러한 상황에서, 일본 사극 연출의 권위자 오오소네 다쓰오(Oosone Tatsuo) 감독의 영화 〈오에도의 종(大江戶の鍾)〉은 일본해 명칭의 역사성을 부정하는 중요한 증거를 보여준다. 중견 시나리오 작가 집단과 역사학자들의 철저한 고증을 거쳐 일본 전역에서 상영되고 NHK의 걸작선에도 뽑힌 이 영화는 첫 장면에서 동해의 중앙에 '조선해'라고 표기한다. 1868년 당시 일본에서는 동해에 대한 명칭이 없었고 일본 정부도 공식적으로 '조선해'라고 표기했다는 것을 명확히 보여주는 것이다.

이제 우리는 동해 명칭이 역사적으로 각 나라에서 어떻게 표기되었고 어떤 과정을 지나 일본해로 둔갑하게 되었는지 확실히 알아야 한다. 이에 조그만 도움이라도 되고자 여든을 앞둔 나이에

40여 년에 걸친 동해 명칭 탐구에 마침표를 찍고자 이 책을 내놓는다.

가까운 이웃나라들끼리는 여러 가지 서로 필요하고 도움이 되는 교류를 지속하면서도 갈등과 마찰을 빚는 경우가 많다. 우리나라와 일본 간의 문제도 역사적으로 긍정과 부정의 양면이 있고 독도와 동해 명칭을 둘러싼 문제도 갈등과 마찰의 양상을 보인다.

독도와 동해 명칭의 문제에는 다른 면도 있다. 독도는 과거 신라시대부터 우리나라 영토로 현재 우리가 실효적인 지배를 하고 있고 일본은 한국보다 먼저 그 섬을 시마네 현에 속하는 섬으로 등록을 하였기 때문에 국제법상으로 일본 영토라고 주장하고 있다. 반면 한반도의 동쪽 해역인 동해는 국제적으로 'Sea of Japan'으로 표기되지만 그 명칭은 일제강점기인 1929년에 공인받은 것으로 한국은 그 당시 그것을 논의하는 국제수로국 회의에 참석할 수 없었던 시기였다. 한국은 2,000년 동안 한반도 주민과 중국에서 부르던 동해 명칭 East Sea도 Sea of Japan과 마찬가지로 병기되어야 한다고 주장한다. 그에 일본은 고지도에서 East Sea 혹은 Sea of Korea가 Sea of Japan과 한때 섞여 쓰이기도 했지만 Sea of Japan이 점진적으로 절대 우세한 이름이며 외국인들이 먼저 그렇게 부르고 정한 것을 일본은 따랐을 뿐이라고 주장하고 있다. 또 Sea of Japan은 국제적으로 공인된 이름이기 때문에 그 이름을 바꾸는 것은 선박들의 항해에 혼란을 주고 위험할 수 있다고 주장한다.

우리는 한국인의 시각으로 지도를 연구하기 시작한 것을 숨기거나 부정할 의도는 전혀 없다. 진실을 은폐, 왜곡하면서 한국의 입장을 무조건 두둔할 의도 또한 절대로 없다. 학문에서의 거짓은 밝혀질 수밖에 없을 뿐 아니라 결국 되돌아올 '부메랑 화살'이기 때문이다.

우리가 고지도를 연구하는 목적은 잘못된 인식을 바로잡고 보다 큰 틀에서 화평을 실현하기 위함이다. 그러한 목적을 위해 저서를 세 부분으로 나누었다.

제1부에서는 동해를 바로 알기 위한 사항들과 동해/일본해에 관련된 20여 개 명칭의 지명학적(地名學的) 분석, 국제적인 차원에서 동해의 위상, 그리고 지도 발달의 역사에서 동해 명칭의 변천 등을 살펴보았고, 제2부에서는 각국에서의 동해 표기를 살펴보되 '이중 나선형 방식'을 취했다. '이중 나선형 방식'이란 고지도가 세계적으로 아랍 세계에서 출발한 후 동양 3국의 지도에 이르기까지를 대략 연대순으로 고찰한 후 각국에서의 표기 문제를 보다 세밀한 역사적 출현 관계를 통하여 살펴보는 것이다.

가장 먼저 제2부를 10여 년 전부터 쓰기 시작하고 그것을 마친 후 제1부와 논문으로 구성된 제3부를 쓰기 시작하였는데 제2부 중에서 독일, 네덜란드, 프랑스 부분은 김인환 교수가 집필하였고 책의 나머지 부분은 서정철이 집필하였다. 집필이 끝난 부분은 두 사람이 함께 읽으며 수정, 보완하였다.

고지도 수집을 오래해온 경험이 집필의 기본 뼈대를 이루고 있으나 20여 년 동안 동해연구회 회원으로 연구회 세미나에서 발표된 논문을 참고할 수 없었다면 우리의 책은 매우 빈약했을 것이

다. 특히 이기석 명예회장님과 이상태 부회장님의 도움을 감사하
게 생각한다.

그 밖에도 이 책이 나오기까지 도와주신 박가연 선생과 편집부
에도 감사를 드린다.

2014년 7월

서정철

서문2

고지도 속 동해가 준 선물

우리는 모두 입맛도 다르고 생각도 다르고 좋아하는 취미도 다르다. 나는 고지도를 좋아하고 평생 그것을 수집한 남편을 적극 도왔지만 단순한 취미의 대상은 아니었다. 고지도는 한 장씩 놓고 보면 정확한 지리적 정보가 없던 시절의 장난스런 상상도 같지만 사실 당시 사회가 지니던 모든 지식의 총화로 시대적 발전과 함께 수정 · 보완 · 진화되어 현대 지도에 이른 것이고 나름의 이유로 그려진 시대적 산물이다. 이는 미술품이나 옛날 사진, 옛날 동전 등을 수집하는 것과 근본적으로 다르다. 고지도 수집은 단순한 취미나 가치 상승을 꾀한 투자가 아니라 역사적 정보라는 보물을 끌어내어 그것을 공부하고 다른 사람들과 함께 나누기 위함이다.

Korea, America, China, Japan, Australia 등 많은 나라의 이름이나 Pacific Ocean, Atlantic Ocean, Indian Ocean, 동중국해, 일본해, 동해 등의 해역 명칭도 사서가 명명한 것이 아니고 고지도에서 나온 이름이 정착된 것이다. 개인적으로 고지도를 좋아하고 그것에 큰 의미를 부여한 것은 동해를 'Mer Orientale' 혹은 'Oriental Sea', 'East Sea'라고 표기한 고지도를 발견하면서부터 이지만 고지도들의 표기를 비교·대조·검토하는 과정에서 서로 간의 차이와 공통성을 발견하며 여러 값진 깨달음을 얻었고 깨달음을 더하고 확인하는 것이 커다란 즐거움이자 생활의 활력이었다.

그러한 깨달음은 단순히 그보다 이전의 지도와 비교해 표기가 같은지 다른지를 찾아냄으로써 오는 것이 아니다. 그 지도를 제작한 사람이 어째서 그런 표기를 했을까를 심리적으로 이해함으로써 얻는 '전리품'이라고나 할까. 달리 말하자면 제작자의 심리 속에 잠입하여 저자와의 동일화를 통해 상대방과 정신적인 동일체를 이루고 나서 그로부터 벗어나며 얻는 깨달음이라고나 할까.

고지도 속 동해를 공부하면서 제일 먼저 알게 된 것은 고지도에는 'Mer Orientale', 'Oriental Sea' 혹은 'East Sea'라는 표기보다 'Mer de Corée', 'Sea of Korea'라는 표기가 더 많았고 그 두 가지 이름이 모두 한국 쪽에 관련된 이름이기는 하지만 서로 다른 뿌리에서 나온 두 가지 다른 계열이라는 것이었다. 물론 처음 얼마 동안은 한국계의 두 가지 명칭이 표기된 지도만 보이고 '일본의 북해', '일본해' 등 일본해 계통의 이름들은 오기(誤記)라 여기고 자세히 보고 싶은 마음도 없었지만 생각이 조금씩 달라졌다. 한국계 명칭을 파고들듯이 반대되는 명칭도 이해해보자는 생각이 들어 노력하였고 나름대로는 그 이유를 대강 짐작해보기에 이르렀지만 그 생각이 옳은지의 여부는 판단을 내리기 힘든 일이다.

　　고지도 속의 동해를 공부하고 나서 종합적으로 깨달은 것은 고
지도에는 완전한 '일방적 승리'란 존재하지 않고 두 가지 다른 면
을 동시에 보아야 하며 고지도 연구의 최종적인 목표는 균형의
추구로서, 일방적인 논리를 지양하고 상반되는 주장을 조화롭게
수용하여 화평과 상생을 위해 노력해야 한다는 사실이다.

2014년 7월

김인환

The truth of the East Sea and the Sea of Japan

3 동해 명칭 관련 논문

동해의 이름을 찾아서

1

1

동해라는
보물 창고

우리는 애국가의 첫 구절인 "동해물과 ~"를 행사 때마다 부르고 송창식의 "자 떠나자 동해바다로~"를 피서 때마다 즐겨 부른다. 이러한 동해가 국제적으로 '일본해(Sea of Japan)'라고 표기되고 있음을 아는 국민들은 정부의 외교 무능력을 탓한다. 그러나 그 전에 스스로 동해에 대해 무엇을 아는지 자문해보아야 하지 않을까?

동해라는 어휘에는 세 가지 요소가 포함된다. 우선 명칭으로서의 동해이다. 두 번째로 그것이 지칭하는 바이다. 마지막은 그것의 내용 내지 구조이다. 동해라는 명칭에는 이 세 가지 요소가 모두 포함된다. 동해에 한 번도 가본 적이 없는 사람도 한국인이라면 뇌리에 그 명칭이 들어 있고 그에 대해 이야기를 나눌 수 있다. 그러나 그곳에 직접 가보아야 우리는 그 바다를 보고 그것이 동해라고 가리킬 수 있다. 동해 바다의 크기, 길이, 수심, 수산 및 광물 자원, 그것이 왜 중요한지는 동해를 여러 가지로 연구해봐야 알 수 있다. 한반도 동쪽에 있는 동해는 러시아, 일본, 한국, 북한이 그 연안을 공유하고 있다. 또한 동해 가까이 있는 중국도 1860년까지 사할린 섬과 그 유역을 영유하다가 러시아에게 할양했기 때문에 동해에 무관심할 수 없는 국가이다. 이렇게 보면 동해는 대륙의 세력들과 바다 건너 일본의 세력이 수렴되어 갈등을 빚을 소지가 많은 해역이고 한국은 바로 그 중심에 있다.

우선 박찬홍 한국해양과학기술원 전 동해연구소장의 정리를 통하여 그 구조적인 면과 자원 등에 대해 알아보자.

1) 현황

일본 홋카이도 북부에서 쓰시마 섬 부근까지가 이루는 최장축은 약 1,500km이고 속초 부근에서 바다 건너 일본 니가타까지가 이루는 최단축은 약 1,000km에 달한다. 총면적은 100만km²에 해당하는데 남한 국토의 약 열 배에 이른다. 그 가운데 한국이 관할하는 수역은 약 8만 5,000km²로 동해 총면적의 8.5%에 해당한다. 바다의 평균 수심은 1,684m로 서해의 네 배 이상이고 최대 수심은 4,049m로 서해의 40배에 해당하여 상당히 깊다. 용적은 170만km³로 추정되는데 1인이 사용하는 가정용수가 238*l*라고 가정할 경우 1,000만 명의 인구가 195만 년 동안 사용할 수 있는 용량이다.

해양학적인 특성을 살펴보면 연평균 수온은 영상 8.6~15.9도이고 표층과 심층의 환경적인 특징으로는 리아스식 해안인 서해와 남해와는 달리 모래와 암반 해안이란 점을 들 수 있다. 지난 100년 동안 동해의 표층 수온이 약 2도 정도 상승하였는데 이는 1890년대 중반 이후 매년 0.06도씩 상승한 셈이다. 이것은 전 세계 대양이 상승한 온도의 두 배에 해당한다. 또한 해수면이 최근 9년 동안 6.5mm씩 상승하고 있어 동해안 130여 곳의 해안이 침식되고 있다.

온도 차이가 꽤 있는 해류는 표층 해류와 심층 해류로 나뉜다. 표층은 한류역과 난류역으로 대립되면서 서식하는 해양식물과 수산물의 차이를 보여준다. 반면 심층 해류는 한류와 난류가 통합되고 있다.

2) 자원

동해가 보유하고 있는 다양한 해양자원은 수산자원, 광물자원, 에너지원, 해수자원으로 나눠볼 수 있다. 먼저 동해는 청정 한류와 난류가 교차하는 해역으로 수산물이 풍부하다. 먹물약용으로 돋보이는 오징어, DHA를 함유한 정어리와 고등어, 타우린이 다량으로 들어 있는 굴과 문어,《본초강목(本草綱目)》에서 최고의 정력제 식품으로 소개되며 혈압 치료에도 좋은 새우, 껍데기를 이용하는 대게, 비타민 A를 함유하여 눈에 좋을 뿐만 아니라 피부 강화와 면역력을 증가시켜주는 스태미너 식품인 뱀장어, 칼슘 함유량이 높은 멸치 등이 있다. 광물자원으로 인산염, 천연가스, 메탄가스, 석유 등이 매장되어 있으며 해상풍력을 에너지원으로 쓸 수 있다. 해수자원은 부영양성으로 미네랄을 함유하는 청정 해양 심층수를 개발, 활용할 수 있는 가능성이 크다.[1]

1_ 박찬홍, 〈동해와 독도의 자연과학적 가치〉, 《동해와 한국인의 삶》, 동해연구회 & 한국해양연구원, 2011.

3) 동해의 어제

선사시대부터 오늘날까지 동해는 연안 주민들의 생활 터전이면서 남으로 내려오려는 세력과 북으로 올라가려는 세력이 교류 대립하던 지점이었다. 동해를 이용하여 남쪽으로 확장하려는 고구려와 진흥왕 때 북진하여 우산국을 정벌한 신라, 신라 때부터 동해를 통해 영토를 유린하고 민간인들을 납치한 일본이 대표적이다.

고구려를 이은 발해는 연해주 쪽에서 쉽게 접근할 수 있는 일본과 선린 우호 관계를 맺으며 상호 물자 교류를 이뤄 오늘날까지 많은 자료를 남겼고 고려시대부터는 울릉도를 왜적으로부터 방어하려고 노력하였다. 조선시대에는 독도 부근에서 주민들이 어로 작업을 했음에도 불구하고 거주지로 적합하지 않아 울릉도만큼 강원도의 행정력이 직접적으로 미치지는 않았으나 그럼에도 분명 독도는 울릉도에 속하는 부속 도서이면서 자매 도서였다.

4) 동해의 오늘과 내일

동해는 러시아, 일본, 한국, 북한과 동해 진출의 교두보를 확보한 중국까지 가세하여 교류 협력과 갈등 유발의 가능성을 함께 껴안은 터전이다.

동해에 면한 한 · 일 · 러 · 북한, 중국은 각기 자국의 이익을 위하여 동해를 이용하고 있다. 따라서 어로, 자원 개발, 영토 확보 등에서 이해가 엇갈려 지금까지 크고 작은 갈등을 겪어왔고 앞으로 더 큰 분쟁을 겪을 '화약'을 안고 있다.

각 나라가 동해에 어떻게 대처해왔으며 앞으로 어떻게 할 것인지에 대해 살펴보자.

(1) 일본

동해 연안국들 중에서 해안선이 가장 긴 일본은 전통적으로 동해를 '북해'라고 불렀다. 역사적으로 태평양 연안이 외국 교역의 중심지로 비약적인 발전을 이룬 데 반해 동해 쪽은 몇 개의 도시와 니가타 항구가 있음에도 환경적인 요인 탓에 전통적으로 낙후된 지역에 속했다. 그러나 1988년경 일본이 '환일본해 경제권' 형성을 내세우면서 일본, 남 · 북한, 러시아 연해주, 중국 동북부를 하나로 잇는 권역을 개발할 계획을 세우고 우선 남 · 북한과 중국, 러시아와 교류하고 있던 니가타, 도야마 등을 보다 활성화하기로 한다.

그런데 이러한 교류에서 일본이 노리는 것은 여러 가지이다.

첫째, 현재 동해의 연안국 교역과 방위적 가치가 증가함에 따라 그 역할이 한층 더 중요해지자 일본은 환일본해 경제권을 중심으로 그 주도권을 쥐겠다는 속셈이다. 둘째, 일본은 동해를 '일본해'로 유지하겠다는 계획에도 남달리 신경을 쓰고 있다. 무엇보다 동해 주변의 10여 개 대학에 환일본해연구소를 두고 있으며 그중 규모가 가장 큰 니가타대학은 한 달에 두 번씩 국제 세미나를 개최한다. 그리고 전국 규모의 일본해 연합회도 운영하고 있다. 그런 가운데 니가타 시청에서 한국어를 하는 직원들은 한국인에게 불쾌감을 주지 않기 위한 배려에서인지 한국인과 대화할 때에는 '일본해'라고 하지 않고 반드시 '동해'라고 한다. 요컨대 일본은 동해 연안의 발전을 통해 일본 전체의 발전도 도모하겠다는 생각을 굳히고 기술 면에서나 경제 규모에서 앞선 일본이 '환일본해 경제권'의 교류에서도 앞서 나갈 것임을 굳게 믿고 있다.

(2) 러시아

1991년 '블라디보스토크 연설'을 통해 동해를 포함하는 태평양 연안 국가들과의 교류 협력을 다짐한 러시아는 1992년부터 개방을 실시하여 '환동해 경제권'에 참여하겠다는 결정을 실천하고 있다. 러시아는 구(舊)소련 시대에 핵폐기물을 동해에 몰래 버린 것이 문제가 되자 이를 중지하고, 하산 지구, 중국의 훈춘, 북한의 나진·선봉 등 두만강 하구 지역을 자유무역지구로 선정한 동북아 지역 협력 프로젝트에 동참하였다. 또한 2000년 푸틴 정부는 '강력한 러시아 재건'을 모토로 연해주 프리모르스키 지역을 적극 개척하기로 한다.

시베리아의 가스를 한국, 일본 등 대규모 수요국에 판매하기 위하여 시베리아 가스관을 통과시키기로 하고 시베리아 횡단 철도(TSR)와 한반도 종단 철도(TKR)를 연결시키도록 한다. 장차 일본 열도는 물론 북한의 원정리 도로 공사를 통하여 중국과의 교류도 도모한다는 계획이다.

해군 기지가 있는 블라디보스토크는 초기에는 개방되지 않고 이웃 나홋카만 개방되었으나 블라디보스토크가 많이 알려지고 관광객들이 선호하자 지금은 해상으로 속초와 정기선도 왕래하며 부산과는 항공로가 열려 있다. 개방 이후 한국을 찾는 러시아 관광객들도 늘고 보따리 무역도 성행하여 동대문 구역에는 러시아어 간판을 단 음식점과 점포들도 눈에 많이 띈다.

(3) 중국

중국 역시 역사적으로 사할린과 연해주 일대를 영토로 했으나 러시아와의 전투에서 패한 후 1860년 청의 함풍제(咸豊帝) 시절 그 지역을 러시아에 강제로 할양하였다. 중국은 동해의 재진출에 상당히 공을 들이고 있다. 특히 경제적인 관점에서 경제특구 등을 설치하여 동해에 인접한 지역을 개발·발전시키고 대중화 경제권을 형성하여 최종적으로 중화연방론을 실현한다는 목표를 세우고 있다. 이는 신중화제국주의적 발상을 기반으로 접근하는 것이다. 구체적으로는 두만강 하구를 통해 동해로 진출한다는 것이 동북공정의 테두리에 속하고, 특히 2006년 북한의 나진·선봉을 50년간 공동 관리하기로 조약을 맺어 투자를 계획하면서 그곳에 함대도 주둔시킨다는 것이 중국의 속셈이다. 일부 중국 학자들은 그러한 관점에서 동해에 대해 상세한 연구를 하고 있다.

(4) 북한

경제적인 이유에서 외국 자본의 유치가 필요한 북한은 가장 손쉬운 중국 자본을 끌어들이기 위하여 1991년 나진 · 선봉을 자유무역경제지구로 선포한다. 그리고 1993년 자유경제무역지대법을 제정하여 조심스러우면서도 착실한 토대를 마련하였다. 북한 역시 여러 가지 이유로 환동해권의 협력과 교류가 활성화되기를 바라고 그러한 움직임에 참여할 준비를 갖추고 있는 모습이다.

(5) 한국

고구려 · 신라시대부터 동해를 통한 교류와 팽창을 모색한 한국은 동해 중부의 항구들과 일본 혼슈 중부의 쓰루가, 니가타를 연결하는 동해 경제권 형성을 구상하고 있다. 러시아 블라디보스토크와 선박 항로는 물론 부산을 통한 항공 항로를 열고 있지만 울산과 포항 이외 다른 도시의 개발은 없는 편이다. 그러나 강원도를 중심으로 하는 동해안은 관광지로 선호되기 때문에 그 지역에 관광 시설은 계속해서 증설될 전망이다.

21세기 들어 동해는 인류 역사 이래 가장 큰 전환기를 맞고 있다. 바야흐로 신문명이 대두되고 있다는 관점에서 모든 동해안

연안 국가들은 보다 긍정적인 시각에서 동북아 지중해 모델에 걸
맞은 정치, 경제, 인적 교류의 모델을 구상하고 구축하여야 한다.
역사의 과정에서 교류와 함께 갈등이 필연적으로 제기되겠고 특
히 러 · 일, 한 · 일, 중 · 일 간에 영토 문제를 둘러싼 갈등과 분쟁
이 일어날 수 있겠지만 보다 거시적인 안목에서 머리를 맞대고
함께 고민하고 방법을 모색한다면 어떤 탈출구를 찾아낼 수 있을
것이라고 확신한다.

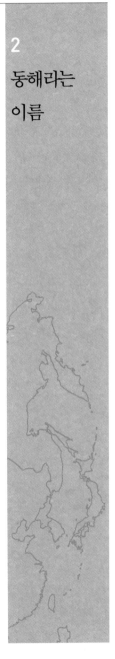

2
동해라는 이름

  개인은 사후 자신의 재산과 유물을 후손에게 상속한다. 또한 사회적으로 공유하고 있던 온갖 자연물, 예컨대 산, 강, 들, 바다, 동물, 식물 등도 다음 세대에 물려준다. 그러나 모든 자연물은 본래의 자리에서 벗어나지 않는다. 우리는 그 이름만을 물려주는 것이기 때문이다. 이처럼 자연은 같은 자리에서 우리의 희로애락, 영욕 그리고 갖가지 변화를 지켜본다. 그리고 우리는 그러한 자연을 주관적인 관점에 따라 다양한 형식으로 기록한다. 따라서 비록 우리가 다음 세대에게 이름만을 남겨준다 할지라도 그 이름들은 우리가 겪은 여러 가지 우여곡절과 역사, 의미를 동시에 품고 있다. 가령 '미아리 고개'는 6 · 25 전쟁의 눈물겨운 비극을

떠올리게 하며 '백두산'은 단군신화와 우리나라의 개국에 얽힌
설화를 생각나게 한다. 또한 애국가의 첫 구절에 나오는 '동해'는
늘 푸르고 깨끗한 이미지와 함께 신라 문무왕이 사후에 신라를
지키는 용이 되겠다고 하면서 대왕암 아래에 수장되었다는 역사
적 사실을 전해준다. 그러니 이름을 물려준다고 하는 것은 그 이
름과 함께 존재가 담고 있는 역사적, 문화적, 정서적 의미를 물려
준다는 뜻이며, 이러한 관점에서 이름은 다양한 의미의 복합체이
다. 그렇기 때문에 만약 어떤 강제적인 조치에 의하여 '백두산'을
'후지산'으로 바꾼다면 백두산이 가지고 있던 성스러운 역사적,
문화적 의미는 소멸될 것이고 우리를 정신적인 혼란에 빠트릴 것
이다. 따라서 우리는 우리의 자연물을 잘 지키고 보존하여야 할
뿐 아니라 이름과 그것이 담고 있는 의미를 다음 세대에 그대로
전수할 의무가 있다. 외국에서 '일본해'로 더 많이 알려진 '동해'
라는 이름을 다시 복원해야만 하는 것도 이러한 이유에서이다.

먼저 동해라는 이름의 역사를 잠시 살펴보자.

알려진 바와 같이 《삼국사기(三國史記)》의 기록을 살펴보면, 우
리는 적어도 2,000여 년 전부터 동해라는 이름을 사용했다. 또한
중국 학자들도 2,000여 년 전 최소한 여진족이 살던 시절부터 동
해라는 이름이 존재하였음을 주장한다. 그러니 우리는 동해라는
이름을 일본에게 도둑맞은 것이나 다름없으며 따라서 반드시 그
이름을 되찾아야 할 것이다.

먼저 잃어버린 이름을 되찾기 위해서는 동해라는 이름이 무엇
인지 알아볼 필요가 있다.

소크라테스의 제자 크라틸러스(Cratylus)와 헤르모게네스 (Hermognes)의 논쟁을 기록하고 있는 플라톤의 《크라틸러스》편에 따르면, 그리스에서는 언어에 대해 두 가지 학설이 대립하고 있었다. 전자는 언어, 즉 이름이란 그 존재의 특성에 따라 자연적으로 지어지는 것이라고 하여 자연설(Naturalism)이라고 불렸다. 반면 후자는 사람들의 합의하에 이름이 정해진다고 하여 협약설 (Conventionalism)이라고 불렸다. 이에 대해 소크라테스는 처음에는 자연설에 동조하는 듯하다가 나중에는 협약설 쪽으로 기울었다고 한다. 알기 쉬운 예를 하나 들어보자. 야만인들은 말할 때 '브레브레(brebre)' 하고 발음하기 때문에 야만인을 '바르바르 (barbare)'라고 하게 되었다는 것이 자연설주의자(Naturalist)들의 주장이다. 반면 '콩도 팥이라고 하면 팥이 된다'고 하는 사람들은 협약설주의자(Conventionalist)들이다. 사실 자연설이나 협약설은 각기 나름대로 일리가 있다. 설악산의 '흔들바위'는 누구나 흔들면 흔들리니 자연스럽게 '흔들바위'라고 불리게 되었을 것이다.

이와 같이 자연설이나 협약설은 이름의 진실을 일부 반영하지만 모든 진실을 표현하는 것은 아니고 또 그 두 가지 이론이 반드시 상치되기만 하는 것도 아니다. 다시 말해 어느 개인이 대상의 자연적인 특성을 감안하여 이름을 작명하였어도 다른 사람들이 그 이름보다 더 바람직한 이름을 찾아내어 부른다면 자연설은 성립되지 않을 것이다. 반대로 자연적인 특성을 고려하여 지은 이름에 다른 사람들이 합의한다면 자연설과 협약설은 모두 성립할 것이다. 따라서 이 두 가지 이론은 상호 보완적인 관계에 놓여 있으며 이 둘 사이에 유연성(有緣性, motivation)이 존재한다. 예컨대 중국을 'China'라고 하는 것은 진나라의 'Chin'에 여성명사 어미 'a'를 첨가하여 'China'가 된 것이다. 미국의 'America'도 'Amerigo Vespucci'의 이름에서 유래하는데 거기에 여성명사의 어미 'a'가 첨가된 것이며, 태평양 'Pacific Ocean'은 '평온한 바다'에서 유래한 것이고, 인도양 'Indian Ocean'은 인도가 그 지역에서 원래 큰 나라이기 때문에 대양에 국명을 붙인 이름으로 자연적인 면과 사람들의 공감을 얻어 지어진 것이다.

그렇게 볼 때, '동해'와 '일본해'는 어떠할까?

동해는 한반도의 동쪽에 있으면서 아시아의 동쪽에 있는 바다이기 때문에 한국인들과 만주의 주민들이 오랫동안 불러온 이름으로 자연적인 면과 협약적인 면을 갖고 있다. 하지만 '일본해'란 이름은 19세기부터 부르기 시작했고 한국이 일본의 식민지 시절에 국제수로국에 일본이 등록하여 국제적인 공인을 얻은 이름이다. 일본은 그 해안을 공유하는 나라 중 하나일 뿐이기 때문에 일본의 국명만이 들어간 '일본해'란 이름은 자연적이지도 않고 역사성도 결여되었다는 판단이다.

그러면 사전에서는 이름을 어떻게 정의하는지 살펴보자.

먼저 국어사전은 "이름이란 서로 다른 것과 구별하기 위하여 사물 현상에 붙여서 부르는 일컬음"이고 "명칭은 그 동의어"라고 정의한다. 그러니 국어사전에 따르면 사물과 사물을 구분하는 것이 이름의 기능이라는 것인데, 이 세상 만물에 모두 다른 이름이 붙어 있는 것도 아니고 같은 이름이지만 다른 사물이나 존재를 동시에 지칭하는 것도 있으니 구분만이 그 기능이라면 차라리 숫자로 표시하는 것이 낫지 않을까? 그리고 이름이 가진 고유한 성격, 즉 존재나 사물을 대표하고 대신하며 대리하는 기능은 언급되지 않았다.

프랑스의 대표적인 사전, 《라루스(Larousse)》는 "어휘(mot)로 사람이나 동물 아니면 사물을 지시하는 역할을 수행하는 것"이 이름이라고 풀이하면서, 어휘의 지칭하는 기능만을 언급하고 이름이 거대한 현상을 부분 부분으로 구분하는 기능이나 그것이 존재나 사물의 정체성을 담고 있으면서 그것을 대표하고 대리, 대신하는 기능에 대해서는 아무런 언급이 없다.

한자의 '명(名)'은 "자기를 모르는 사람에게 자기 존재를 가리키는 일컬음"이라고 풀이한다. 그렇다면 자기 존재를 아는 상대들과 함께하는 경우에는 이름이 없어도 무방하다는 말이 되고 정체성과 관계되는 이름의 다른 성격이나 기능은 지적하지 않고 있다.

언어학적인 관점을 살펴보자.

언어학에서 이름은 "연속체를 불연속체로 환원하면서 생긴다"고 설명하는데, 달리 말하면 산맥이라고 하면 그것은 하나의 연속체인데 그 내부에 설악산, 오대산 등으로 구분하는 것은 그 연속체를 불연속체로 환원하는 것이다. 그리고 그 안에서도 울산바위, ○○고개 등으로 나눠 또다시 불연속체를 구분할 수 있고 수많은 사람 중에서 이○○, 김○○, 박○○ 등의 이름은 각 개인을 군중으로부터 분리시켜 그에게 정체성을 부여하고 실제의 존재를 대신한다.

기호학에서는 동해를 비롯한 모든 이름이 세 가지 요소로 구성
된다. 첫째, '동해'라는 표현, 그것을 기표(記表, Signifiant, SA)라고
한다. 둘째, 그 기표가 품고 있는 내용을 기의(記意, Signifié, SE)라
고 한다. 셋째, 그것들이 지칭하는 대상(Réferent, RE)을 합하여 이
름이 된다.

그렇기 때문에 이름은 이 세상 만물을 구분하고 지칭하는 기능
뿐만 아니라 그것이 가진 기표는 우리의 두뇌 속에서 심리적 변
화를 유발한다. 좋아하는 사람이나 사물의 이름을 들으면 기분이
좋아지는 것은 그 기표가 마음속에서 대상을 연상시켜 현존하게
하기 때문이다. 기표의 현존은 대상을 대리하고 대신하면서 대상
을 대표하는 기능을 한다. 투표를 할 때 우리는 이름 밑에 기표를
한다. 그의 이름은 영상을 통하여 대상의 특성을 재구성하게 하
고 그를 대표하기 때문이다. '동해'라는 이름은 동해에 대해 우리
가 가진 기억을 되살리면서 그 푸른 바다를 떠올리게 하고 애국
가의 첫 구절에 나오는 동해는 신성하고 성스러운 바다라는 생각
을 하게 한다. 영어나 프랑스어의 'represent/représenter'라는 동
사는 이름의 이러한 기능을 의미한다.

그러나 이것은 이름이 수행하는 정신 작용을 중심으로 말한 것
이지만 자연물의 경우 그것을 주체적 존재로 생각하면 다른 면도
있다. 자연물은 그것이 존재하던 시대에 벌어진 여러 역사적 우
여곡절을 목격한 증인이다. 비록 아무 말 없이 언제나 제자리를
지키고 있으나 우리는 자연물들이 목격하고 겪은 일들을 모두 기
록으로 남겨 다음 세대에 고스란히 물려준다. 그리하여 미래의

세대들은 자연물을 보거나 이름을 들으면 그 자연물이 겪었던 역사를 상상 속에서 그려본다. '낙동강'은 6 · 25 전쟁 당시 영남을 방어하기 위하여 치러진 처절한 전투를 떠올리고 그 참상을 실감케 한다. '백두산'이라는 이름은 다음 세대에게도 우리와 마찬가지로 민족의 영산으로서 개국 신화와 설화를 상기시키게 될 것이다. 자연물은 세월의 풍상과 함께 자연적으로 다음 세대에 상속될 것이지만 실제로 인계되는 것은 그 이름이고 이름은 자연물이 담고 있는 역사적, 문화적, 정서적 의미를 회상하게 한다. 그렇기 때문에 이름을 잃는다는 것은 비록 자연물은 그 자리에 있어도 이름이 가지고 있던 존재의 이유와 의미를 모두 잃는 것이다. 우리는 과거 일제강점기 시대에 일본식 개명에 의해 그런 아픔을 당했고 동해 명칭은 대외적으로 일본해가 됨으로써 그 이름이 전통적으로 지니던 기능과 의미를 더 이상 다음 세대에 전할 수 없게 된 것이다.

그러면 동해라는 이름은 어떻게 우리에게 전해졌을까. 역사 이래로 우리나라의 중요한 사건을 기록한 《삼국사기》는 고구려 시조 동명성왕의 꿈과 관련된 사실을 기록하면서 동해를 언급하고 있고 그것은 B.C. 59년에 해당한다. 그러나 그 이전부터 동해라는 이름이 사용되었을 것이기 때문에 2,000년 훨씬 이전부터 동해의 이름이 존재하였다는 것이 확실하고 중국 측의 《후한서(後漢書)》, 《산해경(山海經)》 같은 고전에도 여진족들이 만주 남쪽의 바다를 동해라고 부른다고 되어 있는데 그 역시 약 2,000여 년 전의 일이다. 《고려사(高麗史)》, 《조선왕조실록(朝鮮王朝實錄)》에서도 동해와 관련된 여러 가지 이변들을 기록하고 있다. 불행하게도 여러 차례 외침을 겪으면서 많은 사료들, 특히 지도 자료들이 소실, 방화되어 현재 동해라는 표기가 있는 지도로는 1530년에 지어진 《신증동국여지승람(新增東國輿地勝覽)》에 포함된 〈팔도총도(八道總圖)〉가 있고 그 후의 지도에도 동해 표기가 남아 있어 동해는 우리나라가 겪은 여러 가지 환란과 영욕을 오랫동안 지켜본 바다로 우리 민중의 삶과 함께하였다.

   유럽을 비롯한 외국에서의 지명 표기는 다른 양상을 띤다. 우선 역사서에서 지명―주로 육지 지명―은 중요한 역사적 이벤트가 있는 경우를 제외하고는 기록되는 경우가 없고 주로 지명은 고지도에 표기된다. 그런데 강이나 산, 산맥, 평야 등은 현지의 지명이 거의 그대로 표기되는 것이 일반적이지만 바다의 경우에는 지도를 제작하는 제작자나 지리-지도학자들이 가진 정보나 자료를 바탕으로 때로는 본인들이 생각하는 합리적인 명칭을 문제의 해역에 부여한다. 그리고 그것이 세월이 지나고 현대에 가까워오면서 국제수로기구(IHO) 같은 기관이 없던 시절 해역의 고유 명칭으로 뿌리내리는 경우가 많다. Korea, China, Japan, America 등도 그런 경로를 거쳐 국명으로 굳어졌지만 Pacific Ocean, Atlantic Ocean, Indian Ocean, Bering Strait, Magellan Strait 등도 그런 과정으로, 물론 몇 차례의 변경을 거치면서 오늘날의 명칭으로 남아 있는 것이다. 그렇기 때문에 해역 명칭을 연구하기 위해서는 그 명칭이 과거 고지도에 어떻게 표기되었나를 알아야 하고, 그런 이유에서 지명 연구를 하려면 고지도를 연구해야 하는 것이다.

고지도와 지명의 관계를 살펴보면 고지도에서 멀리 떨어진 해역을 명명하는 데에는 몇 가지 원칙이 있다.

가장 일반적인 원칙은 첫째, 대상 해역의 위치가 유럽에서 볼 때 어느 방향에 있는가를 고려해 방위적인 면에서 명명한다. 오랫동안 태평양을 '남해(South Sea, Mer du Sud)'라고 표기하였는데 그것은 유럽에서 남쪽으로 오래 항해한 끝에 도달하는 바다이기 때문에 그렇게 명명한 것이고 17세기 초까지 동해와 일본 남쪽 바다를 합하여 '동대양(Oceanus Orientalis)' 혹은 '동해(Mare Orientalis)'라고 한 것은 동해가 유럽의 동쪽에 있기 때문이다. 17세기 초 일부 지도에서는 동해를 '서대양(Oceanus Occidentalis)'이라고 표기하였는데 그것은 아메리카 대륙 발견 이후 서쪽으로 항해해야 하는 바다라고 해서 그렇게 표기한 것이다. 둘째 원칙은 인근 국가 중에서 중요한 국가의 이름을 따라서 명명하는 것이다. '인도양', '페르시아 만', '아라비아 해' 등도 그렇지만 한국이 아직 지도에 나타나지 않던 시절 일부 지도에서 서해와 동해를 합쳐 '중국해(Mare Cin)'라고 하였고 때로는 일본 남쪽 바다를 '중국해(Mare Cin)'라고 하다가 '일본해(Mer du Japon)'라고 표기하였다. 18세기 프랑스와 영국 등의 지도에서 동해를 '한국해'라고 표기한 것 역시 지형상으로 보아 '한국해'라고 부르는 것이 가장 합리적이라고 판단하였기 때문이다. 셋째, 해당 해역을 처음으로 발견하였거나 항해한 사람의 이름을 따르는 것이다. '마젤란 해협', '베링 해', '베링 해협' 등이 그러한 예이다. 넷째, 바다의 특성을 이용한 경우도 있다. 예컨대 '흑해(Black Sea)', '홍해(Red Sea)' 등이 있고 그 밖에 다른 원칙도 있다.

지리적 명칭을 포함하여 이름을 연구하는 학문 분야가 있는데 해역의 명칭에 대한 연구는 두 단계로 나뉜다. 우선 1단계를 '명사론(Onomasiology)'이라 하고 2단계를 '고유명사론(Onomastic)'이라 한다.

거의 모든 명칭은 보통명사로부터 출발한다. 명사론적 층위를 구성하는 명사는 어원적인 의미를 바탕으로 한다. '북해'는 보통명사로 '북쪽에 있는 바다'이기 때문에 그렇게 명명된 것이다. 그러나 고유명사 층위로 옮겨가 고유명사 지명이 되면 명사론적 층위의 어원적 의미에서 벗어나 단순히 고유명사로서 기능한다. 그렇기 때문에 북해는 명사론적 층위에서 영국의 '북쪽에 있는 바다'라고 하여 '북해'라고 하였으나 고유명사론적 층위에서는 '북쪽에 있는'이라는 어원적 의미는 사라지고 단순히 스코틀랜드 부근의 바다 이름으로 노르웨이, 아이슬란드, 그린란드 등 보다 북쪽에 있는 나라나 덴마크, 리투아니아, 라트비아 등 동쪽에 있는 나라에서도, 세계의 다른 지역 어디에서도 북해는 '북해'이다. 같은 이유에서 동해도 명사론적 층위에서 고유명사론적 층위로 바뀌면 '동쪽에 있는'이라는 어원적 뜻은 사라지고 단순한 하나의 고유명사가 된다.

그러나 이러한 원리는 명사 앞에 어떤 존재의 명칭이 있으면 그 명칭의 언어적 가치는 고유명사 층위에서도 변함이 없다. 예컨대 '베링 해'는 고유명사의 층위에서도 '베링과 특수한 관련이 있는 바다'이고 '인도양' 역시 인도와 유관한 바다이다. 그렇기 때문에 일본해 역시 고유명사로서 그것이 일본의 소유물이거나 일본과 특별한 인연이 있어야 하는데 그 바다는 한국, 북한, 러시아 등과 일본이 해안선을 공유하고 있으며 그 이름의 역사가 100여 년밖에 안 된다. 그렇기 때문에 일본의 국명만 그 바다 이름에 붙이는 것은 부당하고 2,000여 년의 역사가 있는 동해 명칭과의 병기를 요구하는 것이다. 특별간행물(SP-23) 《해양과 바다의 경계(Limits of Oceans and Seas)》를 발간한 국제수로기구가 다른 바다의 명칭은 바로잡아 교정하면서 정당한 이유 없이 동해의 병기를 절차상의 이유로 회피하고 있는 것은 이해할 수 없다.

3

동해/일본해 관련 모든 명칭의 배경과 그 지명학적 지위

한국과 일본은 동해의 명칭 문제를 놓고 약 20여 년간 분쟁을 벌이고 있다. 독도의 경우와 달리 동해 명칭 문제에서는 일본이 일본해 단독 표기를 고수하려는 반면 한국은 이를 깨고자 하는 것이다. 그동안 국제적으로 두 명칭을 병기하는 언론 기관이 늘어나기는 했으나 아직은 일본과의 합의 없이 주요 국가들의 입장을 바꾸기는 어려운 상황이다. 유엔지명표준화회의(UNCSGN)는 당사자 간의 합의가 불가능할 경우 병기를 권하고 있고 또 외래명(exonym)보다 토착명(endonym)을 우선으로 하도록 결의하였으나 국제수로기구의 권고에도 불구하고 일본은 지금까지 타협을 거부하고 있다. 그러나 동해/일본해의 명칭이 문제가 되기 때

문에 두 나라는 모두 동해/일본해에 관련된 명칭들과 함께 그 역
사적 배경과 지명학적 지위(toponymic status) 등을 검토해야 한다.

　러시아 학자에 의하면 카스피 해에는 약 400여 개의 명칭이 있
다고 한다. 역사적으로 볼 때, 동해 역시 12개의 명칭과 그에 따
른 별칭 9개가 존재하며 이는 다음과 같이 네 개의 그룹으로 분
류해볼 수 있다.

그룹	명칭	
Ⅰ 그룹	1. 동대양 Ⅰ (Oriental Ocean Ⅰ)	(i) 동대양(Ocean Eoum) (ii) 인도 너머의 동대양 　(Oceanus Orientalis Indicus)
	2. 동대양 Ⅱ (Oriental Ocean Ⅱ)	
	3. 동해(Oriental Sea)	(i) 동해(Eoum Mare) (ii) 작은 동해(Mare Oriental Minus) (iii) 작은 동해(Kleine Orientalische Meer)
	4. 동해(Tonghae)	(i) 소동해
	5. 동해(East sea)	(i) 동부해(Eastern Sea)
Ⅱ 그룹	6. 한국해(Sea of Korea)	(i) 한국만(Gulf of Korea)
	7. 조선해(Josen Kai)	
Ⅲ 그룹	8. 일본해(Ribon Hai)	(i) 중국대양(Oceanus Chinensis)/ 중국해(Mare della China)
	9. 일본해(Sea of Japan/ Japan Sea)	
	10. 일본해(Nihon Kai)	
Ⅳ 그룹	11. 북해(Septentrional Sea/Boreal Sea)	
	12. 북해(Hok Kai)	

1) 동대양 Ⅰ(Oriental Ocean Ⅰ)

1502년 이탈리아 칸티노(Alberto Cantino)가 동남아 해역과 동해에 붙인 이 이름은 이탈리아, 네덜란드, 프랑스 등에서 사용되었다. 별칭으로 쓰인 'Ocean Eoum' 혹은 'Ocean Eous'는 색다른 뉘앙스를 주고자 그리스어로 표기된 것일 뿐 동대양과 같은 뜻이다. 독일의 베하임(Martin Behaim)과 프리즈(Laurent Friese) 등은 두 바다가 인도 너머에 있다고 해서 'Oceanus Orientalis Indicus'라고 하였다.

2) 동대양 Ⅱ(Oriental Ocean Ⅱ)

동대양 Ⅱ는 동대양 Ⅰ과 같은 명칭이나 그 내용과 지칭 대상이 다르다. 한마디로 동해만을 한정하는 명칭이다. 유명한 지도 제작자 상송(Nicolas Sanson)과 같은 고향 출신으로 협력 관계에 있던 예수회 브리에(Pierre Briet) 신부는 북경에 다녀온 동료들과의 교류를 통하여 만주인들이 만주 남쪽 해역을 '동해'라 부른다는 것을 알게 되어 1655년 일본 지도를 만들면서 그것을 '동대양(Oriental Ocean)'이라고 번역하였다. 오늘날에는 Ocean이 큰 대양이고 보다 작은 바다를 Sea(프랑스어로 Mer)라고 하나 당시에는 두 용어 사이에 차이가 없어 자유로이 선택할 수 있었다. 1660년대에 상송은 두 권의 지도첩을 내면서 브리에의 감수를 받았는데 그 후 그와 그의 후계자들은 이 명칭을 동해에만 한정하여 적용

하였다. 동대양 Ⅱ가 토착명의 역어이기 때문에 토착명으로 간주
할 수 있지 않으냐는 문제가 제기될 수 있으나 그것은 프랑스어
를 사용하는 사람들을 위해 프랑스에서 만들어졌기 때문에 틀림
없는 외래어이다. 브리에 이후 만느송 말레(Alain Manesson Malet)
와 타베르니에(Jean Baptiste Tavernier)도 그 명칭을 사용하였다.

3) 동해(Oriental Sea)

이탈리아의 보르도네(Benedetto Bordone)는 1528년 〈구형세계지
도(Isolario)〉에서 한국의 바로 밑 남해안 쪽과 태평양 일부를 포함
하는 해역에 '동해(Mare Orientale)'라고 표기하였으나 동해는 직
접 포함하지 않았다.

그러나 17세기 후반에 동해가 토착명인 것이 프랑스에 알려지
기 시작하면서 기욤 드릴(Guillaume Delisle)이 처음으로 '동해(Mer
Orientale)'라고 번역하여 사용하였다. 왕실 수석 지리학자로 다양
한 정보를 접할 수 있었고 선교사들과도 교류했던 그는 동해가
토착명인 줄 알게 되자 줄곧 그 명칭에 집착하였고 1698년 저서
《아시아(L'Asie)》에서부터 그렇게 표기하기 시작하였다. 그러나
일반의 인식이 동해를 '한국해(Mer de Corée)'라고 하는 데 기울자
그는 1705년 《인도와 중국 지도(Carte des Indes et de la Chine)》에
서 '한국해(Mer de Corée)'와 '동해(Mer Orientale)'는 같은 바다에
대한 명칭이라고 밝힌다.

기욤 드릴에게 힘이 된 것은 드 페르(Nicolas de Fer)이다. 평생

700여 종의 지도를 발간한 그는 대규모 지도상이었고 대단한 정보
통이었다. 드 페르는 아마도 선교사들 쪽에서 동해가 토착명임을
알게 된 듯한데, 1703년의 동아시아 지도 상단에 "이 바다는 유럽
인들에게 거의 알려지지 않았다. 만주인들은 그 바다를 동해라고
부른다(Mer peu ou point connue des Européens. Les Tartares l'appelle
〔sic〕Orientale)"는 매우 이례적인 설명을 붙였다. 여기서 '동해
(Oriental Sea)'는 동대양과 같은 이유에서 토착명이 될 수 없다.

별칭인 '동해(Eoum Mare)'는 그리스어 동(東)에 바다를 합한 것
으로 1690년대 토마(Antoine Thomas) 신부가 강희제(康熙帝)를 수
행하여 만주에 가서 강희제가 만주 남쪽 바다를 '동해'라고 하는
것을 그렇게 옮겼다. 독일의 호만(Johann Homann)은 1707년 아시
아 지도에서 동해를 '작은 바다'라는 의미로 'Mare Orientale
Minus'라고 하였고 호만의 문하생이었던 하시우스(Hasius)도 그
명칭을 사용하였다. 그러나 귀세펠트(Franz Ludwig Güssefeld)는
1786년 〈러시아왕국(Russische Reigh)〉 지도에서 지소사(指小辭)를
이용하여 동해를 '작은 동해(Kleine Orientalische Meer)'라고 표기하
였다.

4) 동해(Tonghae)

동해라는 명칭이 《삼국사기》의 고구려 시조 동명성왕에 대한
언급에 나오고 그것이 B.C. 59년에 해당된다는 것은 널리 알려진
사실이다. 《삼국사기》에는 도합 15번, 《삼국유사》에는 도합 14번

동해가 언급된다고 한다. 그러니 동해 명칭은 한민족의 역사와 함께하는 명칭이다. 동해에 대한 가장 큰 오해는 그 명칭이 방향을 기초로 하기 때문에 너무 흔하고 일반적이어서 고유 명칭으로 적합하지 않다는 것이다. 일본 측이 동해를 희화적 노리갯감으로 묘사하는 이유도 여기에 있다.

　물론 동서양을 막론하고 방향을 위주로 해역의 명칭을 정하는 경우가 많다. 어원적으로 동해도 한반도의 동쪽에 있는 해역을 의미한다. 그런데 지리적 명칭은 언어학적으로 두 단계를 거쳐 형성된다.

1단계: 명사론적 층위(onomasiologic level)
명사의 어원적 의미가 중요한 요소가 된다.

2단계: 고유명사론적 층위(onomastic level)
어원적 의미는 사라지고 고유명사는 지칭 대상을 대신하는 기능을 수행할 뿐이다. 동해는 동해라는 단순한 고유 명칭이 되면서 동쪽의 아메리카에서나 남쪽의 호주에서나, 북쪽의 러시아에서나 서쪽의 유럽에서나 변함없이 동해로 불린다. 단 고유 명칭에 개인, 단체, 국가 등의 존재가 들어갈 때는 다른 문제가 생긴다.

　동해 명칭은 일본에서도 알려져 있었다. 조선시대 때 일본에 대장경을 보내자 일본 측 답신에서 감사의 뜻을 동해와 연관시킨 것을 보면 이러한 사실을 확인할 수 있다.

역사 문헌에 의하면 동해 명칭은 오래전부터 중국에도 알려졌음이 확인되고 있다. 일반적으로는 수당 이후에 동해의 고유 명칭이 존재하였다고 알려져 있으며 여진족이 중심이 된 청나라가 세워진 후 19세기 말경까지 동해 명칭이 쓰였다고 알려져 있다. 그러나 우송디(Wu Songdi), 구렌허(Gu Renhe), 리우씬준(Liw Xin Jun) 등의 학자는 《후한서》와 《산해경》에서 동해 명칭이 동이족과 관련하여 쓰였고 쳉룽(Cheng Long)은 여진족이 존재하기 시작한 이래로 동해 명칭의 사용에 중단이 없었다고 단언하고 있다.

따라서 한반도의 기록으로 보나 중국 쪽의 증언으로 보나 동해는 완벽한 토착명이고 이는 일본의 학자들도 인정하고 있다.

동해의 별칭인 소동해는 마테오 리치(Matteo Ricci)의 지도를 수정, 보완하기 위하여 예수회 후배 알레니(Giulio Aleni) 신부가 1623년 동아시아 지도를 만들면서 동해에 표기한 명칭이다. 알레니는 동해가 토착명인 것을 분명하게 알았다고 추정되는데 그렇다면 왜 지소사 '소'를 붙였을까.

물론 동해가 비교적 작은 바다이기 때문이라고 생각되지만 중국 학자들의 설명에 의하면 중국인들이 관심을 가졌던 해역은 주로 동해의 북쪽으로 청 함풍제 때까지 중국 영토였으나 사할린을 포함한 그 지역을 러시아에게 할양하고 나자 그 부근의 해역을 수당 이래 일부에서 '소해'라고 하였고 남쪽은 '대해'라고 하였다는 것이다. 따라서 소동해는 소해＋동해를 합한 명칭이라고 할 수 있다.

5) 동해(East Sea)

명사론적 층위에서 East Sea는 East와 Sea가 결합하여 한반도의 동부 해역을 지칭하는 영어 명칭이다. 명칭이 영어이고 영어가 한국의 국어나 공용어가 아니기 때문에 그것이 외래명이라고 생각하는 지명 전문가들이 많은 것 같다.

가령 외국에서 외국인이 동해를 'East Sea'라고 했다면 그것은 확실히 외래명일 것이다. 그러나 East Sea는 한국 정부가 외국인들의 이해를 돕기 위하여 한국에서 만든 이름이다. 또 한 가지 고려해야 할 점은 한국에서의 영어 위상이다. 과거에는 중학교에서부터 영어를 제1외국어로 가르쳤으나 현재는 초등학교 저학년에서부터 원어민이 가르치기도 하고 심지어 대도시에는 영어로만 교육하는 유치원도 있다. 이런 정황이 고유 명칭 East Sea의 판정에 고려되어야 한다.

만약 교육받은 원주민만 영어로 소통할 수 있는 원주민 집단이 자기들 언어로 된 어떤 지명을 영어 사용자들을 위하여 영어로 고쳤다면 그것이 외래명일까, 토착명일까. 우리는 토착명/외래명의 기본적인 기준이 외국인들의 편의를 위해 밖에서 만들어진 것인지 외국인들의 손쉬운 이해를 위해 안에서 만들어진 것인지를 구분하는 데 있다고 생각한다.

별칭 '동부해(Eastern Sea)'는 18세기에 활발한 제작 활동을 한 시넥스(John Senex)가 1721년 지도 〈아시아(Asie)〉에서 동해를 '동부해(Eastern Sea)'라고 표기하여 생긴 명칭이다. 그가 현지의 토착

명을 알고 그것을 영어로 옮겼을 가능성은 거의 없다. 그 당시 프
랑스의 지도가 영국 지도에 끼친 영향으로 보아 아마도 시넥스가
기욤 드릴이나 드 페르의 지도를 참고하였던 것으로 보인다. 시
넥스는 그 후 동해를 'Eastern Sea', 'Korea Sea' 또는 'Oriental
Sea' 등으로 표기한다.

6) 한국해(Sea of Korea)

동해를 '한국해(Sea of Korea)'라고 처음으로 표기한 사람은 고
디뉴 데 에레디아(Manuel Godinho de Erédia)로, 그가 1615년 마카
오에서 발간한 동아시아 지도에서 한국해라는 명칭이 사용된다.
마카오에서 발간되어서인지 그의 지도가 고국인 포르투갈에서 큰
호응을 받은 것 같지는 않다. 그 후 한국 국가명을 이용하여 동해
에 표기한 사람은 네덜란드 개신교 목사 출신의 몬타누스(Arnoldus
Montanus)였다. 그는 1669년 일본 관계 저서의 부록 지도에서 동
해를 'Sea of Korea'라고 표기하였는데 그의 저서는 유럽에서 대
단한 인기를 얻어 여러 언어로 번역되었고 18세기를 한국해의 황
금기로 만든 초석을 놓았다고 평가된다. 그의 뒤를 이어 타베르
니에, 상봉-(Chambon), 벨랭(Jacques-Nicolas Bellin) 등도 동해에 '한
국해(Mer de Corée)'를 표기한다. 그런데 몬타누스의 저서나 타베
르니에의 저서 등은 모두 일본 관계 저서이다. 확실한 것은 그들
저자들이 한국과는 아무런 관계도 없었을 뿐 아니라 한국에 대해
서 아무것도 아는 것이 없었다는 것이다. 그럼에도 한국해라는

표기가 가능했던 이유는 첫째 지리적 형태 때문일 것이다. 17세기 후반부터 지도로 본 한국은 북에서 남으로 곧게 뻗은 반도 국가이고 일본은 동북에서 서남으로 비스듬히 몇 개의 섬이 누워 있는 형국이라 두 나라의 지리적 형태만 보고서 동해 바다에 국가명을 넣는다면 합리적인 유럽인들은 한국 쪽으로 기울어질 것이기 때문이다.

　다른 한 가지 이유는 그들의 언어 습관과 관련지을 수 있다. 그들은 글씨를 쓰거나 읽을 때 당시의 동양인들과는 반대로 왼쪽에서 오른쪽으로 나아가는데 문장의 중요한 요소들, 예컨대 동사, 목적어, 보어 등은 오른쪽에 나오지만 그것들의 성과 수는 왼쪽 주어의 지배를 받는다. 그러니 한반도의 오른쪽에 있는 동해의 명칭은 왼쪽에 있는 한국을 따르게 된다.

　그러나 한국해가 가장 좋은 이름은 아니다. 한국은 일본·러시아·북한과 동해를 공유하고 있고 중국도 동해에서 가까운 나라인데 한국의 국가명만 들어가야 한다고 주장한다면 그것은 지나치게 이기적인 발상이기 때문이다.

　별칭 '한국만(Gulf of Korea)'은 영국의 키친(Thomas Kitchin)이 1772년 〈당빌의 견해에 따른 아시아(Asia according to the Sieur d'Anville)〉에서 동해 명칭을 '한국만'이라고 한 데서 비롯된다. 그 후 힌턴(J. Hinton), 세이어(Robert Sayer)가 그 표기를 사용하였고 다른 지도에도 그 표기가 나온다. 여기서 만(Gulf)은 독일어의 Minus나 Kleine 등과 같이 '작은 동해'라는 의미로 쓰였다고도 하겠으나 동해에 만(Gulf)을 붙인 것은 동해안의 동한만이나 영흥만을 고려하여 창안한 것이 아닐까 싶다.

7) 조선해(Josen Kai)

동해를 '조선해'라고 처음 표기한 사람은 일본 막부에서 지도
제작 책임을 맡은 다카하시 가게야스(Takahashi Kageyas)였다. 그
는 막부의 요청으로 1809년에 만든 〈일본변계약도(日本邊界略圖)〉
에서 한반도 동해안 쪽에 '조선해'라고 표기하였다. 동해에 다른
표기가 없기 때문에 그것은 동해 전체에 대한 표기인 셈이다. 그
표기가 막부의 입장과 배치되는 다카하시 개인의 표기일 가능성
은 없다.

일설에는 유럽의 지도에 동해가 '한국해(Sea of Korea)'라고 되
어 있어서 저자가 그렇게 표기한 것으로 추정된다고 하는데, 이
듬해 인 1810년 저자의 〈신정만국전도(新訂萬國全圖)〉를 보면 그
이유를 납득할 수 있다. 그 지도에서는 한반도 동쪽을 '조선해'라
고 표기하면서 일본 남쪽에는 '대일본해'라고 표기한 것이다. 물
론 유럽 지도에도 더들리(Robert Dudley)의 1646년 지도를 비롯하
여 일본 남쪽에 '일본해'라고 표기한 지도는 꽤 많다. 그러나 태
평양 쪽에 '대일본해'라고 표기한 것은 '세계로 뻗어나가고자 하
는 일본 막부의 기상'을 대변하는 듯하다. 이런 상황에서 동해까
지 일본해라고 표기하기는 어려웠을 것이다. 어쨌든 다카하시와
그의 제자들은 1870년대까지 '조선해'로 표기했다.

8) 일본해(Ribon Hai)

잘 알려진 바와 같이 세계에서 처음으로 동해가 'Ribon Hai'라고 표기된 것은 1602년 마테오 리치가 만든 〈곤여만국전도(坤興萬國全圖)〉에서이다. 그러나 그 지도는 너무 크고 모두 중국어로 표기되어 있어 유럽에는 별 영향을 끼치지 못하였고, 일본인들에게는 세계를 보는 눈을 열어주었지만 일본의 동해 표기에는 오랫동안 아무런 역할을 하지 못하였다. 현재 일본 학자 중에는 리치가 중국에 도착하였을 당시 일본에서 임무를 마치고 귀국하는 선교사들과 만나 일본해를 알게 되었을 가능성이 있다고 하는 사람도 있으나 설사 그런 만남이 있었다고 해도 일본해 명칭을 이야기했을 가능성은 전혀 없다. 왜냐하면 리치가 동해에 '일본해' 표기를 한 후 200년이 지난 1802년에 일본에서 처음으로 이네 다카고(Ine Takago)에 의해 일본해 표기가 이루어졌기 때문이다.

리치의 일본해 표기에는 몇 가지 이유가 있다고 생각된다. 첫째, 일본은 일찍부터 포르투갈, 네덜란드 등과 교역을 하면서 알려졌고 일본에 대한 다수의 저서가 출간되었으며 교역을 원하는 나라도 여럿 있었다. 또한 일본은 선교사 파견을 희망하는 나라여서 유럽에서 일본인들에 대한 이미지는 상당히 좋은 편이었다. 따라서 동해는 한일 양국 사이에 있는 바다이지만 당시 유럽의 유행대로 바다에 국가명을 넣는다면 한국보다는 일본 쪽으로 기울어질 가능성이 컸다.

둘째, 그에 비하여 한국은 17세기 중반까지 반도로만 알려졌을

뿐 한국과 교역을 원하거나 선교사 등을 파견하려 해도 당시의
대외 봉쇄 정책 때문에 외국인과의 접촉이나 외국인의 접근이 일
절 허락되지 않았다. 유럽에서는 한국이 전혀 알려지지 않은 나
라였기 때문에 리치는 중국 측 자료를 이용하여 한국을 유럽에
알리고 싶었다. 그러다 보니 한반도 동쪽 동해안에 한국의 역사
와 기타 사항을 이례적으로 조리 있게 설명해놓았고 그런 정황에
서 동해를 한국해라고 표기할 수는 없었다.

셋째, 리치는 중국 남부에서 중원을 거쳐 북경에 도착하였기
때문에 만주 쪽 사람들로부터 한반도 동부 해역이 동해라고 불리
는 것을 들었을 가능성이 없다. 그러나 그가 만약 그 당시 중국
영토였던 사할린 부근에 상륙하여 만주를 거쳐 북경에 도착하였
더라면 여진족의 주거지역을 지나면서 문제의 바다 명칭이 일본
해가 아니라 동해라는 것을 알게 되고 그렇게 표기하였을 가능성
이 크다. 어쨌든 리치는 일본해 표기를 동해 정중앙에 하지 않고
일본에 보다 가까이 하였는데 그것은 동해안에 한국에 대한 설명
을 하지 않았더라면 그곳에 한국해라고 병기하였을 수도 있다는
가능성을 내포한다.

넷째, 일본에서 모사된 지도에 동해가 어떻게 표기되었는지 궁
금하지만 어쨌든 일본해라는 명칭은 일본에서 전혀 관심을 끌지
못하였다.

중국에 체류하던 선교사들에게는 '뜨거운 감자'를 던진 셈이었
다. 리치의 명칭을 따르면 진실을 숨기게 되고 진실을 말하면 대
선배 리치의 명칭을 부정하게 되기 때문이다.

　토착명을 알게 된 알레니 신부는 1623년 리치의 지도를 수정
보완하면서 동해를 '소동해'라고 표기한다. 그러나 다른 선교사
들은 심적인 갈등 속에서 각기 나름대로의 결론에 이른다. 1655
년 블라외(Joan Blaeu)와 함께 《신중국지도첩(Nous Atlas Sinensis)》
을 발간한 마르티니(Martino Martini) 신부는 동해를 공백으로 남겼
으며 남회인(南懷仁)이라는 이름으로 알려진 페르비스트(Ferdinand
Verbiest) 신부는 1669년 세계지도에서 두 가지 명칭을 모두 수용
하여 '동해 또는 일본해(Mer Orientale ou du Japon)'라고 표기하면
서 먼저 '동해'를 표기한다. 그러나 1686년 중국에 도착한 토마
신부는 1690년 동아시아 지도에서 동해를 아예 '한국해(Mare
Coreanum)'라고 표기한다. 중국에 도착한 지 4년이면 중국에 채
적응되지 않은 상황이었을 텐데 그는 어떻게 동해를 아무 주저 없
이 한국해라고 하였을까. 한 가지 가설은 토마 신부가 중국에 오
기 전 같은 플랑드르 출신으로 네덜란드에서 공전의 베스트셀러
를 낸 몬타누스의 저서를 읽었으며 저서의 부록으로 첨부된 〈일본
전도〉에 동해가 '한국해'라고 표기된 것을 보고 그렇게 하였을 가
능성이 있다는 것이다. 그렇지 않고서는 동해를 '한국해'라고 하
는 사람은 몬타누스 이외에 없었기 때문이다. 그러나 그는 강희
제를 통하여 동해가 토착명임을 알게 된 사실을 수행록에는 기록
하였지만 지도를 다시 만들지는 않았다.

　동해의 별칭으로 '중국대양(Oceanus Chinensis)' 혹은 '중국해
(Mare della China)'가 있다. 17세기 동해에 표기되던 명칭에서 대
양(Ocean)과 바다(Sea)는 당시 동의어로 별다른 차이가 없었다.

동해를 포함하는 동남아 일대 해역이 중국 영향권에 있다고 보고 1570년 오르텔리우스(Abraham Ortelius), 1587년 메르카토르 (Gerardus Mercator) 등이 '중국해(Mare Cin)'라고 하였고 얀소니우스(Johannes Janssonius)도 1658년 '중국대양(Oceanus Chinese)'이라고 하였다.

9) 일본해(Sea of Japan/Japan Sea)

유럽에서 '일본해'라고 처음 표기한 사람은 선교사로 일본에 다녀온 블랑쿠스(Christopher Blancus) 신부이다. 일본 측에서는 1568년 〈아시아지도(Asia)〉에서 디오고 호멤(Diogo Homem)이 표기한 '일본해(Mare de Japâ)'가 원조라고 하는데, 이는 실제 지도와는 거리가 멀다. 1543년 포르투갈이 일본에 도착하여 중계무역을 시작하였고 1554년 디오고의 아버지 로포 호멤(Lopo Homem)의 지도에는 Iapan이라는 나라가 있었으나 디오고의 지도에는 일본이 없을 뿐만 아니라 일본으로 추정되는 나라도 없기 때문이다. 이런 상황에서 동남아 해역에 일본해라고 표기한 것은 별다른 의미를 가졌다고 할 수 없다.

리치와 블랑쿠스 이후 1704년 놀랭(Jean Baptiste Nolin)이 지도 〈아시아(L'Asie)〉에서 동해에 '일본해(Mer du Japon)'라고 표기하였고 알려진 바와 같이 1797년 〈항해지도(Carte générale des Decouvertes)〉에서 라페루즈(Jean-François de La Pérouse)가 동해를 '일본해'라고 한 것이 19세기 지도들의 표기에 큰 영향을 미쳤으

며 영국에서는 로리와 휘틀(Laurie and Whittle)이 1799년 〈아시아
도(Asia)〉에서 동해를 '일본해'라고 하였고 그 후 코델(Codell), 톰
슨(G. Thomson) 등이 같은 표기를 한다. 네덜란드에서는 일본과
특별한 인연으로 일본 여인과 결혼한 의사 겸 박물학자이자 지도
제작자인 지볼트(Philipp Franz von Siebold)가 1832년 제작한 〈일본
(Nippon)〉에서 동해를 '일본해(Japanisches See)'라고 하였다.

  일본해의 문제에 대해 일본 측은 동남아 해역이나 베링 해 근
처에 '일본해'라고 표기되거나 '일본서해', '일본북해', '일본동
해' 등에서 '일본'만 들어가면 모두를 일본해의 표기라는 황당한
억지를 부린다. 그러나 라페루즈 이전까지 일본해 표기는 상당히
소수였고 라페루즈의 영향으로 일본해 표기가 다수 증가한 것은
기껏해야 100여 년의 역사밖에 안 되어 동해와는 비교가 안 된다.

10) 일본해(Nihon Kai)

  'Nihon Kai'는 'Ribon Hai'를 일본어로 옮긴 것이다. 1792년
시바 코칸(Shiba Kokan, 司馬江漢)이 '일본내해'를 표기하고 난 이
후 이네 다카고가 1802년의 지도에서 '일본해'를 표기하였으니
리치보다 200년 후의 일이다.

  동해가 토착명인 것처럼 일본에서 일본 사람들이 일본어로 쓰
는 지명이니 '일본해(Nihon Kai)' 역시 토착명이라고 생각하는 지
명 전문가들이 있다. 그러나 그것은 일본해의 형성 과정을 몰라
서 하는 생각이다. 우선 일본해라는 명칭은 일본에서 쓰지 않던

명칭이고 리치의 '일본해(Ribon Hai)'보다 200년 늦게, 또 유럽에
서 일본해가 나온 지 185년 만에 일본에서 받아들인 용어이다.
그리고 동해는 고유명사가 되면서 어원적인 의미는 사라지고 단
순히 한반도의 동쪽에 있는 해역을 지칭하는 기능만을 수행하지
만, 바다에 국가명이 들어갈 경우에는 고유명사가 되면서도 그
가치가 그대로 유지되므로 '일본해(Nihon Kai)'는 일본의 소유이
거나 오로지 일본과 특수한 관계에 있는 바다가 된다. 그러니 그
바다를 공유하고 있는 한국, 러시아, 북한 등의 존재와는 전혀 관
계가 없는 바다가 되는 셈이다. 결국 지나치게 일본의 독점적인
명칭으로 다른 나라들이 받아들이기 어려운 이름인 것이다.

11) 북해(Septentrional Sea/Boreal Sea)

Septentrional은 '북극에서 일하는 일곱 마리의 소'에 대한 신화
에서 비롯되었고 Boreal은 그리스 신화에서 북풍, 삭풍을 가리키
다가 '북쪽의 자연 상태를 나타내는 형용사'에서 나왔다. 두 형용
사 모두 북쪽을 가리키는 형용사이니 거의 완벽한 동의어이다.
일본에 다녀온 진나로(Bernardino Ginnaro)가 1630년 일본 지도에
서 동해를 '북해(Mare Boreal)'라고 표기한 후 1647년《바다의 신
비(Dell' Arcano del Mare)》의 〈한일양국도〉에서 동해 가운데에 큰
활자로 '한국해(Mare di Corai)'라고 하고 흘림체로 일본 북쪽에는
'일본북해(Oceano Boreale del Giappone)'를, 동북쪽에는 '북해도해
(Mare di Iego)'라고 하였다. 1649년 그가 사망한 후 1661년 재간

된 2판에서는 약간의 변화가 생긴다. 우선 동해의 중앙에 장식적인 카르투슈(cartouche)가 생기고 그 여파로 큰 활자의 '한국해(Mare di Corai)'는 한국에 보다 가까이 표기되고 일본 북쪽에는 '일본북해'를 흘림체로 'Il Mare Settentrionale di Iappone Ō Giappone'라고 표기되었다. 여기서 한국해는 바다의 제목으로 간주할 수 있고 'Oceano Boreale del Giappone'과 'Il Mare Settentrionale di Iappone Ō Giappone'은 바다에 대한 설명적인 표현이다. 드 페르도 1896년 '일본의 북해(Mer Septentrionale du Japon)'라는 같은 표기를 사용한다. 두 제작자 모두 동해를 일본에서 '북해'라고 부른다는 정보에 국가명을 보어로 써 어떤 북해인지를 설명하고자 한 듯하다.

12) 북해(Hok Kai)

사면이 바다로 둘러싸인 섬나라 일본은 전통적으로 바다에 이름을 붙이지 않고 지도에서는 방향 표시만 하였다. 물론 북쪽 바다, 동쪽 바다, 남쪽 바다, 서쪽 바다라고 하면 어떤 바다를 가리키는지 알 수 있어 혼란은 피할 수 있었을 것이고 그것들이 바다의 고유 명칭 대신으로 쓰인 것 같다. 그중 현지의 정보를 통하여 거의 고유 명칭 기능을 한 것이 동해를 대신하는 '북해'인 것으로 보인다. 심정보 박사의 조사에 의하면 19세기 말경까지 일본의 교과서, 사전, 신문, 역사와 지리서 등의 저서에서 일본해라고 써야 할 곳에 북해가 쓰여 그 두 가지 명칭이 혼용되는 경우가 많고 그것은 일본인들이 습관적으로 북해라는 명칭에 익숙해졌기 때문으로 보인다.[2] 그러나 일본 학자들은 '북해'라는 명칭을 언급조차 하지 않는다. 이렇듯 '일본해'를 지키기 위하여 진실을 숨기고 있는 것은 정직하지 못한 행동이기 때문에 언젠가는 진실을 인정하고 밝히는 것이 옳다.

2_ 심정보, 《일본에서 일본해 지명에 관한 연구 동향》, 한국지도학회, 2007.

  결국 동해는 완전한 토착명이지만 일본해(Nihon Kai/Sea of Japan/Japan Sea)는 분명한 외래명이라는 것이 밝혀졌다. 종래에 일본은 외국에서 먼저 일본해 지명을 사용하였기 때문에 일본에서 그것을 받아들였다고 변명하였다. 그러나 이러한 주장이 본래 동해의 지명이 일본에서 '일본해'가 아니었음을 실토하는 것이고 일본해가 외래명임을 스스로 밝히는 것이라는 사실을 깨달은 일본은 최근에 와서 일본해는 외국보다 일본에서 먼저 써왔고 외국에 그 지명이 알려졌다고 주장하지만 이는 근거 없는 황당한 주장에 지나지 않는다. 그리고 번역된 명칭이기 때문에 동해(East Sea)가 외래명이라고 하는 견해는 동해의 발생 원인과 한국에서의 영어 사용의 현실을 알게 되면 지명들 간에도 상당한 차이가 있음을 이해할 수 있다.
  여하튼 당사국인 한국과 일본, 그리고 가능하면 국제적인 전문가들도 참여하여 서로 머리를 맞대고 두 명칭의 병기가 아니라면 제3의 명칭을 찾는 노력을 아끼지 말아야 할 것이다.

4

**국제기구와
동해 명칭**

기록에 의하면 우리나라는 2,000여 년 전부터 동해라는 명칭을 사용하였고 그동안 그 명칭에는 아무런 변화가 없었다. 그래서 6·25 전쟁 당시 미군들의 영어 지도에 동해가 'Sea of Japan'이라고 표기된 것을 보고도 그것이 잘못된 표기라고만 생각하고 우리는 우리대로 계속 동해라고 부르면 된다고 생각하였다. 그러다가 1990년, 당시 대통령이 동해가 국제적으로 'Sea of Japan'이라고 표기됨을 알고 관계 기관에 호통을 쳐 부랴부랴 조사를 해보니 일본의 강점기 시절 우리가 모르는 사이 일본이 국제수로기구에 동해의 명칭을 'Sea of Japan'으로 등록하여 그것이 국제적으로 통용되는 동해 이름이 된 것이었다. 말하자면 일본은 우리에게 창씨개명만 요구한 것이 아니라 자연유산의 이름까지도 앗아간 것이고 해방 후 우리는 각자의 이름은 되찾았으나 동해의 이름은 빼앗긴 줄도 몰랐기 때문에 찾을 수 없었고 6·25와 5·16 등의 난리를 겪으면서 거기까지는 신경을 쓰지 못하였던 것이다.

동해 명칭은 두 가지 문제와 결부된다. 한 가지는 그것이 이름의 문제이기 때문에 언어학과 관계가 되고 다른 한 가지는 그것이 동해 바다를 항해하는 선박들과 관계가 되기 때문에 해양 문제와 관계가 있다. 언어학에서 지명의 표준화는 1891년 스위스 베른에서 개최된 국제지리학대회에서 독일의 펭크(Albrecht Penck)가 처음 제기하였으나[3] 그 제기를 유엔에서 받아들여 구체적으로 논의된 것은 제2차 세계대전 이후의 일이다. 그 전에 선박의 안전 운항과 관련하여 1919년 구성된 국제수로기구에서 바다의 표기와 관련된 수조지《해양과 바다의 경계》를 통하여 일본해 명칭이 국제적인 명칭으로 등재된 것이다. 그러니 먼저 동해연구회 이기석 명예회장의 연구를 토대로 국제수로기구와 동해 문제에 대해 살펴보자.

3_ P. E. Raper, 〈The UN and Standardization of Geographical names〉, The International Seminar on the Standardization of Geographical Names, Serion I, 1997, The Society for East Sea.

1) 국제수로기구(IHO)

19세기 세계 선박량의 증가는 국제적 항해 안전과 수조 업무 통일화의 필요성을 제기했다. 1899년 워싱턴에서, 그리고 1912년 상트페테르부르크에서 회합을 가졌고 그 회합을 바탕으로 세계 해양의 중심국이던 런던에서 1919년 국제수로회의가 열렸다. 이 회의에는 영국을 비롯하여 미국, 프랑스, 일본 등 18개국과 영국의 식민지였던 오스트레일리아, 인도, 이집트 등 모두 24개국 대표가 참가하였다. 당시 일본의 식민지였던 한국은 그런 회의를 알지도 못했고 알았어도 일본은 한국의 참석을 막았을 것이다.

국제수로회의의 목적은 각국에서 간행되는 항해도와 수로도지(水路圖誌)의 구성 편찬의 통일화를 이루고 수로 관계 사업 정보를 교류하는 등 관계 전문가들의 모임과 토론의 장을 여는 것이다. 그러니까 바다 명칭을 제정하는 것이 주된 업무는 아니나 항해의 안전을 위한 지도첩을 발간하기 위해서는 바다 명칭의 표기가 필요하기 때문에 국제수로회의 총회는 1919년 국제수로기구(International Hydrographic Organization, IHO)를 결성하고 1921년 해사 업무를 총괄할 국제수로국(International Hydrographic Bureau, IHB)을 설치한다.

1919년 런던 회의는 해양과 바다의 명칭 표기와 관련하여 중요한 결의를 한다. 우선 표기는 문자적 표기(literal transcription)를 원칙으로 하며 표음적 표기(phonetical transcription)를 회피하고 IHB의 회원인 각국은 조속히 알파벳 표기를 준비한다.

그와 아울러 1919년 회의에서 바다의 한계에 대한 결의안(Resolution, Section IV-B) 즉 '수로지와 등대표가 일치하도록 지리적 항해 통보(항로고시) 마련'에 대한 '권고안'을 채택하였다. 이 결의안에 따라 각국은 관계 바다의 한계에 대한 자료를 IHB에 제출하였고 IHB는 1923년 자료들을 정리하여 시안을 만들고 회람

허신(NO.1-H of 23) 형식으로 회원국에 배포하여 그에 대해 이의
가 없는지를 문의한다. 그 시안은 'Japan Sea'의 표기와 동해의
한계를 명시하고 있다. 1926년에 모나코에서 열린 제2회 국제수
로회의 회의록은 각국의 반응을 수록하고 있으나 'Japan Sea'에
대한 논의는 한 건도 없었다.[4]

4_ IHB, 1926, Report of
Proceedings, p. 47.

　　일본은 회신에서 Naikai on Inland Sea를 추가해줄 것과 Japan
Sea의 북동쪽 한계에 대한 부분 수정을 가하였다. 그 후 IHB는
문제 해역에 대한 조정을 한 후 1929년 모나코에서 열린 보충수
로회의에 최종간행물《Spec. Pub. NO.23》을 배포하여 공식적인
승인을 받게 된다. 아울러 'Japan Sea'가 공식화되고《해양과 바
다의 경계》는 1937년, 1953년, 1986년 개정판이 나왔지만 'Japan
Sea'에 대한 문제는 전혀 제기되지 않고 현재까지 대부분의 해도
와 많은 세계지도에 동해가 'Japan Sea'로 표기되고 있는 것이다.

　　IHB는 1972년 이래 지명 표기에 대한 자체 결의안을 채택하여
지명 표기에 있어 그 결의안을 따르도록 하고 있다. 그에 의하면

A.4.2 지명의 국제 표준화
A.4.2.6 하나의 주어진 지형지물에 둘 혹은 다수의 국가들이 다른
명칭 형식을 가지고 있을 경우 관계 국가는 문제의 지형지물에 단일
명칭을 부여할 수 있도록 노력을 아끼지 말아야 한다고 촉구한다.
만약 관계국들이 각기 다른 공용어를 가지고 있고 공동 명칭 형식에
동의하지 못할 경우 바다의 규모가 지나치게 작아 명칭 형식들을 수
용하기 어려운 경우를 제외하고는 해당되는 각 언어의 명칭 형식을

해도와 출판물에 모두 수용하도록 촉구한다.

5_ 이기석, 〈국제수로기구 (IHO)와 일본해 명칭의 공식화 과정〉, 제4회 동해연구회 학술대회, 1997년, 동해연구회.

라고 규정하고 있다.[5]

그러나 IHO는 현재 유엔의 산하기관이 아니고 정부 간 기관이기 때문에 결의안을 외면하고 지키지 않는 나라에 대해 억제력을 가지고 있지 못하다. 그렇기는 하지만 스스로 결의한 바를 자기 기관에서 발간하지 못하는 모순은 쉽사리 이해가 되지 않는다. 우리나라는 1957년 IHO에 정회원으로 가입하였고 1962년 제8차 회의 국제수로기구 정기 총회부터 정부 대표단을 파견하고 있다. 한국은 1997년 IHB에 '일본해' 표기의 부당성을 지적하고 시정을 요구하였으며 IHO의 회원국들에게도 East Sea 표기의 정당성을 설명하였다. 선박 건조 분야에서 세계 1~2위를 다투고 있는 한국은 현재 70여 개국의 회원 국가 중에서 열두 번째로 많은 분담금을 출연하면서 위상을 높이고 있지만, IHO 창설 이사국인 경쟁국 일본은 분담금 이외에도 저개발국의 해양 관계에 기부금을 원조하고 있어 국제적으로 상당한 영향력을 행사하고 있다. IHO에서 우리의 가장 중요한 목표는 동해 명칭의 정당성과 타당성을 인정받아 일본해와의 병기를 실현하는 것이다.

그러나 일본은 IHO의 권고를 받아 한국과 몇 차례 형식적인 만남을 가졌으나 한국 대표들에게 '일본해'의 정당성만 되풀이하면서 한국의 발언과 제의를 모두 거부했다. 또한 두 명칭을 병기할 경우 선박 항해에 혼란만을 가져올 수 있고 IHO는 해양 관계 기술적인 문제를 검토하는 기구인데 한국의 요구는 정치적이기 때문에 IHO의 정신에 위배된다는 억지만 부리면서 타협의 가능성을 근본적으로 외면하고 있다. 그런데 유엔에도 지명을 다루는 또 하나의 기구와 모임이 있다.

2) 유엔지명표준화회의(UNCSGN)와 유엔지명전문가회의(UNGEGN)

제2차 세계대전이 끝나고 난 후 지구상에는 많은 신생국가가 탄생하였는데 이들 신생 독립국가가 맞닥뜨린 큰 문제 중의 하나는 식민지 시절에 정했던 지명을 청산하고 본래의 고유 지명을 되찾아야 한다는 것이었다. 그 과정에 많은 논쟁과 갈등이 유발되었고 그 해결을 유엔에 요청하다 보니 유엔경제사회위원회가 그에 대한 논의의 장이 되었다. 유엔은 전쟁 이전 국제연맹 시절부터 지명을 표준화하여야 한다는 필요성을 인정하고 그 문제에 관심을 두었다. 그리하여 1948년 유엔경제사회위원회는 결의안 131(vi)을 채택하며 지명 전문가들이 회동하여 이 문제를 논의할 수 있는 바탕을 마련하였고 1949년 레이크 석세스(Lake Success)에서도 지명 전문가들이 회동하여 지명 문제를 토의하였다. 1956년에는 유엔경제사회위원회에서 지명의 국제적 통일성 추구 일환으로 지명 표준화 결의안을 채택한다. 그리고 1959년에도 유엔경제사회위원회는 결의안 715(XXVⅡ) Part A를 채택하여 유엔지명전문가회의(UN Group of Experts on Geographical Names, UNGEGN)의 형성과 지명 표준화를 위한 유엔위원회의 정기적 개최를 결정하여 UNGEGN을 2년마다, 그리고 유엔지명표준화회의(UN Conference on the Standardization of Geographical Names, UNCSGN)를 5년마다 개최하기로 한다.

1967년 열린 제1차 UNCSGN에서는 각 국가가 지명 관계 전담 기관을 설치하도록 하는 결의안을 채택했다. UNGEGN과 관계 분과들에 제출된 보고서에 따르면 그 당시까지 많은 국가들이 지명 관계 전담 부서를 설치하지 않았으나 그에 대해 관심을 나타내고는 있었다. 1977년 아테네에서 열린 제3차 UNCSGN은 결의안 Ⅲ/20을 통과시켜 지명 표준화에 있어서 '협의와 상호적 인정, 합의, 자기와 다른 이름의 수용'을 강력히 촉구한다.

그러나 UNGEGN의 의장을 역임한 레이퍼(P. E. Raper) 교수에 따르면[6] 초기 지명 표준화 회의에서부터 지명 표준화의 가장 시급한 문제로 떠오른 것은 지명에서 외래명(exonym)을 줄여나가고 그것을 토착명(endonym)으로 대체해나가야 할 필요성이었다. UNCSGN에서 창안해낸 외래명과 토착명의 정의는 UNGEGN의 부회장으로 있던 아투이(B. Atoui)에 의해 만들어졌다. 그에 따르면 외래명이란, '언어가 공식적 지위를 가지지만 밖에서 위치하는 지형지물에 대해 특수 언어를 사용하여 이루어진 이름으로 그 지형지물이 위치한 지역의 공식 언어로 된 이름과 형태가 다를 경우'이고 토착명은 '지형지물이 위치하는 지역에서 사용하고 있는 언어들 중의 하나로 된 지형지물의 이름'[7]을 뜻한다.

UNGEGN의 어휘집에도 있는 이 정의에 비춰본다면 'Nihon Kai', 'Japan Sea'는 중국어로 된 Ribon Hai(日本海)라고 쓴 것이고 지형지물이 위치하는 외부에서 공식 언어의 지위를 가진 중국

6_ P. E. Raper, 〈The United Nations and Standardization of Geographical Names〉, International Seminar on the Standardization of Geographical Names; Special Emphasis Concerning the 'East Sea', 1997, The Society for East Sea.

어로 된 지명을 일본어로 옮긴 이름이기 때문에 외래명이다. 반
면 '동해'는 2,000여 년의 역사를 가진 이름으로 동해가 위치하는
지역에서 공식 언어의 지위를 가진 한국어로 된 이름이기 때문에
토착어이며, 영어로 된 'East Sea'는 한국 정부가 외국인들의 편
의를 위해 한국에서 창안, 번역한 역어이기 때문에 준토착어라고
할 수 있다. 그런데 IHO의 사무국장과 영국지명학회 사무총장을
역임한 우드먼(P. Woodman)은 '동해(Tong Hae)'는 한국어로 된 토
착명이고 그와 마찬가지로 'Nihon Kai' 역시 일본어로 되었기 때
문에 일본의 토착어라고 하고 있다.[8] 그러나 그것은 명칭의 역사
성을 모르는 외부 세계 인사의 관점이다. 일본해는 본래 이탈리
아 출신의 마테오 리치 신부가 1602년 중국어로 'Ribon Hai'로
표기하고 블랑쿠스가 1617년 라틴어로 'Mare Japonicum'이라고
한 것을 1802년 이네 다카고가 옮긴 것인데 그것이 어떻게 토착
어라고 할 수 있을까. 그에 비해 동해(Tong Hae)는 한국에서
2,000여 년 전부터 불리던 한국어 명칭으로 일본의 용어와는 다
른 토착어이고 'East Sea' 역시 외부에서 수입된 것이 아니라 한
국에서 창안된 이름이기 때문에 'Sea of Japan'과는 전혀 성격이
다른 이름이다.

우리는 관점에 혼란을 느낀다. 레이퍼에 의하면 '각국은 간조
기선으로 측정하여 지배권을 행사할 수 있고 12해리의 영해를 가
지고 있고 영해에서 기선으로부터 24해리는 그 나라의 인접 해양
문화 지역이다. 영해 밖 200해리까지의 바다는 배타적 경제 구역
(E.E.Z)이다. 그 경계선 밖은 어느 나라의 관할권도 벗어나는 공백

7_ B. Atoui, 〈'Dong
Hae', 'Nihonkai', 'Sea
of Japan', 'East Sea';
Is it a Question of
Qualification and Cate
gorization in Exonym,
Endonym, Allonym, Or
Translated Names〉,
The 17th International
Seminar on Sea Names,
2011, The Society for
East Sea/Northeast
History Foundation.

8_ P. Woodman, 〈The
Sea of the Three
Endonyms〉, The 15th
International Seminar
on Sea Names, 2012,
The Society for East
Sea/Northeast History
Foundation.

9_ P. E. Raper, 〈Inter
preting United Nations
Resolutions on Geo
graphical Names〉, The
16th International Semi
nar on Sea Names,
2010, The Society for
East Sea/Northeast
Arian History Founda
tion.

10_ P. Jordan, 〈In
Exonym an Appropriate
Term for Names of
Features Beyond and
Sovereignty〉, The 16th
International Seminar
on Sea Names, 2010,
The Society for East
Sea/Northeast Arian
History Foundation.

이다', '공해에 해당하는 해역에서는 공용어가 있을 수 없고 공해에 대해 언급할 경우 그것은 외래명이라고 하는 것이 합당하다'고 말한다.[9] 오스트리아 지명위원회 위원장 요르단(P. Jordan) 교수도 '동해는 한국의 영해 내에서만 토착명의 지위를 가지고 일본 영해에서는 외래명이고 'Nihon Kai'라는 일본어 명칭은 일본 영해에서는 토착명이고 한국 영해에서는 외래명이다'라고 한다.[10]

만약 IHO가 국제법적인 해석에 따라 한국의 동쪽 영해에 'East Sea'를 표기하고 일본의 북쪽에 'Japan Sea' 혹은 'Sea of Japan'이라고 표기해 새로운 《해양과 바다의 경계》에 반영한다면 그것은 자동적으로 로베르 드 보공디(Gilles Robert de Vaugondy)가 1750년 〈일본제국도(L' Empire du Japan)〉에서 표기한 병기와 같은 형식이 될 것이다. 일단 그것은 어떤 공정성을 표한 것이고 한국의 우선적인 목표가 병기이기 때문에 한국이 그것을 수용하지 못할 이유는 없다.

IHO와 UNCSGN이 결의한 내용을 보면 동해/일본해의 명칭 문제에 대한 중요한 원칙들이 결의되어 있다. 예컨대 UNCSGN의 3회 결의안 중에는 결의안 Ⅲ/20이 있다. "첫째 복수 국가가 단일 지형지물을 공유하는 경우 그들 나라는 단일 지명을 확정하는 데 동의할 수 있도록 노력하여야 하고 둘째 만약 단일 지명에 모두 동의하는 데 실패할 경우 그 각각의 국가들이 사용하는 지명들을 수용하여야 하고 그것이 국제 지도 작성상의 보편적인 규칙이 되어야 할 것이다. 그러한 지명 중에서 배타적으로 한 가지 또는 몇 가지만 수용하는 것은 원리상으로도 모순되는 것일 뿐만

아니라 실제적으로도 부당하다." [11] 이 결의안은 한국의 주장이 타
당성 있는 주장이고 일본의 주장이 UN의 지명 표기 관계의 원칙
을 거부하는 것임을 명백히 보여주고 있다. 그것은 IHO의 결의
안 A.4.2.6항과도 완전히 일치하는 내용이다.

유엔 결의안 Ⅲ/20에 대해 우드먼은 "그 결의안은 육상에 존재
하는 지형지물을 공유하는 경우 관계 국가들이 평등한 위치에서
결의안을 받아들여야 한다"고 말한다. 그러한 해석은 IHO의 사
무국장이었던 그가 IHO의 결의안 역시 육상의 지형지물을 대상
으로 하는 결의안으로 다루었는지 묻고 싶은 심정이 들게 한다.
다행히 UNGEGN 의장을 역임한 레이퍼 교수는 우드먼과 같은
논문집에서 "동해 해역이 한반도와 일본 사이에 위치하고 있고
각각의 언어로 된 'Dong Hae'와 'Nihon Kai'는 (공해상에서) 외래
명이기 때문에 이들 한국어와 일본어 외래명 등은 결의안 Ⅲ/20
을 수용하기 위하여 병기되어야 한다" [12]고 확언하고 있다. 그것은
결의안 Ⅲ/20이 해상의 지형지물에 관계된다는 것을 명백히 보여
주는 것이다.

IHO와 UNCSGN-UNGEGN의 결의안들에 대해 지명 전문가
들은 주관적인 해석을 가하고 있지만, 문제는 그 기관들이 합리
적이고 공정하다고 채택한 결의안들을 가시적으로 실천에 옮기
지 못하고 있다는 데 있다. 물론 IHO나 유엔이 해당 정부의 의견
을 1차로 물어보고 상호 협의하는 것은 바람직한 일이나 상호 의
견이 상충될 때 자신들이 정한 원칙에 따라 그에 대한 결론을 내
리지 못한다는 것은 안타까운 일이다. 그러나 세상의 모든 일은

11_ Statues, Rules of
Procedure and Resolu
tions on Geographical
Names, 2002 UNGEGN.

12_ P. Woodman,
⟨Maritime Feature
Names; The role of
UNGEGN during into
decade⟩, The 16th
International Seminar
on Sea Names, 2010,
The Society for East
Sea/Northeast Arian
History Foundation.

서서히 보편성과 평등성을 지향하고 있고 진실은 언젠가는 인정
받는다는 믿음으로 우리가 가능한 노력을 지속하면 소망은 반드
시 이루어질 것이라고 확신한다.

5

세계 속의
동해 명칭

　동해 명칭에 관한 문제가 처음 제기되었
을 때 어느 국사학자가 "남이 무엇이라 표
기하든 우리만 동해라고 하면 됐지 그런 것
이 무슨 문제냐?"라고 언성을 높인 적이 있
다. 외국에서 무엇이라고 하든지 동해물을
퍼갈 것도 아니니 무슨 상관이냐 하는 사고
방식의 표출인데, 그것이 그렇지만은 않은
세계에서 우리는 살고 있다. 가령 독도가
어디 있느냐고 물었을 때 우리가 아무리
"독도는 태곳적부터 동해에 있는 것"이라
고 설명해도 외국 사람들이 "아니, 동해가
아닌 일본해에 있는 섬"이라고 하면 일본
쪽 주장에 무게 중심이 실릴 것이다. 또 우
리가 동해의 우리 영역 내에서 지하자원을
개발해도 외국에서는 한국이 일본해에서

지하자원을 개발한다고 하면 그것을 이해받기 힘들다고 생각할
것이다. 기타 외국에서 볼 때 우리의 정당한 주권 행사가 잘못 이
해되는 경우가 여러 가지 있을 수 있다. 그러므로 우리에게 속한
것을 외국에 제대로 인정받지 못할 경우 불리한 사태가 일어날
수 있기 때문에 해외에서의 동해 명칭도 중요한 문제인 것이다.

국제적으로 '일본해'라고 알려진 동해 명칭을 바로잡고 우리
주장의 정당성을 주장하기 위해 뛰어든 것은 1992년부터이다. 우
리나라가 해방 후 겪은 전란과 혼란 등을 감안하더라도 그 사실
을 알고 시정을 요구한 것이 이르다고는 할 수 없다. 그때부터 우
리는 창을 들고 돌진하였고 그에 맞서 일본은 강력한 방패로 우
리를 막으면서 대항하였다.

결국 한국에서도 국제화의 바람이 일면서 우리 것도 세계인의
인정을 받아야 한다는 인식이 확산되었고 동해의 명칭도 마찬가
지였다. 외국에서의 인정과 사용이 명칭의 정당화에서 선결 조건
이기 때문이다. 그 문제를 조사한 학자는 몇 명 있지만 개별 국가
에 대한 조사를 종합한 학자로는 주성재 교수를 들 수 있다. 그의
연구에 의하면 일본 정부가 2000년을 기준으로 한국, 북한, 일본
의 자료를 제외한 60여 개국의 현행 392종의 지도를 점검한 결과
그중 2.8% 11종의 지도만이 'East Sea'와 'Sea of Japan'을 병기
하였다 한다. 그러나 2005년 일본 정부가 67개국에서 제작한 331
종의 지도를 조사해보니 두 명칭을 병기한 지도의 숫자가 34종,
전체의 10.3%에 해당하고 교과서와 교육용 지도를 제외한 상용
지도들에서는 60여 종의 지도, 전체의 18.1%에 해당하는 지도들

이 병기를 하였다고 한다. 그 후 일본이 국제적인 차원에서의 조
사를 공표한 바는 눈에 띄지 않는다.

최근 한국 정부도 75개국의 351종 지도에 대한 점검을 실시한
바 있다. 그 조사에 의하면 병기를 한 지도의 수가 늘어나 83종으
로 전체의 23.6%에 달한다고 한다.[13] 이러한 통계 수치의 꾸준한
변화는 일본 정부가 긴장하고 종래의 대응 방침을 변경하는 계기
가 되었다.

일본 정부의 태도 변화는 크게 두 가지로 요약할 수 있다. 1990
년대 한국에서 동해 명칭 되찾기 움직임이 일어나자 일본 외무성
은 한국의 주요 학술 논문과 언론 보도를 일어로 번역하여 주요
언론사와 관계 학술 기관에 보냈다. 그러나 국제적으로는 일본해
단독 표기가 절대 다수이기 때문에 한국의 움직임을 아예 무시하
고 표면적인 반응을 보이지 않으면서 동해 연안의 대학에 10여
개의 일본해연구소를 설치하였다. 그러다가 1990년대 말경 동해
명칭에 대한 인지도와 호응도가 높아지자 일본의 대응 전략에 변
화가 나타나기 시작한다. 우선 한국 측 주장을 대외적으로 묵살
하던 태도를 바꾸어 적극적인 외교 공세를 통하여 일본해 단독
표기 방어에 나선 것이다. 1998년 필자도 참가하였던 제7차 유엔
지명표준화회의는 일본 정부의 적극적인 태도 변화가 표면적으
로 드러나는 계기였다고 생각한다. 많은 대표단, 특히 신생국 대
표단이 한국의 논리 정연한 주장에 긍정적인 반응을 보이자 위기
를 느낀 일본 대표단이 본국에 그 사실을 알렸다. 그러자 일본 외
무성은 전 세계의 일본 공관으로 하여금 해당 국가의 정부에 유

13_ CHOO Sung-Jae,
⟨Recent Progress for
Restoring the Name
East Sea and Future
Research Agenda⟩,
The 13th International
Seminar on the Nam
ing of Seas and East
Sea.

형, 무형의 압력을 행사하여 본국 정부들이 유엔 대표단에 급전을 보내어 일본 입장을 지지하는 쪽으로 방향을 돌리게 했다. 다음 날 그러한 사실을 발견한 한국 대표단은 유엔이 이미 결의한 것을 확인하고 시행할 것을 촉구했던 주장을 철회하게 된 것이다.[14] 결국 정치와 경제의 힘의 논리에 밀려 한국은 약자의 눈물을 맛본 것이다.

주성재 교수는 동해 표기의 위상이 높아진 것은 한국 측의 일관성 있는 논리가 국제사회를 설득하는 데 크게 작용하였기 때문이라고 분석한다. 일본이 단독 표기를 주장하는 이론의 핵심은 마테오 리치가 1602년 동해에 일본해 표기를 하여 그 이름이 역사적으로 오래되었고 그 명칭이 국제 기관들의 승인을 통하여 전 세계 한국과 북한을 제외한 거의 모든 국가에서 사용되고 있기 때문에 그들에게 혼란을 주지 않기 위해서도 그 명칭을 지켜야 한다는 것이다.

그러한 주장에 대하여 한국 측은 첫째 역사적으로 외국에서 발간된 고지도들에는 단일 명칭이 아니고 다양한 명칭들 즉 Sea of Korea, East Sea, Oriental Sea 등의 명칭이 17세기 후반부터 18세기 말까지 과반수로 사용되었으며 동해 명칭은 한국에서 2,000년 이상 된 고유 토착명인 데 비해 일본해 명칭은 일본에서 사용된 이름이 아니고 외국의 영향을 받아 19세기 후반부터 사용하게 된 외래명이라고 반박한다. 둘째 국제기구가 일본해 명칭을 승인한 것은 한국이 일본의 강점기하에서 모든 고유 명칭을 일본식 이름으로 개명을 당하던 시기에 일본만이 참석한 회의에서 동해

14_ Lee Ki-Suk, 〈New Trends in Identification of East Sea(Japan Sea)〉, The 8th International Seminar on the Naming of Seas, Spacial Emphasis Concerning the North Pacific Ocean, 2002, Russian Academy of Sciences and The Society for East Sea.

명칭을 일본해로 제출하여 도출된 것이고, 셋째 유엔지명표준화
회의의 결의안 Ⅱ/29는 외래명 축소와 토착명으로의 변경을 촉구
하였고 국제수로기구의 결의안 A.4.26과 유엔의 결의안 Ⅲ/20은
당사국 간의 합의가 없으면 명칭들을 병기하도록 규정하고 있지
만 일본은 그러한 결의안을 따르기는커녕 종래의 주장을 되풀이
한다고 주장한다.

 한국 정부는 1990년대부터 한국 측 주장의 정당성을 대외적으
로 납득시키기 위하여 '일본해'라는 명칭은 19세기부터 유럽 고
지도에서 시작되었고 그 이전 17세기 18세기 지도에서 동해와 한
국해의 표기가 일본해 표기보다 수적으로 훨씬 우세하다는 것을
보여주고자 하였다. 그리하여 주요 해외 주재 공보관실은 영국국
립도서관, 케임브리지대학 도서관, 프랑스국립도서관, 독일의 개
인 소장품, 서던캘리포니아대학도서관, 미국의회도서관, 러시아
국립도서관과 문서보관소 등의 고지도에 대한 통계를 작성하여
보고하였다. 보고된 것을 주성재 교수가 종합한 바에 의하면 다

시대 구분 명칭	16세기	17세기	18세기	19세기	합계
Sea of Korea					
East(Eastern) Sea	–	39	341	60	440
Oriental Sea					
Sea of Japan	–	17	36	69	122
기타	29	69	90	12	200
총계	29	125	467	141	762

음과 같다.

이러한 통계자료를 대외적으로 공표하자 일본 정부도 학자들을 한국이 조사했던 모든 기관에 파견하여 조사를 하고 한국 측 조사가 부정확하다고 반박하면서 다음의 통계를 발표하였다.[15]

15_ Choo Sung Jae, 〈Recent Progress for Restoring the Name East Sea and Future Research Agenda〉, The 13th International Seminar on Sea Names and East Sea.

시대 구분 명칭	16세기	17세기	18세기	19세기	합계
Sea of Korea					
East(Eastern) Sea	5	29	165	107	306
Oriental Sea					
Sea of Japan	1	16	70	1,312	1,399
기타	5	59	39	67	170
총계	11	104	274	1,486	1,872

양국의 조사 결과는 상당한 차이를 보인다. 본래 통계 작성에는 조사자의 주관에 따라 차이를 보일 수 있고 주관성이 개입될 여지가 많다. 때로는 단순한 실수로 계산을 잘못할 수도 있고 또 때로는 조사 담당자의 무의식적인 선별에 따라 원하지 않는 명칭을 누락할 수도 있다. 그렇기 때문에 통계는 작성자에 따라 달라질 가능성이 있기 마련이다. 다만 한국의 미국의회도서관 자료 조사는 미국의 전문 조사 기관에서 작성한 보고서를 이용한 것이다. 한일 양국이 보다 합리적인 통계를 원한다면 우선 제3국의 전문 기관에 의뢰하는 데 합의하여야 될 것이라고 본다.

일본 측은 한국의 조사 결과를 부정하면서 Oriental Sea는 한국

과 아무런 관계도 없는 바다라고 주장하며 동해와 한국해도 따로
따로 집계하였다. 우리의 판단으로는 한국 측의 통계는 일본 측
주장보다 한국의 주장이 옳다는 것을 보여주기 위한 것으로,
Oriental은 본래 동쪽을 의미하여 18세기 중엽까지 East의 뜻으
로 쓰였고 19세기에는 이국적 정서를 연상시키면서 East로 대체
된 어휘이기 때문에 Oriental Sea와 East Sea는 완전한 동의어로
간주하여야 한다. 그리고 한국에서 조사한 각국의 자료를 검토,
분석한 경험에 의하면 한국 측 통계는 각국의 지도별 표기를 제
시하면서 그것들을 종합한 것이기 때문에 부분적 실수가 있었다
고 해도 상당히 믿을 만하다고 판단된다. 그에 비해 일본 측 자료
중 19세기 부분은 납득이 잘 가지 않는다. 물론 19세기에 들어서
라페루즈 이후 일본해 명칭으로의 전환이 꾸준히 진행되었지만
그럼에도 19세기 프랑스 지도와 일부 영국 지도는 계속 Sea of
Korea를 표기하였다. 그리고 통상적으로 고지도라고 하면 대체
로 1850년대까지의 지도를 말하는데 그것을 넘어 19세기 후반
각국에서 생산한 많은 지도를 모두 집계하였다 해도 일본 측의
통계는 신뢰하기 어려운 숫자를 보여준다. 결과적으로 두 나라가
보다 공정한 통계를 원한다면 제3국의 전문기관을 선정하여 조
사 방법부터 합의하는 것이 필요하다고 본다.

한일 양국은 고지도에서의 통계에서도 이견을 보이고 일본은
국제기구의 결의안을 수용하라는 한국의 주장을 거부하고 있기
때문에, 많은 나라들이 한국의 주장에 찬동하면서도 공식적으로
는 국제수로기구의 1929년《해양과 바다의 경계》의 표기대로 동

해를 일본해로 기재하고 있어 명칭을 바로잡고자 하는 이들이 긴장의 끈을 놓을 수 없게 한다. 그런 가운데에서도 변화는 있다. 앞에서 인용한 현행 각국 지도 통계에 그것을 반영하였지만 동해연구회 이기석 명예회장은 세계 주요 출판물에서 동해 표기를 조사하였다. 그에 의하면 미국 최대의 지도 출판사인 랜드 맥 낼리(Rand McNally)는 1997년《세계지도첩》에서 동해에 'Sea of Japan(East Sea)'이라고 표기하였고 2000년 엔카르타 온라인 백과사전의《가장 포괄적인 세계지도첩(The Most Comprehensive World Atlas Ever Create)》에서도 같은 해역에 'Sea of Japan(East Sea)'이라고 표기하였다. 1988년 '유엔 세계 자연환경 지하자원 프로그램(The United Nations Environment Program Global References)'의 출판물 〈인도주의적 응답계획지도(The Humanitarian Response Planning Map)〉도 동해를 'Sea of Japan(Tong Hae)'이라고 표기하였다.

또한 유엔인도주의업무조정국(The United Nations Office for Coordination of Humanitarian Affairs, OCHA)은 동해를 'Sea of Japan(Tong Hae)'으로 표기하였다. 물론 East Sea와 Tong Hae를 괄호 안에 넣는 것은 우리가 원하는 바는 아니나 그를 위한 단계로 보고 싶다.

보다 고무적인 것은 캐나다의 워릭 출판사(Warwick Publishing Inc.)가 펴낸《위성지구지도첩(Cartographic Satellite Atlas of the World)》이 동해를 'Tong-Hae/Nippon-Kai(Japan Sea)'라고 표기했다는 점이다. 대영백과사전(Encyclopaedia Britannica)의 1990년 CD-Rom은 동해를 한국 관련 부분에서는 'East Sea(Sea of

Japan)'라고 하고 일본 부분에서는 'Sea of Japan(East Sea)'이라고
하였다. 《뉴욕타임스》와 2001년 《웹스터사전》 역시 같은 방식의
표기를 하고 있다.

1997년 미국국제개발청(Agency for International Development,
AID)이 출간한 지도에서는 동해를 'East Sea'라고 하면서 Sea of
Japan은 뺐다.

국제지리학연맹(International Geographical Union, IGU)의 1999년
〈The Bulletin 49(2)〉의 한국 산악지도는 동해를 'East Sea(Sea of
Japan)'로 표기하였고 2000년 데 블리즈(Harm J. de Blij)와 뮬러
(Peter O. Muller)가 발간한 《지리학: 권역, 지역 그리고 개념
(Geography: Realms, Regions and Concepts)》은 책 전부에서 그 전에
쓰던 명칭 '일본해'를 'East Sea(Sea of Japan)'로 대체하였다. 1998
년 인디애나 주의 인디애나폴리스에서 열린 미국의 전국지리교
육학회 세미나(National council for Geographic Education)에서 데 블
리즈와 뮬러는 'East Sea'라는 용어를 쓰는 것이 옳다고 하는 데
대해 분명한 확신을 한 듯하였다. 저서의 1997년판만 해도 저자
들은 동해를 단순히 'Sea of Japan'이라고만 하였다.

오리건대학의 웹사이트[16]의 한국 지도에는 다른 명칭 없이
'East Sea'라고만 되어 있다. 그 대학은 CIA 쪽에서 전달받은 지
도를 통하여 일본해를 'East Sea'로 대체하여 웹사이트에 올렸던
것이다. 그 지도의 코드 번호는 802191(ROO141)7-93이다.

반면 미국지리학협회(National Geographic Society, NGS)는 그와
다른 방식을 사용한다. 한국 지도에서는 'East Sea(Sea of Japan)'라

16_ darkwing.uoregon.
edu/felsing/lsstuff/korea
n Peninsula.GIF

고 하고 지도첩의 다른 지도에서는 'Sea of Japan(East Sea)'이라고 표기한다. 1996년까지 NSG는 미국지명위원회(US Board of Geographic Names)를 따라 한국의 동해 명칭의 청원을 거절하고 동해를 'Sea of Japan'이라고 표기했었다. 그러다가 2000년 한국 어판 〈내셔널지오그래픽〉지를 한국에서 출판하게 되면서 방침을 변경한 것이다. 그 당시 NGS는 잡지의 모든 지도에서 동해에 'East Sea'와 'Sea of Japan'을 병기하겠다고 발표하였고 2001년 부터 그 발표를 실행에 옮겼다.

한국 관계 관광 지도와 여러 다른 자료들이 출판되는 일본에서도 비슷한 변화의 조짐이 일어난 것은 고무적인 일이다. 일부는 'East Sea'와 'Sea of Japan'을 동시에 병기하기도 하고 일부는 'Sea of Japan' 다음 괄호 안에 'East Sea'를 넣기도 한다. 1998년 이후에는 병기되는 지도가 늘어났다. 라티머 클라크사(Latimer Clarke Corp Pty. Ltd)가 제작한 지도[17]는 동해 해역을 'EAST SEA/SEA OF JAPAN'이라 표기하였고 1998년 독일의 지도첩은 그 바다를 'Japanisches Meer(Japan Sea)'와 'Ostmeer(East Sea)'라고 하였고 유엔개발계획(UNDP)/세계환경기구(Global Environment Facility, GEF)의 2002년도 두만강 유역 전력 행동 계획(Tumen River Strategic Action Program)의 양안 진단 분석(Transboundary Diagnostic Analysis/1981 G31)은 보고서에서 'East Sea'와 'Sea of Japan' 두 명칭을 사용하였다. 같은 해 캐나다 ITMB(International Travel M & Books, 2002)는 국제수로기구와 유엔의 결의를 따라 두 이름을 'East Sea(Sea of Japan)' 형식으로 표기하였고 일부 페이지에서는

17_ ww.atlapedia.com/online/maps/political/korea

'East Sea'만 사용하기로 하였다.

그런가 하면 1929년도에 국제수로기구가 발간한 SP-23을 따라 동해를 일본해로 표기하다가, 그 후 국제수로기구와 유엔의 결의 사이에서 결정을 못하고 그 바다에 아무런 명칭을 표기하지 않고 공백으로 남겨두는 경우들이 나왔다. 우선 일본 니가타에 있는 동북아시아경제연구소(The Economic Research Institute for Northeast Asia, ERINA)는 동해를 'Sea of Japan'으로 표기하다가 최근 이름 없는 공백으로 남겨두기도 하였다. 또 한 가지 주목할 만한 방식은 UNDP의 북경 사무소가 두만강 유역 개발 계획을 시행하면서 2000년 세 가지 지도를 발간하였는데 중국에서 제작된 이 지도들에서 동해에는 아무런 명칭을 부여하지 않았다. 또한 2001년 유엔 공보 담당국에서 발간한 북한 지도도(Map No4163) 동해 해역에 아무런 명칭을 표기하지 않았다. 2002년 한일 양국에서 개최되는 월드컵을 위한 FIFA 홍보용 지도에도 동해 명칭을 부여하지 않았다.

이처럼 국제적 기관들이 동해를 명칭 없는 공백으로 남겨두는 것은 두 가지 명칭 사이에서 공정성을 위한 주저라고 할 수도 있지만 역사적 진실과 국제 규약을 알고 있는 입장에서 Sea of Japan을 계속 표기하는 것은 옳지 않다는 판단에서 나온 고육지책이라고 평가된다.

여하튼 동해 명칭을 둘러싼 공방은 계속되겠지만 가까운 시일 안에 한쪽이 완승을 거두기는 쉽지 않은 전망이다. 명칭 결정에 관여되는 요인들은 여러 가지가 있다. 한국은 20여 회 이상의 국

제적 세미나를 개최하고 국제기구의 경험이 있는 지명 전문가들
과의 우호적인 교류를 강화하면서 그들이 국제적으로 긍정적인
영향력을 행사하도록 노력하지만, 전문가들은 유엔과 국제수로
기구의 결정을 따르는 것이 옳다고 보면서 중립성을 보여주는 편
이다. 물론 중요 언론 기관들이 유엔과 국제수로기구의 결의를
따라 조심스런 병기를 시행하고 있지만 최종적으로 바라는 것은
국제수로기구가 발간하는 지도첩이 'Sea of Japan'으로 된 동해
명칭을 변경함으로써 강대국들과 약소국가 모두 그 명칭을 받아
들여 반영하는 것이다. 우리가 역사적 진실과 국제 결의안 이행
을 계속 추진하는 한 그러한 변화가 틀림없이 이루어지고 역사가
그 방향으로 조금씩 전진할 것이라고 믿는다.

6

Map
Road

　중국의 비단이 중앙아시아를 거쳐 서역
으로 가는 길을 개척한 것이 실크로드라는
명칭의 기원이 되었지만, 실크로드는 보다
넓은 의미에서 옛날 동서 문물 교역의 통로
가 되었고 인류 역사와 문명 발전의 중요한
지표가 되었다. 몇 년 전에는 TV에서 〈누들
로드〉라는 프로그램이[18] 높은 인기리에 방
영되어 관심을 끌었다. 그 프로그램은 고대
중국에서 시작된 국수가 중국 여러 지방을
지나 한국, 일본, 동남아를 거쳐 유럽으로
전수되면서 다양화되고 면을 뽑는 기계가
어떻게 발달하게 되었는가를 보여주었다.
그 후 페이퍼로드도 생겨 종이가 발달하고
이동한 경로를 보여주면서 인간의 생활과
관련된 모든 품목들이 '로드'라는 이름으로

18_ 다큐멘터리, KBS 1,
2008년 12월 7일~2009
년 3월 29일 방영.

등장할 수 있는 가능성을 열어주었다.

오늘날 우리의 생활에서 별 생각 없이 이용되는 것을 추적해보면 그것이 최초로 나온 후 문화에 따라 여러 가지 우여곡절을 거치면서 수정 보완되고 변형되어 창의와 필연의 상호작용에 의하여 우리에게까지 전해진 것이지 자연적으로 된 것은 찾아볼 수 없다. 결국 그것의 발전과 변모가 우리 역사와 문명의 단계를 보여주고 있는 것이다. 그렇다면 지도도 그와 유사한 기능을 하지 않을까. 그런 의미에서 Map Road를 살펴보자.

오늘날 지도의 첫 모형은 그리스인 프톨레마이오스(Claudios Ptolemaeos)에 의하여 이루어졌다. 프톨레마이오스의 지리학과 천문학을 이어받은 것은 아랍-이슬람 문화권인데 그 덕분에 아랍-이슬람 문화권이 지도 제작과 동양과의 무역에서도 세계에서 시초를 열었으나 그에 관한 구체적 해도나 지도는 남은 것이 없고 아랍-이슬람이 남긴 것은 주로 세계에 대한 추상적 지도 도형들이다.

프톨레마이오스의 지리학을 수용하여 오늘날의 지도로 발전시킨 것은 르네상스 시기의 이탈리아이다. 1400년대 이탈리아 볼로냐에서 프톨레마이오스의 지리서가 재간된 후 지도 제작과 인쇄술을 개발한 것은 베네치아의 장인들이고 그들 덕분에 Cartographer라는 지도 제작자들이 지도를 출판할 수 있었다. 그들은 초기에는 이탈리아 지방의 지도를 발간하다가 그 당시 사람들이 생각하는 세계지도를 제작하였다. 이베리아 반도에서도 지도의 필요성이 대두되면서 베네치아의 장인들 일부는 바르셀로나와

리스본으로 건너가 지도 제작 가술(家術)을 전수하였으며 이들은
지도 발전에 커다란 공을 세웠다.

이베리아 반도의 두 나라 스페인과 포르투갈에서 지도의 중요
성과 제작은 다른 양상을 보였다. 스페인은 콜럼버스(Christopher
Columbus)로 하여금 아메리카를 발견하게 하고 남미의 대부분을
식민지로 삼았으나 그것은 주로 강력한 육군을 앞세워 이룬 성과
이고 따라서 지도 제작에는 별 관심이 없었다. 그에 비하여 이베
리아의 서쪽에 붙어 있는 작고 척박한 땅의 나라 포르투갈은 달
랐다. 바스코 다 가마(Vasco da Gama), 디아스(Bartholomeu Diaz),
마젤란(Ferdinand Magellan) 등을 배출한 포르투갈은 일찍부터 해
외 자원 무역과 식민지 개발에 몰두하여 해양 국가로 우뚝 서겠
다고 하는 야심이 있는 나라였다. 특히 엔리케(D. Henrique) 해양
왕자의 등장과 함께 해군력을 증강하고 선박을 많이 건조하면서
선박이 항해하기 위해서는 해도가 필요하다고 판단되자, 필요한
지도를 제작하는 것이 국가적으로 중요하다고 생각하여 지도 산
업을 독려한다. 때마침 이탈리아에서 지도 제작의 장인들을 초빙
할 수 있어서 포르투갈은 지도 제작에 박차를 가할 수 있게 된다.

콜럼버스의 아메리카 대륙 발견을 통해 대항해시대가 열리면
서 포르투갈은 남미의 큰 나라 브라질을 선점하여 지배하였다.
이베리아 반도의 두 가톨릭 국가 스페인과 포르투갈이 해외 식민
지 쟁탈로 인한 갈등을 빚게 되자 교황이 중재에 나서 양국은
1494년 토르데시야스 조약을 체결하게 된다. 이 조약은 스페인의
서반구, 포르투갈의 동반구 우선권을 존중하게 하였고 포르투갈

은 아메리카 대륙에서 브라질에 대한 기득권을 인정받는다. 조약
의 체결과 함께 포르투갈은 대대적인 동방 세계의 탐험과 개발에
나서 인도의 고아, 믈라카, 마카오 등을 동방 진출의 교두보로 선
점하고 향료 수입을 독점하면서 동양 여러 나라와 교역을 시작하
였다. 그러나 당시 조선은 철저한 대외 봉쇄 정책으로 접근할 수
없었고 일본은 포르투갈에 문호를 개방하여 일찍부터 두 나라의
교류가 이루어졌다. 그러나 포르투갈의 동방 진출에는 걸림돌이
있었다. 오랫동안 아랍-이슬람 상선들이 동방 세계와 무역을 하
고 있어서 포르투갈과의 갈등이 불가피하게 된 것이다.

　그러자 포르투갈은 당시로서는 막강한 전함의 대포로 아랍-이
슬람 선단을 동방무역에서 축출했다. 포르투갈은 아랍-이슬람
선박에서 항해 자료와 지도 등을 압수하였는데 그중에는 한중일
삼국의 동북아 지역을 묘사한 지도도 있었던 것으로 보인다.
1500년대에 포르투갈에서 작성된 지도 중에는 한국을 기다란 깔
때기 모양의 섬으로 그린 지도도 있고 한국의 지형과 상당히 유
사한 반도로 그린 지도도 있는데, 그 지도들이 아랍-이슬람 지도
를 묘사한 것이라고 보는 이유는 그 지도들이 한국을 'Cori' 혹은
'Cory'라고 표기하였기 때문이다. 그것은 현재도 아랍 중동 국가
들에서 한국을 부르는 이름이고 포르투갈의 지도에서는 그것이
국명인 줄은 모르면서 한반도 중남부에 적당히 표기되었다.

　강력한 해양 세력으로서 동양 제국과의 무역을 독점하던 포르
투갈의 황금기에 큰 변화가 찾아왔다. 1578년 포르투갈 세바스티
앙 왕이 서거하면서 후계자를 남기지 못하자 스페인 왕이 승계하

고 포르투갈은 스페인에 병합되었다. 스페인에 병합된 후에도 포르투갈 해군은 동남아와의 향료 무역을 보호하면서 현지에 주둔하고 있었다. 그러나 1581년 새롭게 연방 공화국이 된 네덜란드 역시 생존하기 위하여 해양 강국이 되겠다는 야심을 품고 막대한 이익을 안겨주고 있는 향료 무역에 뛰어든다. 그러다 보니 포르투갈과 네덜란드 양국의 갈등은 피할 수 없었고 결국 네덜란드 해군이 무역항 반탐과 마카사르에서 벌어진 두 해전에서 승리하면서[19] 포르투갈의 동방무역은 끝이 난다.

스페인과 병합되면서 포르투갈 지도의 전성기도 막을 내린다. 그러나 100여 년 포르투갈 지도의 황금기는 지도의 역사에 위대한 공헌을 하였고 그것을 자랑스럽게 여기던 포르투갈 정부는 1960년 해양왕자 엔리케의 서거 500주년을 맞아 포르투갈이 제작한 지도들을 집대성하여 4권으로 된 지도첩《포르투갈 지도의 금자탑(Portugaliae Monumenta Cartographica)》을 출간한다.

포르투갈 지도의 전통을 그대로 이어받은 나라는 네덜란드였고 거기에는 그만한 이유가 있었다. 16세기 후반까지 스페인의 식민지였던 네덜란드는 인구 밀도가 높고 땅은 척박하고 육지가 해안보다 낮은 저지대 국가로, 제방을 쌓아 바닷물을 막고 육지를 넓혀야 하는 악조건 속에서 해외로 진출하는 것이 살아남을 수 있는 유일한 길이었다. 네덜란드 젊은이들은 해외 특히 포르투갈의 기업과 기관에 상당수 취업하였다. 그들은 포르투갈이 해외에서 얻어오는 여러 가지 정보들을 고국의 지인들에게 편지로 전했고 그 편지를 받은 사람들이 지도 제작과 관계있는 지인이나

19_ 량얼핑, 《세계사의 운명을 바꾼 해도》, pp. 306~314, 명진출판사, 2011.

친인척 등에게 자기들이 접한 지리적 소식을 전해주었다. 그리고 그것이 지도 제작에 반영되어 소비자들의 관심을 끌었던 것이다. 일부 포르투갈 지도 제작자는 새로이 부상하는 네덜란드의 오르텔리우스 같은 저명한 지도 제작자와 교섭하여 함께 합작으로 지도를 출판하기도 하였다.

네덜란드의 사회적 여건 변화와 유럽 여러 나라에서 증대된 네덜란드 지도에 대한 관심은 네덜란드의 지도 산업에 유례없는 호황을 안겨줘 오르텔리우스, 메르카토르, 블라외, 혼디우스(Jodocus Hondius) 등 거장과 플란시우스(Petrus Plancius), 비셔(Vissches), 린스호턴(Jan Huyghen van Linschoten), 얀스(Jansz), 바헤나르(Lucas Janszoon Waghenaer) 등 중견들을 배출하였다. 네덜란드 지도의 황금기는 17세기 중엽까지 계속되었다. 하지만 세상만사에는 상승기가 있는가 하면 하강기가 있고 나중에는 소멸 상태가 온다. 네덜란드 지도 역시 그러한 운명을 피할 수 없었다.

네덜란드 지도 산업이 하강기에 접어든 데는 지도 외적인 문제와 지도 내적인 문제가 있었다. 지도 외적인 문제로는 소비 계층의 포화 상태와 관심의 약화를 들 수 있다. 지도에 관심이 있는 소비층이 드물어지고 관심이 있는 사람들은 이름 있는 지도첩이나 지도를 이미 장만하고 있었다. 외국에서의 수요도 줄어들었다. 지도 내적인 문제도 있었다. 네덜란드 지도 제작자들은 계속 새로운 개정판을 내면서 수요를 확대해갔으나 그러한 방식이 벽에 부딪히게 되었다. 네덜란드 지도들은 상상력과 이국정서를 자극하기 위하여 장식적인 상상도를 지나치게 많이 담았는데 그것이 소비자들을 차츰 식상하게 만드는 요소가 되었던 것이다. 그러한 사실을 꿰뚫어본 상송을 비롯한 프랑스의 지도 제작자들은 소비자들이 관심을 보이는 지역에 직접 포커스를 맞춰 소비자들의 궁금증을 풀어주고 불필요한 요소를 억제함으로써 프랑스 사회에서 새로운 수요를 창출할 수 있었다. 해외에 대한 프랑스인들의 관심과 지적 호기심이 강하게 나타난 것도 프랑스 지도의 상승에 가속을 더했다고 할 수 있다.

한편 이탈리아의 르네상스 바람은 16세기부터 알프스 북부에 전파되어 스위스와 오스트리아 등지에 고전을 공부하는 서클이 생겨나고 프톨레마이오스의 지리서도 재간행되었으며 일부 지도도 출판되었다. 그러나 그들 나라에서 지도에 대한 관심은 확대되지 않았고 지도는 소수 연구자들의 조용한 '소일거리'였다고 하겠다. 이 지역에서는 네덜란드와 프랑스 지도들의 영향을 받으면서 뉘른베르크를 중심으로 지도 산업이 조금씩 활성화되었다.

조그만 시골 마을에서 지도 제작을 시도하다 파리로 올라와 적극적으로 지도 산업에 뛰어든 상송은 16세기 초반 프랑스 지도 산업의 상승에서 견인차 역할을 하였다. 혼자만 지도 제작에 뛰어든 것은 아니고 사위 뒤발(Pierre Duval), 동향의 후배로 북경에 다녀온 동료들로부터 중국에 대한 지리적 정보를 접할 수 있던 신부 브리에, 또 그의 사후 사업을 인계한 자이요(Alexis Hubert Jaillot) 등과 협조와 경쟁을 함께하면서 네덜란드에 이어 프랑스 지도의 전성기를 이끌었다. 17세기 후반부터 저명한 지도 제작자들의 활동에 시동이 걸리기 시작하였다. 활동적이고 정보에 밝은 드 페르, 기욤 드릴, 장비에(Janvier), 그리고 18세기부터는 새로운 인물들이 지도 산업에 몰려오기 시작했다. 해양학자 벨랭, 샹봉, 100여 년 이상 국제적인 영향력을 행사한 정상의 지도학자 당빌(Jean Baptiste Bourguignon d'Anville), 드 가렐(A. de Garel), 다네(Guillaume Danet) 그리고 상송가의 사업을 이어받고 18세기 후반을 대표하는 지도 제작 가문을 이룬 로베르 드 보공디 가문과 자연지리학을 연구한 기욤 드릴의 손자 부아슈(Philippe Buache) 그리고 그와 함께 주목받는 지도를 출판한 기욤 드릴의 동생이자 천문학자 조제프 니콜라 드릴(J. N. Delisle) 등이 활동을 하였다. 그리고 18세기 말경에 프랑스 왕실이 국력을 기울여 조성한 탐험대를 이끌고 대항해에 오른 라페루즈가 행방불명으로 사라지기 전까지를 기록한 항해도첩은 유럽 지도 제작자들, 특히 영국에게 직접적인 영향을 미쳤다. 18세기에 프랑스는 기라성 같은 지도학자들과 제작자들이 영광의 금자탑을 세웠으나 네덜란드, 포르투갈이 그랬던 것처럼 그 영광이 무한정 지속될 수는 없었고 프랑스를 찬란하게 비추던 조명도 점차 희미하게 되었다. 프랑스에 이어 챔피언의 벨트를 거머쥔 것은 바다 건너의 나라 영국이었다.

사실 영국에서 지도 제작을 시작한 것은 프랑스나 다른 유럽 나라보다도 앞선 10세기 말경으로 〈앵글로색슨(Anglo-Saxon)〉이라는 이름의 지도를 통해서였다. 여기서는 프톨레마이오스의 지도와는 관계없이 동쪽을 지도의 상부에 두고 영국을 비롯한 유럽과 아프리카, 중동 등을 그렸다. 1280년의 〈히어포드 세계지도(Hereford Mappa Mundi)〉는 당시의 세계를 그린 최초의 지도이고

1583년 색스턴(Christopher Saxton)은 영국의 각 지방을 보여주는 지도를 그렸다. 오길비(John Ogilby)는 1675년 영국 각 지방과 도시를 잇는 도로 지도를 펴냈다. 또 1588년 애덤스(R. Adams)는 영국과 스페인 간의 〈해전도〉를 그렸고 1557년 젠킨슨(Anthony Jenkinson)은 당시 잘 알려지지 않았던 러시아와의 교역을 증진할 의도로 러시아 내륙을 탐험한 결과를 지도로 작성하였는데, 네덜란드의 오르텔리우스가 그것을 자기의 지도첩에 담았고 그 원본은 대영국립도서관에 보관되었다.

이렇게 보면 영국은 일찍부터 훌륭한 지도를 남겼고 보다 일찍부터 유럽에서 지도 제작의 선두에 섰을 수도 있었을 텐데 어째서 그러지 못하였을까.

그것은 이른 시기에 그려진 지도들은 지도 산업의 구도 속에서 제작된 것이 아니라 고립적으로 남겨진 지도들이었기 때문이다. 말하자면 그 이전도 없고 그 이후도 없는 예외적인 업적이라는 것이다. 16세기 중엽부터 영국 지도는 네덜란드 지도의 영향을 많이 받으면서 네덜란드의 유명 지도첩들이 영어로 번역 출판되었고 또 네덜란드의 지도 제작 장인들이 영국에 건너와 활동하면서 영국 지도가 독자적인 능력을 바탕으로 성장하였다는 느낌을 주지 못하였다. 17세기 후반부터 18세기에는 프랑스 지도의 영향을 많이 받아 아시아 쪽 지도는 거의 프랑스 지도를 모사하였고 영국 지도는 북아메리카, 오스트레일리아, 뉴질랜드 등의 지도에 주력하였다. 이런 여러 가지 이유로 영국 지도의 독창성과 그 공로는 늦게야 제대로 인정받게 되었다.

그러나 영국은 나름대로 일찍부터 지도 발전에 기여한 지도들을 많이 제작하였다. 인도는 워낙 규모가 큰 나라로 그 내부가 잘 알려지지 않은 나라였다. 그러나 배핀(William Baffin)이 1619년 '모굴제국(Mogul Empire)'이라고 불리던 인도 전국을 세부적으로 묘사하였고 스피드(John Speed)는 1627년 영국에서 처음으로 세계지도첩《세계 유명지역의 답사(Prospect of the Most Famous Parts of World)》를 펴냈다. 영국에서 백작의 서자로 태어나 부친에게서 친자 자격을 받지 못하자 이탈리아로 귀화하여 가톨릭 신자가 된 더들리는 1646년 세계에서 처음으로 해양지도첩《바다의 비밀(Dell' Arcano del Mare)》을 출간하였다. 찰스 2세와 제임스 2세의 수로학자였던 셀러(John Seller)는 1670년《해양지도첩(Atlas Maritimus)》을, 1690년에는《세계수로지(Hydrographic Universalis)》를 펴냈고 그 외에도 세계 많은 지역의 지도를 출판하였다.

18세기에도 여러 제작자들이 활발하게 활동하였다. 본래 네덜란드 태생이나 보다 큰 나라인 영국으로 귀화한 몰(Herman Moll)은 1700년《세계지도첩(A General Atlas)》을 펴냈고 1729년에는 《지리학지도첩(Atlas Geographus)》을 펴냈다. 지도 출판을 하던 시넥스는 1714년에《영국지도첩》을 내고 국내 지도 제작을 시작하였으나 점차 시야를 넓혀 1719년에는《세계지도첩(Atlas of the World)》을 냈다. 그의 지도와 지도첩은 인기가 있어서 1740년 그의 사망 이후에도 여러 번 재판되었고 1759년에는 프랑스어로도 번역 출판되었다. 보엔(Emanuel Bowen)은 1744~1747년에《완벽한 지리학체계(Complete System of Geography)》라는 야심 찬 지도집

을 냈다. 그는 지도의 자그마한 비네트(Vignette, 장식적 도안)를 재
미있게 넣어 소비자들의 관심을 끌었다. 키친은 열정적으로 지도
를 많이 제작한 지도 제작자이다. 그는 개별 지도를 많이 출판했
으나 1773년에는 《일반지도첩(General Atlas)》도 냈다. 리넬(James
Rennell)은 1773~1774년 제임스 쿡(James Cook)의 여행기 《쿡의
항해(Cook's Voyage)》를 7권으로 펴내어 대항해 기록을 해도로 보
여주었다. 왕실 지리학자 제프리스(Thomas Jeffreys)는 평소에 대
형 런던 지도와 지방도를 펴냈는데 말년에 낸 《미국지도첩
(America Atlas)》은 그의 사후 1776년에 세이어와 베넷(Benett)이 출
간하였다. 페이든(William Faden)은 제프리스 사망 후 그의 지도
사업을 인계받아 주로 다양한 개별 지도를 출판하였고 1815년에
는 《세계지도첩(General Atlas)》도 출간하였다.

　19세기 영국에서는 너무 많은 지도 제작자들이 활동을 하여 일
일이 거론하기가 어렵다. 그 가운데 애런 애로스미스(Aaron
Arrowsmith)와 그의 조카이자 후계자 존 애로스미스(John
Arrowsmith)는 단연 두각을 나타낸 지도 제작 가문이다. 두 사람은
미국의 지도로도 유명하지만 세계 여러 지역 도시와 국가의 지
도, 세계지도, 특히 아시아 지도로도 유명하다. 그 밖에 19세기
중반기까지 활약한 이름 있는 영국의 지도 제작자들을 꼽는다면
많은 지도를 제작하면서도 높은 수준의 지도를 펴낸 캐리(J. Cary)
를 비롯하여 동북아시아 지도를 낸 톰슨, 핀커턴(John Pinkerton),
그 밖에 티스데일(Henry Teesdale) 등이 있다. 이렇게 볼 때 Map
Road는 이탈리아가 고속도로를 준비하였고 그 위를 포르투갈이

달리기 시작하였으며, 알프스 너머로 이어진 도로는 주로 한정된 고전 연구자들의 범위를 넘어서지 못하는 작은 도로였다. 그러나 포르투갈이 달리던 도로를 네덜란드가 이어받았고 그 후 그 배턴을 프랑스가 인계받았으나 19세기 벽을 넘지 못하고 영국에게 왕좌의 자리를 내준 것이다. 영국은 이미 18세기에도 프랑스와 거의 대등한 수준의 지도를 제작하였기 때문에 19세기 해양 대국으로 '해가 지지 않는 제국'을 건설한 영국이 지도 제작의 왕좌에 오른 것은 너무나 당연한 일이었다.

7

Korea
Road

우리의 관심은 일반적인 Map Road 전부가 아니고 한국과 관계있는 명칭 East Sea와 Sea of Korea에 특히 주목한다. 우리는 그 두 가지 명칭을 묶어 Korea Road라고 명명하고 두 명칭을 표기한 지도들의 이정표를 짚어보려고 한다.

16세기 포르투갈의 지도에서 한국이라고 추정되는 나라가 처음 나타나는 것은 1554년 호멤의 세계지도, 1573년 두라도(Fernão Vaz Dourado)의 지도, 그리고 그 영향을 받은 1595년 린스호턴의 지도이다. 린스호턴의 지도에는 한국으로 추정되는 나라 동쪽에 '콜라이 해안(Costa de Comray)'이 나온다. 1570년 네덜란드의 오르텔리우스나 1500년대 후반에서 1600년대 초반 대가들의 지도에도 한국은 나타나지 않은 채 동해 표기로 '중국해', '남해', '망지해' 등 엉뚱한 표기가 나오고 1602년 혼디우스의 아시아 지도에 '동대양(Oceanous Eous, Fin Orientale)'이라는 명칭이 나온다. 그러나 그것은 동해의 역어가 아니라 단순히 유럽에서 볼 때 동쪽에 있다는 의미에서 붙여진 이름일 뿐이다. 명칭 표현은 같으나 내용과 동기가 다른 이름인 것이다. 이탈리아에서는 1528년 보르도네의 세계지도에서 한국이 반도로 비교적 정확히 묘사되는데, 한반도 남쪽에 '동해(Mare Orientale)'라는 표기 역시 이름은 맞으나 지칭이 일치하지 않는다는 의미에서 우리의 동해와 직접 관계되지 않는다. 이렇게 볼 때 17세기 전반기까지 이탈리아, 포르투갈, 네덜란드 지도에서 동해와 삼박자 모두가 일치하는 지도는 매우 드문 편이다.

Korea Road의 첫 이정표를 세운 지도를 꼽는다면 1615년 포르투갈의 수학자 겸 역사학자 고디뉴 데 에레디아가 마카오에서 발간한 동아시아 지도라고 할 수 있다. 상당히 정확히 그려진 이 지도에서 에레디아는 한반도 동쪽 해역을 '한국해(Mar Coria)'라고 하였다. 마테오 리치보다 13년 늦은 셈인데 그는 중국 지도가 아닌 아랍-이슬람 쪽 자료를 참고해 표기한 것으로 보인다. 극동에서 발간되어서인지 에레디아의 지도는 유감스럽게도 별다른 관심을 끌지 못하였으나, 포르투갈의 중요 지도로 분류되어 엔리케의 기념 지도집 《포르투갈 지도의 금자탑》에 실렸다.

그 후 선교사 알레니는 1623년 아시아 지도를 만들면서 마테오 리치의 지도 지명에 문제가 있다고 보고 동해를 '소동해'라고 명

명하였다. 1646년에 더들리가 발간한 세계 최초의 해도집《바다
의 비밀》에는 〈대일본섬, 북해도와 한국 및 아시아 주변 섬(Corta
Particolare della Gramde Isola del' Giapone e di Iega con il Regno di
Coral e altre isola in torno …… d' Asia)〉이라는 지도가 포함되어 있
다. 아마도 네덜란드 지도의 영향을 받은 것으로 추정되는 이 지
도에서 동해는 굵은 인쇄체 활자로 '한국해(MARE di CORAI)'라고
표기되었고 북쪽에는 '일본북대양(Oceano Boreale del Giappone)',
그리고 동북쪽에는 '북해도해(Mare di Iezo)'라는 표기가 있어 '한
국해'가 동해의 다른 명칭임을 알 수 있다.

　그 시대 프랑스의 대표적 지도 제작자 상송은 몇 차례 일본의
남쪽 바다와 동해를 합하여 '동대양(Ocean Oriental)'이라고 표기
하였다. 상송은 동향이며 가까운 예수회 신부 브리에에게 자기의
지도첩 검토를 부탁했는데 브리에 신부는 1658년《세계 각 지역
도(Cartes générales de toutes les parties du monde)》를, 1676년에는
《신구지리의 일반지도(Cartes générales de la Géographie ancienne et
nouvelle)》를 감수했다. 그 두 지도첩에 포함된 〈일본왕국도
(Royaume de Japan)〉에서 브리에는 동해만을 한정하여 '동대양
(Océan Oriental)'이라고 표기한다. 그의 표기는 상송이나 그 이전
의 동대양 표기와는 다른 의미를 갖는다. 그는 북경에 다녀온 동
료 신부들과 교류하면서 그들로부터 극동 지역의 지리에 대한 정
보를 얻을 수 있었고 만주 쪽 중국인들이 동해를 '동해'라고 부른
다는 것을 듣고 그것을 'Océan Oriental'이라고 옮겼다. 그 당시
'동쪽'은 'Oriental'이었고 바다는 크든 작든 관계없이 혹자는

1650년 프랑스 상송의 동향인 브리에(Briet) 신부는 북경에 파견된 동료 신부들이 전해 준 정보를 토대로 만든 〈일본왕국도(Royaume du Japon)〉. 동해를 '동대양(Ocean Oriental)'로 표기했다.

'Océan'이라고 하기도 혹자는 'Mer'라고 하기도 했다. 18세기에 는 바다의 크기에 따라 Océan과 Mer로 나뉘지만 그 이전에는 구 분 없이 섞어 사용하였다.

여하튼 16세기 후반부터 동해의 명칭은 유럽에서 '한국해'와 '동해'의 두 가지 계열로 나뉘어 나타난다. 이러한 Korea Road의 중요한 이정표를 세운 것은 1669년 네덜란드의 개신교 신학자 몬 타누스였다. 동인도회사의 직원들과 가까웠던 그는 네덜란드 대 사 일행이 일본 천황을 알현하기 위하여 나가사키에서 수도 에도 까지 가는 여정에서 겪어야 했던 기상천외의 에피소드를 책으로

엮어 펴냈는데 이것이 당대의 베스트셀러가 되었다. 이 책은 네
덜란드뿐만 아니라 유럽 여러 나라의 언어로 번역되어 대히트를
쳤는데, 책의 부록에 수록된 일본 지도에서 동해를 '한국해(Mer
de Corée)'라고 표기한 것이 18세기 한국해 명칭의 전성기를 위한
초석이 된 것이다. 벨기에의 네덜란드계 예수회 신부로 1686년
북경에 파견된 토마 신부도 1690년 중국 지도들을 참고하여 만든
두 장의 아시아 지도에서 몬타누스를 따라 동해를 '한국해(Mer de
Corée)'라고 표기한다.

　　그 지도를 만든 후 토마는 1689년에서 1698년까지 강희제를
수행하여 만주를 여행하게 된다. 그 여행 일기에서 "강희제가 동
해 쪽을 가리키면서 두 차례 Eoum Mare(희랍어와 라틴어로 동해라
는 뜻)라고 하였다"고 기록하였는데[20] 그것 때문에 이미 발간한 지
도를 다시 수정하지는 않았고, 그 여행기를 읽은 뒤알드(Jean-
Baptiste Du Halde) 신부가 《중국백과전서》에서 몇 차례 동해를
'Mer Orientale'이라고 언급하였다.

　　한편 17세기 후반 동해 명칭은 프랑스에서도 중요한 이정표를
세우게 된다. 여행가이면서 일본 연구가인 타베르니에는 1679년
일본 관계 저서를 펴냈는데 그 부록인 일본 지도는 두 지도의 영
향을 받았다. 하나는 브리에의 것이고 다른 하나는 몬타누스의
것이다. 두 개의 지도 사이에서 고민하던 그는 상송과는 달리 동
해만을 한정하여 '동대양(Océan Oriental)'이라고 하고 동해 서남
쪽 대한해협 가까이에 '한국해'라고 기재한다. 그러나 몇 년 후
책의 재판을 내면서 같은 지도를 약간 수정하여 동해를 'Océan

20_ P. Pelletier, ⟨Les
Cartographes Francais
et ler Denomination de
la Mer du Japon(Mer
de Est) aux 17 et 18
Siécles⟩, The 8th
International Seminar
on the Naming of
Seas, Special Empha
sis Concerning the
North Pacific Ocean,
2002, The Society for
East Sea.

Oriental'이라고 하고 영흥만과 일본 사이에 'Mer de Corée(한국해)'라고 이중 표기를 한다.

만느송 말레 역시 브리에 지도의 영향을 받고 1683년 〈아시아지도(De L'Asie)〉 부분의 '일본제도(Isles du Japan)'에서 동해를 'Océan Oriental'이라고 표기한다. 그러나 저명한 왕실 수석 지리학자이던 기욤 드릴은 1696년 지도 〈아시아(L'Asie)〉에서 동해를 '동해(Mer Oreintale)'라고 하면서 학계 내외에 동해 명칭의 대변인 역할을 했다. 그러한 행보로 인해 1700년 〈세계지도(Mappemonde)〉의 좁은 동해 공간에도 'Mer Orientale'이 표기되었다. 기욤 드릴의 위치와 선교사들과의 교류로 볼 때 그의 'Mer Orientale'에 관한 정보는 중국을 경유한 만주 쪽에서 온 것임이 확실하다. 같은 해 샹봉은 동해를 '한국해'라고 표기하면서 Korea Road의 두 명칭의 균형이 한국해 쪽으로 쏠릴 가능성이 보였다. 그 낌새를 직감한 기욤 드릴은 1705년의 〈중국과 인도의 지도(Carte des Indes et de la Chine)〉에서 '한국해'와 '동해'가 같은 바다를 지칭한다고 표기하고 1708년의 〈아시아(L'Asie)〉에서는 '동해'를 고집한다. 기욤 드릴에게 힘을 실어준 것은 드 페르이다. 드 페르 역시 다양한 소식통들로부터 지리적 정보를 제공받으면서 1703년의 동아시아 지도에서 동해를 '동해(Mer Orientale)'라고 표기한다. 뿐만 아니라 지도 상단의 여백에 "동해는 유럽인들에게 거의 알려지지 않은 바다이다. 만주인들은 그 바다를 동해라고 부른다(Mer Peu ou point connue des Eusopéens, Les Tartares l'appellent Orientale)"라는 매우 이례적인 주석 표기를 한다.

훗날 드 페르는 일본과 중국 쪽의 소식통으로부터 상반되는 동
해 관련 명칭을 알게 되어 동해가 'Mer Orientale'이라는 소신은
흔들리게 된다. 시넥스는 1711년 〈신교정세계지도(A New and
Correct Map of the World)〉에서 '한국해(Sea of Corea)'라고 하였다가
같은 해 발간한 〈영국왕립학회와 프랑스아카데미 자료를 참고로
수정한 아시아지도(Asia Corrected from the Observations Communica
ted the Royal Society and Royal Academy of France)〉에서는 '동해 또
는 한국해(The Eastern or Corea Sea)'라고 표기한다.

네덜란드 출생으로 런던에 자리 잡은 몰은 1710년 〈아시아지
도(Map of Asia)〉에서 동해를 '한국해'라 하였고 1719년 〈교정신
세계지도(A New and Correct Map of the Whole World)〉에서도 동해
를 '한국해'라고 하였으며 그 후 발간된 지도들에서도 같은 표기
를 하였다.

기욤 드릴은 1726년 사망하기 얼마 전인 1723년에 발간한 〈아
시아지도(Carte d'Asie)〉에서 동해를 '한국해'라고 표기하는데 그
가 사망한 후 1741년 그의 이름으로 발간된 〈세계지도(Mappe-
Monde)〉에도 '한국해'라고 표기되어 있다. 사실 그의 주변 지도
제작자들은 모두 '한국해'가 동해의 이름이 되는 것이 옳다고 생
각했다. 그의 동생으로 천문학자이면서 지도 제작을 하는 조제프
니콜라 드릴, 저명한 자연지리학자로 외손자인 부아슈, 그와 가
까운 후배 다네 등은 모두 '한국해' 쪽이었다. 드릴 말년의 지도
나 그의 사후에 발간된 지도들은 그의 측근에 의하여 발간되었을
가능성이 크다.

러시아 천문대장으로 시베리아 쪽 지도 제작을 지휘한 조제프 니콜라 드릴은 20여 년간 러시아 지도에 영향을 미쳐 러시아 지도들은 1850년경까지 대부분 동해를 '한국해'로 표기하였다. 귀국 후 단독으로 혹은 부아슈와 합작하여 펴낸 지도들에도 그렇게 표기하였으며 다네 역시 마찬가지였다.

당빌의 가장 충실한 제자 본(Rigobert Bonne)은 스승을 따라 머나먼 동해에는 표기를 하지 않다가 1720년 동아시아 지도에서는 동해를 '한국해'로 표기하였다. 상송과 친척 관계로 상송가의 지도 자료와 자이요의 사업을 물려받은 로베르 드 보공디는 18세기 중반부터 후반까지 지도 제작의 명문가를 형성하여 많은 지도를 출판하였는데 1750년의 〈일본제국도〉를 제외한 다른 지도들에서는 모두 동해를 '한국해'라고 표기하였다. 그리고 디디에(Didier Robert de Vaugondy)를 비롯한 그의 후계자들도 창업주의 표기를 따랐다.

벨랭은 1735년 그의 〈일본제국도(Carte de l'Empire du Japon)〉에서 동해를 '한국해'라고 표기한 후 1772년 사망할 때까지 발간한 모든 지도에서 동해를 '한국해'로 표기하였고 프랑스 최초의 해양학자로서 큰 공적을 남겼다. 1741년부터 왕실의 봉급을 받은 그는 1752년 해양아카데미의 창설 회원이 되었고 해양수로학적인 지식을 바탕으로 한 그의 지도들은 프랑스뿐만 아니라 독일, 네덜란드, 영국 등의 지도에 큰 영향을 끼쳤다. 독일의 쥐르너(Adam Friedrich Zürner)는 1740년 그의 〈지구평면도(Planipharium Terrestris)〉에서 동해를 'Sin Coreer'라고 하였고 티리온(Isaak

Tirion) 역시 1740년의 〈신중국제국지도(Nova Carta dell' Imperio della China)〉에서 동해를 '한국해(Mare di Corea)'라고 하였다. 당빌은 1737년의 〈한국왕국도Royaune de corée〉에서는 동해를 표기하지 않았다. 그것은 본인의 원칙을 따른 것이지만 그 지도를 준비하기 위한 수기 지도에서는 동해의 두 곳에 '한국해'라고 표기하였다. 그리고 그의 한국 지도를 본뜬 유럽의 대부분의 지도들은 동해를 '한국해'라고 표기하였다. 로베르 드 보공디도 1739년 〈아시아(L'Asie)〉에서 '한국해'라고 하였고 그 후의 지도들도 마찬가지였으며 키친도 1743년 〈관동과 요동의 지도(A Map of Quan-Tong, Lea-Tong)〉에서 동해를 '한국해(Sea of Korea)'라고 하였다.

독일 쪽 지도들은 기욤 드릴의 영향을 많이 받았으나 그들 나름의 창의성을 보이기도 하였다. 예컨대 호만의 후계자들은 1735년 〈러시아제국과 시베리아(Imperii Russici e Tartariae Majoris)〉에서 동해를 '소동해(Mare Orientale Minus)'라고 하였고 호만 밑에서 지도 제작을 배운 하세(Johann Matthias Hase)[21], 고트리브 뵈메(August Gottlieb Boehme), 귀세펠트도 그 명칭을 따랐다. 로비츠(Georg Moritz Lowitz)도 1746년 〈지구평면도(Planiglobi Terrestris)〉에서 동해를 '소동해'라고 하였다.

프랑스의 생 로베르(Saint Robert)도 1750년 〈일본제국도(l'Empire du Japon)〉에서 로베르 드 보공디처럼 동해에 '한국해', '일본해'라고 병기하는데 우연의 일치인지 서로 협의한 것인지는 분명하지 않다. 그러나 프랑스에서 동해 표기는 18세기 후반에도 '한국해'가 지배적이어서 장비에도 1760년 아시아 지도에서 동해를

21_ 그는 지도에 하시우스(Hasius)라고 라틴어풍으로 서명하기를 즐겼다.

'한국해'로 표기하고 다른 지도들에서도 같은 표기를 하였다. 블랑제(Nicolas Antoine Boulanger) 역시 1760년 〈신세계지도(Nouvelle Mappemonde)〉에서 동해를 '한국해'라고 하고 1764년 클루에(Jean Baptiste Louis Clouet)도 〈아시아지도(Carte d'Asie)〉에서 동해를 '한국해'라고 하였다. 중요한 자료라고 하여 당빌이 수집한 피코(M. Pocaud)의 1763년 〈일반역사를 위한 아시아지도(Carte pour l' histoire génénale)〉에서도 동해를 '한국해'라고 표기하였고 브리옹(Louis Brion de la Tour) 또한 1765년 〈아시아(L'Asie)〉에서 같은 표기를 하였다. 데노(L. C. Desnos)와 샤를(L. Charles)도 1766년 〈아시아(L'Asie)〉에서 같은 표기를 하였다.

다시 영국 쪽을 보면 세계적으로 권위를 인정받은 《브리태니커 백과사전(Encyclopedia Britannica)》은 1771년 사전 부록 〈아시아지도(Map of Asia)〉에서 동해를 '한국해'라고 하였고 1783년 그 사전의 2판에서도 같은 표기를 했다. 던(Samuel Dunn)은 1772년 《천상과 지상(Scientia Terrarumet et Coelorum)》에서 약간의 변화를 주어 동해를 '한국만(Corean Gulf)'이라고 했는데 18세기 후반 영국에서 나오는 'Gulf'라는 용어는 주로 영흥만 쪽을 본 것이라고도 할 수 있지만, 독일의 'Minus'와 마찬가지로 바다의 규모가 작은 것을 나타낸 것이라고도 할 수 있다. 닐(Neale)과 제프리스는 1783년과 1785년의 아시아 지도에서 동해를 '한국해(Sea of Korea)'라고 했다. 한편 볼스(C. Bowles)는 〈볼스의 네 장짜리 새 아시아지도(Bowles New Four sheet Map of Asia)〉에서 '한국만'이라고 표기했다.

콘더(Thomas Conder)는 1790년 〈아시아(Asia)〉에서 동해를 '한

국해'라고 표기하고 팔레레(J. Palairet)도 1792년 〈세계지도(Map of the World)〉에서 같은 표기를 했다. 한편 키이스(A. Keith)는 1794년 두 장의 지도 〈최신 발견에 의한 세계(The World According to the Latest Discoveries)〉에서는 'Korean Sea'라고 하고 다른 〈아시아(Asia)〉에서는 '한국만(G. of Korea)'이라고 했다. 같은 해에 동해에 다른 명칭을 붙인 예로 윌킨슨(Robert Wilkinson)을 들 수 있는데 그는 1794년 〈최신 발견에 의한 아시아의 새 지도(A Map of Asia form the Latest Discoveries)〉에서는 '한국만(G. of Corea)'이라고 하였고 역시 같은 해에 펴낸 〈최신 & 최선의 발견에 의하여 그려진 중국(China, Draw form the Latest & Best Discoveries)〉에서는 '한국해(Sea of Corea)'라고 했다. 1799년 톰슨은 〈새 아시아지도〉에서 동해를 '한국만(Gulf of Corea)'이라고 하였고 같은 해 러셀(John Russel)도 쿡 선장의 발견에 따른 〈세계지도(Map of the World)〉에서 동해를 '한국만(Gulf of Corea)'이라고 하였다. 어떤 제작자는 같은 해 만든 세 지도에서 동해에 조금씩 다른 표기를 하였고 어떤 제작자들은 서로 다른 지도를 만들면서 같은 이름을 쓰기도 하였다. 그리고 동해를 'Gulf'라고 본 것은 18세기 후반에 영국이 창안한 것이다.

18세기 Korea Road의 황금기를 일시에 반전케 한 것은 라페루즈의 1797년 《세계일주여행기(Voyage de La Pérouse au tour du Monde)》였다. 여행기 본문 속에는 '한국해'와 '일본해' 언급이 섞여 있다. 그러나 그의 지도첩에 기재된 '일본해(Mer du Japan)' 표기(동해 입구에서 동북쪽으로 표기되어 있다)는 특히 영국에서 민감하게 받아들여져 19세기에 지도 제작의 선두에 선 영국 지도들을 '일본해' 쪽으로 이끌어갔다. 일부 프랑스 지도들도 19세기판에서 '한국해' 명칭을 변경하였고 19세기 지도 제작의 명가 애로스미스(Arrowsmith)도 마찬가지였다. 그러한 가운데에서도 일먼(Thomas Illman)은 1835년 〈아시아(Asia)〉에서 동해를 '한국해(Sea of Corea)'라고 표기하였고 와일드(James Wyld)는 1840년, 1845년의 〈아시아(Asia)〉에서 동해를 '한국만(Gulf of Corea)', '한국해(Sea of Corea)'라고 표기하였다.

유럽 대륙의 동쪽 끝에 있는 러시아의 지도에서 Korea Road를 더듬어보자. 러시아 지도의 새로운 발전은 기욤 드릴의 동생 조제프 니콜라 드릴이 러시아에 초빙되어 1726년 천문대장으로 임명되고 지도 제작의 감독으로 위촉되면서부터 시작되었다. 18세기 중반 러시아의 지도 제작자들 대부분은 조제프 니콜라 드릴의 지도를 받았다. 그중에는 그를 질투하여 그에게서 등을 돌린 제작자들도 있었으나 3분의 2가량의 지도 제작자들은 그와 좋은 관계를 유지하였다. 그 결과 1734년 키릴로프(V. Kirilov)의 아시아 지도를 비롯하여 19세기 중반까지 제작된 지도 가운데 러시아아카데미가 제작한 지도, 그리고 교육용으로 제작된 지도첩의 지도들은 과반수가 조제프 니콜라 드릴과 마찬가지로 동해를 '한국해' 혹은 '동대양', '동부해(The Eastern Sea)'라고 표기했고 그 나머지는 동해를 무표기로 남기거나 '일본해'라고 표기하였다.

중국과 일본에서의 상황을 살펴보면 일반적으로 중국인들은 바다의 명칭을 명명하지 않는다. 동해, 서해, 북해, 남해 등의 명칭은 관념적인 용어이며 그것이 바다가 아닌 그 방향의 육지를 지칭한다고 알려져 있다. 그러나 우송디, 구렌허, 쳉롱 등이 한국 동해연구회에서 발표한 바에 의하면[22] 《후한서》와 《산해경》 등에서 여진족이 문제의 해역을 '동해'라고 불렀음을 밝히면서 동해가 역사서에서 거론되는 시기이든 그렇지 않든 여진족은 한반도 동쪽 해역을 '동해'로 불렀음을 단언하고 있다.

결과적으로 동해에 대한 언급은 주로 수당 시대 이후에 나타나지만 쳉롱은 "19세기 중반에 활약한 뛰어난 사학자 겸 지리학자 위원(魏源)은 지도를 통하여 두 차례 동해의 위치를 확인해주었다"고 상세히 보고한다.[23]

일본에서는 오랫동안 바다의 명칭이 없었고 지도 등에서는 바다의 방향만 표시한 것으로 나와 있으며 마테오 리치가 1602년 동해를 '일본해'라고 표기한 것에 대해서도 아무런 관심이 없었다. 왜냐하면 그것은 일본에서 부르는 이름이 아니었기 때문이다. 심정보 박사의 연구에 의하면 시바 코칸이 1792년 〈지구전도〉에서 처음으로 동해를 '일본내해'라고 하였고 이네 다카고가 1802년 〈곤여전도설(坤輿全圖說)〉에서 일본해 명칭을 표기하였다고 한다. 그 후 막부에서 지도 제작을 책임진 천문박사 다카하시 가게야스가 막부의 요청으로 제작한 1809년의 〈일본변계약도〉와 1810년의 〈신정만국전도〉에서 두 차례 동해를 '조선해'라고 표기하였는데[24] 가장 큰 이유는 막부가 일본의 태평양 쪽 바다를 '대일본해'라고 표기하기 때문에 동해도 '일본해'라고 하는 것이 상식에 어긋나기 때문이었다. 다카하시의 제자들도 그의 '조선해' 표기를 따랐다. 이

22_ Jing Tian, 〈Recent Research Progress on a Study of the Sea Name on East Sea and Japan Sea in China〉, The 8th International Seminar on the Naming of Seas, Special Emphasis Concerning the North Pacific Ocean, 2002, The Society for East Sea; 기타 동해연구회의 다른 논문집.

23_ Cheng Long, 〈Wei Yuan, His Research and Maps about East Sea〉, The 16th International Seminar on Sea Names, The Society for East Sea.

24_ 심정보, 〈일본에서 일본해 지명에 관한 연구 동향〉, 한국지도학회지, 제7권, 2007, 한국지도학회.

상태 박사의 연구에 의하면 다카하시 이후 1870년대까지 약 20
여 종의 지도에서 동해를 '조선해'라고 표기하였다고 10여 종의
공문서도 동해를 '조선해'로 기재하였는데 그중에는 총리에 해당
하는 태정관(太政官)의 공문서도 3점이 있다는 것이다.[25]

25_ 이상태, '일본에서도
조선해(동해)라고 표기했
다.' The 13th Inter
national Seminar on
the Naming of Seas
and East Sea, 2007,
The Society for East
Sea.

Map Road는 문명 성쇠의 바로미터이고 역사서를 시각적 도형
을 통하여 구체적으로 보여주는 자료로서 역사서가 절대적으로
필요로 하는 것이다. 동해라는 명칭은 2,000년 이상 우리 조상의
숨결이 응집된 이름이고 동해와 한국해가 이루는 Korea Road는
17세기 중엽에서 18세기 말까지 서양에서 동해에 대한 주도적인
명칭이었다. 중국에서는 19세기 말까지, 그리고 일본에서도 1870
년대까지 동해 해역을 지칭하는 주도적인 명칭이 없었다. 이 때
문에 명칭으로서 100여 년의 역사만 있는 '일본해'가 동해의 독
점적 명칭이 된다는 것은 받아들이기 어렵다.

세계의 동해 표기

2

1

아랍의
동방 진출과
한국에 대한
인식

우리는 인간의 문명사를 서구 위주로 배웠기 때문에 문명의 빛은 고대 그리스에서 시작하여 로마를 거쳐 유럽으로 이어졌고 그 후 미국으로 건너가 오늘날의 발전을 보게 되었다고 생각한다. 그러다 보니 중국 문명, 인도 문명, 아랍 문명 등의 위대한 공헌은 몇몇 단편적인 유물들, 예컨대 만리장성, 진시황릉의 토용, 타지마할, 피라미드 등으로만 언급될 뿐이다. 그러나 이 유물들은 거대한 문명의 흐름 속에서 건져 올린 흔적일 뿐 우리는 정작 그들 문명의 발달 과정과 그것들을 뒷받침하는 학문 등에 대해서는 무관심한 채 역사 시간에 배운 단편적인 사실들만 기억할 뿐이다. 그러다 보니 그리스의 철학자, 자연과학자 들의 저서와 업적이 중세 아랍 학자들의 연구와 번역을 통해서 서구에 전해졌고 그들 중 상당수가 이집트 알렉산드리아에서 연구되었다는 사실 등은 모르고 있다. 따라서 아랍 세계가 그리스와 서양 사이에서 가교 역할을 하였다는 사실을 알고, 오래전부터 우리나라에 찾아온 아랍인들이 우리를 어떻게 보고 어떤 기록을 남겼는지에 대해 알아볼 필요가 있다.

'아랍'이라는 말은 본래 인종적인 개념임에도 불구하고 우리가 아랍 세계라고 부르는 지역은 오늘날의 아라비아, 이집트, 튀니지, 모로코뿐만 아니라 요르단, 시리아, 페르시아, 터키 등 비아랍 세계까지 포함한다. 그렇기 때문에 할리(J. B. Harley)와 우드워드(David Woodward)는 자신들의 저서[26]에서 그들을 연결하는 것은 이슬람을 신봉한다는 것이기 때문에 '아랍' 대신 종교적인 개념인 '이슬람'을 쓰는 것이 옳다고 주장한다. 우리도 그들의 주장에 공감하지만 사고의 관성 때문에 이 책에서는 '아랍-이슬람'이라는 표현을 쓸 때도 있겠다.

오늘날 우리는 일반적으로 이슬람을 믿는 중동인들에 대해 몇 가지 부정적인 인상이 있다. 예컨대 여자를 학대한다거나 테러와 마약 등을 일삼고 파충류의 흔적 같은 글자를 사용한다고 여기며 친밀감을 느끼지 못하기도 한다. 그러나 잘 알다시피 아라비아 숫자와 0을 발견한 그들은 수학과 과학의 수준도 높았고 오늘날에도 따라가기 힘든 건축술이 있었다. 또한 알렉산드리아의 도서관은 고대 세계 최대의 지식과 정보의 중심이었다. 오늘날에도 중동인들은 인간에 대한 평등사상을 지니고 있으며, 대부분 삶을

26_ J. B. Harley & Woodward, 《Cartography in the Traditional Islamic and South Asian Societies》, The University of Chicago Press, 1992.

성실히 살고 있다는 점은 높이 살 만하다.

　이른 시기에 프톨레마이오스(Claudios Ptolemaeos)의 지리학과 천문학을 받아들여 연구한 그들은 서방국은 물론 동방 세계를 누비며 교역을 시작한 이른바 '아라비아 상인들'이 가져오는 체험적 정보 덕분에, 그리스의 영향을 벗어난 독자적인 지리적 지식을 반영하는 저서들을 출간할 수 있었다. 그중에는 우리나라와 관계되는 저서들도 꽤 있는데, 김정위 박사의 연구를 토대로 그들이 우리나라와 한국인을 어떻게 보았는지 알아볼 것이다.[27]

　일반적으로 아랍-이슬람 세계에서 지리적 정보가 총집결되는 곳은 우체국이다. 직접적인 체험을 통해 알게 된 지역, 거리, 도로, 자연과 기후 등에 대한 모든 정보를 알고 있어야 집배원들이 다음 배달 때 이를 고려해 직무를 수행하기 때문이다. 우체국의 책임자였던 사람들이 지리와 관계되는 저서를 내는 경우도 이러한 이유에서이다. 우체국들이 해상의 지리적 정보까지 파악하고 있었는지, 그리고 상인들이 가지고 있던 해도들은 어떻게 되었는지 등에 대해서는 정확히 알 수 없으나 거의 모든 지리적 체험담들이 우체국에 전해졌던 것으로 보인다.

　이슬람 세계에서 우리나라가 최초로 언급된 책은 우편 관리 출신의 페르시아인 쿠르다드비히(Ibn Khurdadbih)의 저서 《제(諸) 도로와 제(諸) 왕국 안에서(Kitāb al Masālik w'al Mamālik)》이다. 846년 혹은 885년의 저서에서 저자는 "중국의 끝에 신라가 있는데 신라는 산이 많고 금이 풍부하며 아름다운 나라"라고 소개하였다. 또 다른 페르시아인인 이븐 루스타(Ibn Rusta)도 쿠르다드비히

27_ 김정위, 〈중세 이슬람 문헌에 비친 한국상〉, 국제경제연구원, 1977.

의 저서를 참고하여 비슷하게 기술을 하였다. 슐레이만(Sulaiman)
은 851년에 집필한 《인도, 중국 안내서》에서 "중국 해안에 신라
가 있고 그들은 중국 황제에게 선물을 바치며 신라는 섬으로 주
민의 피부가 희다"라고 썼다. 바그다드에서 출생한 방랑아 마수
디(Al-Masudi)는 《세계역사》, 《황금초원과 보석광》 등의 저서에서
신라를 두 번 언급하였는데, 쿠르다드비히의 영향을 받은 그는
신라인들이 노아의 손자의 후손이라고 서술하였다. 그 밖에 예루
살렘에서 태어난 아랍인 이븐 타히르 알 마카디시(Ibn Tahir al
Maqdisi)가 996년에 쓴 《창세와 역사》에도 신라를 암시하는 부분
이 있으나 앞에서 언급된 저자들의 저서를 참고하여 비슷하게 쓴
것이기 때문에 새로운 내용은 없다. 바그다드에서 서점을 겸한
도서관을 경영하던 이븐 알 나임(Ibn al Naim)도 977년에 《색인목
록》을 출간하여 중요한 주제를 사전식으로 해설하면서 신라에 대
해 간단히 언급하였으나 역시 새로운 내용은 찾아볼 수 없었다.

　귀족 가문 출신으로 모로코의 세우타에서 태어난 알-이드리시
(Muhammad al-Idrisi)는 중세의 프톨레마이오스로 간주되는 지리
학자이다. 그는 코르도바에서 교육받고 여행하기를 좋아하여 일
찍이 소아시아를 여행하였다. 그 밖에도 프랑스 남부와 영국, 스
페인, 모로코의 여러 지방을 두루 다니며 각 나라의 지리와 문화
를 체험적으로 터득하였다. 1138년 그는 시칠리아의 노르만 왕
로제르 2세의 궁중 학자로 초빙된다. 일부 학자들은 로제르 2세
가 그를 초빙한 것을 두고 북아프리카를 장악하는 데 이드리시의
도움이 필요하다고 계산했기 때문이라고 한다.[28] 그러나 이드리

28_ S. Magbul AHMAD,
《Cartography in Tradi
tional Islamic and
South Asian Tradition》,
1992, p. 156.

시에 관한 자료를 찾아보면 로제르 2세는 그에게 세계 여러 나라
에 대한 지리적, 문화적 정보를 수집하여 세계지도를 만들어줄
것을 요구하였고 그와 세계에 대한 이야기를 주로 나누었다고 한
다. 그리고 이드리시는 맡은 소임에 충실하여 1154년《먼 곳으로
의 즐거운 여행에 관한 책(Nughat al-Mushtag fikhtirag al-afag)》, 간
략하게《로제르의 책(The Book of Roger)》으로 알려진 저서와 지도
를 완성한다. 그의 저서를 보면 신라는 중국 너머에 있는 몇 개의
섬으로 구성되는데 훌륭한 자연과 금이 풍부한 이상향으로 그려
져 있다. 이는 이드리시의 지도에서도 마찬가지이다. 그의 지도
를 보면 신라는 중국의 동남쪽에 섬으로 표시되어 있는데 오늘날
의 완도 부근 일대가 아닌가 생각된다. 장보고의 청해진이 외국
과의 교역의 중심이었고 물자가 풍부하여 이상향으로 비쳐진 것
이 아닌가 생각되기 때문이다. 그 당시 신라 주변의 해역은 '중국
해'로 알려졌고 동해 쪽은 알려지지 않았다.

　대부분의 저자들은 신라만을 알고 있었으나 장보고가 사망하
고 신라가 패망한 후에도 이슬람은 예성강 포구에서 고려와 교역
을 한 것으로 알려져 있다. 다른 저자들과는 달리 고려에 대해 처
음으로 언급한 사람은 라시드웃딘(Rashīd u'd-Dīn)이었다. 그는
흔히《집사(集史)》라 일컬어지는 시대적 기록물《자미 알-타와리
크(Jami al Tawarikh)》를 지었다. 몽고 쪽과 가까워 원나라와 그의
12개 성을 소개하면서 중동에서 처음으로 고려, 카울리(Kauli)의
존재를 거론하였다. 아랍-이슬람 선원들이 '코리(Cory)'라고 부르
던 고려를 '카울리'라고 소개한 것은 그가 중국 쪽 정보를 참고하

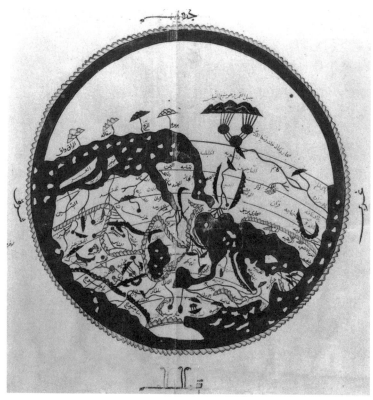

1150년경, 아랍인의 세계관을 보여주는 이드리시의 세계지도.

였음을 의미한다. 라시드웃딘은 어떤 연유에서인지 쿠빌라이 칸
의 두터운 신임을 얻어 그의 사위가 되었다고 전해진다.

　이슬람 문화권에서 한국의 존재는 몇 가지 저서를 통해 간략히
소개되었고, 지도로는 알 이드리시의 지도를 통해서만 신라가 섬
으로 그려져 있다는 것을 확인할 수 있다. 저서들에 비친 신라는

공통적으로 유려한 자원, 풍부한 금과
함께 이상향처럼 기술되어 있으나, 그
것은 저자들이 신라에 교역을 위해 간
선원들의 이야기를 몇 단계 거쳐 간접
적으로 들은 바를 기록한 것이기 때문
에 아쉬움이 있다. 또한 섬나라 신라가
청해진이라고 추정되지만 보다 확실한
증거가 나타나기를 고대한다. 그리고
'아라비아 상인', '대식국'으로 표현되
는 그들이 정확히 밝혀지는 것도 바람
직하다.

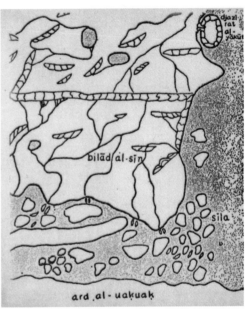

1150년경, 이드리시가 그린 동남아 지도로 신라는 몇 개의
섬으로 이루어져 있다. 저자는 항해자들의 구두 정보를 토
대로 이 지도를 제작한 것으로 보인다.

최초의 기록이 800년대 중반이므로
이른바 '아라비아 상인'들이 8세기 말에
서 9세기 초에 우리나라를 처음 찾았을
것이라고 추정되지만 아직 정확한 시기
는 밝혀지지 않았다. 또한 저자들 중 늦
게 나온 라시드웃딘이 고려와 원나라에 대해 언급하였기 때문에
고려시대 어느 시점까지도 교역이 이루어졌을 것으로 추정하지
만 아직 확실한 기록은 아무것도 없다. 단지 이슬람권에서 오늘
날까지 한국을 '코리'라고 부르는 점을 감안해 그 이름이 '고려'를
뜻하는 것이라고 추정할 뿐이다. 그리고 이러한 흔적 역시 이슬
람 자료가 아닌 이슬람을 격퇴한 포르투갈의 몇몇 지도에만 남아
있어 한계가 있다. 따라서 이슬람권의 고문서 등의 자료를 통하

여 그 모든 전모가 밝혀질 수 있기를 고대하며 또 언젠가는 이루
어질 것이라고 확신한다.

2
이탈리아 고지도와 동해 명칭 표기

15세기 이탈리아의 문예부흥 이전에도 그리스 철학자들, 자연과학자들의 저서가 아랍어 번역을 통하여 중세 서로마에도 전해져 신학, 철학 등에 영향을 끼쳤다. 그리고 이탈리아에서 문예부흥이 가능했던 것은 동로마의 패망 이후 그리스 학자들이 문화유산과 함께 이탈리아로 도피한 것이 주된 원인이지만, 기본적으로 이탈리아의 도시 국가들, 특히 피렌체, 베네치아, 로마 등 북쪽 도시 국가들이 동방 세계와의 교역으로 부를 쌓음으로써 금융업을 비롯한 산업과 경제 발달을 이루어 문예부흥에 적합한 토양과 환경을 마련하였기 때문이다. 문예부흥 덕분에 문화가 성장하면서 인쇄업계도 활성화되었고 그 여파로 지도 제작도 산업으로서 기지개를 펼 수 있게 되었다.

그리스 고전 연구가 활발하게 이루어지면서 프톨레마이오스의 업적도 알려졌다. 특히 그의 《지리학(Geography)》이 각광을 받으면서 이탈리아 북부 도시의 학자들은 1477년 볼로냐에서 이루어진 《지리학》의 재간행을 시작으로 그의 저서들을 새롭게 평가함과 동시에 몇 차례 더 부분적인 수정 보완을 거쳐 재간행한다. 프톨레마이오스 시대의 미흡한 지리적 정보 때문에 《지리학》 원본에 첨부된 세계지도에서 인도가 스리랑카보다 더 작게 그려졌기 때문이다.

마르코 폴로(Marco Polo)의 《동방견문록》(1231)을 통하여 중국을 비롯한 아시아 주변국들의 존재를 알게 된 이탈리아에서는 13세기부터 항해에 도움을 주기 위한 포르투라노(Portulano)가 그려지기 시작하였다. 더욱이 콜럼버스의 아메리카 발견은 대항해시대를 알리는 나팔 소리 같은 역할을 하여 먼 나라들에 대한 유럽인들의 호기심을 증대시켰다. 이탈리아에서는 먼저 자국의 지방과 아름다운 섬들에 대해 알고 싶어 하는 사람들이 늘어났는데, 문예부흥과 함께 시작된 지도 제작 산업이 사람들의 갈증을 풀어주었기 때문이다. 이러한 현상은 세계지도에 대한 관심으로 이어졌다. 보르도네(Benedetto Bordone)는 이탈리아의 지방들과 섬들에 대한 지도 출판을 시작으로 세계지도를 만들게 되었다.

동해 표기와 관련한 초기 지도로는 칸티노(Alberto Cantino)가 1502년에 발간한 〈평면양반구(平面兩半球)〉를 들 수 있다. 그는 이 지도에서 동해를 포함한 동남아 해역에 '동대양(Oceanus

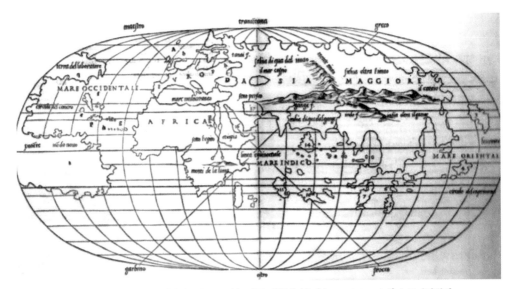

1528년 이탈리아 보르도네의 〈구형세계지도(Isolario)〉. 한국 남쪽에 '동해(Mare Orientale)'가 표기되었다.

Orientalis)'이라고 표기하였다. 그 후 보르도네는 1528년 그리고 1547년에 재간된 〈구형세계지도(Isolario)〉에서 한국과 일본의 남쪽에 '동해(Mare Orientale)'라고 표기하였다. 그러나 칸티노의 '동대양'이나 보르도네의 '동해'가 우리 동해에만 붙여진 이름이라고는 할 수 없다. 그 당시 '대양(Oceanus)'과 '바다(Mare)' 사이에는 크기의 차이가 없었으며 유럽에서 볼 때 이 두 명칭은 동해를 포함하는 동남아 해역이 방위상으로 동쪽 머나먼 바다임을 나타내는 것이었기 때문이다. 가스탈디(Giacomo Gastaldi)는 1561년 〈아시아(Asia)〉에서 동해를 '망지해(Mare de Mangi)'라고 하였고 잘티에리(B. Zaltieri)도 1566년 마르코 폴로의 여행기를 참고하여 만든 지도에서 동해를 '망지해'라고 표기하였다. 그리고 카모치오(G. F. Camocio) 역시 1567년의 〈아시아(Asia)〉에서 동해에 같은 이름을 썼다.

그러나 보르텔리(Bortelli)는 1565년 〈세계도(Mappamondo)〉에서 동남아 해역을 '중국해(Mare della China)'라 일컫고 적도 아래에 '동대양(Oceano Orientale)'이라고 표기한다. 포르라니(Paolo Forlani)는 1574년의 〈아시아〉 지도에서 동해를 다시 '망지해'로 표기하였는데, '동대양'이나 '망지해' 등의 별칭을 처음 사용한 칸티노와 가스탈디를 제외하고는 자신보다 앞선 지도를 보고 같은 이름을 쓴 인상을 준다. 보테로(Giovanni Botero)는 1580년 〈아시아〉에서 동해를 '동대양(Oceanus Eous, Sive Orientalis)'이라고 표기하여 그리스적인 악센트를 주고자 했으며 마지니(Giovanni Antonio Magini)는 1596년 〈타르타리아(Tartariae)〉에서 동해를 '중국해(Mare Chin)'라고 표기하였고 로사치오(Giuseppe Rosaccio) 역시 1598년 〈양반구도(兩半球圖)〉에서 같은 표기를 한다.

17세기에 들어서면서 이탈리아는 내부적인 갈등 그리고 군주 세력의 약화와 함께 국가 경쟁력 또한 악화된다. 문화적으로도 침체 국면에 진입하면서 지도 산업도 영향을 받는다. 그 사이 스페인과 포르투갈은 해군력을 강화하고 식민지를 개발하여 유럽의 새로운 강자로 떠오른다. 특히 포르투갈의 해외 지향 정책은 지도의 도움을 필요로 하기 때문에, 먼저 지도를 출판하여 지도 제작의 노하우가 있는 이탈리아 베네치아 장인들의 도움을 받아야 했다. 내부적인 수요 부진의 문제에도 불구하고 이탈리아의

1646년 이탈리아로 귀화한 영국의 더들리가 세계 최초로 제작한 해도집《바다의 비밀》에 실린 한일 양국도. 동해의 한 복판에 정자로 '한국해(Mare Di Corai)'라고 표기되고 흘림체로 '일본북해', '이에소(북해도)남해' 등이 표기되었다.

지도 제작은 중단되지 않았다. 특히 더들리(Robert Dudley)의 업적 은 주목할 만하다. 본래 영국 태생인 그는 신실한 가톨릭 교인으 로 이탈리아를 좋아하여 피렌체에 정착한 후 1646년 세계 최초로 해도집《바다의 비밀(Dell'Arcano del Mare)》을 펴낸다. 그리고 한일 양국 지도인 〈일본섬, 북해도, 한국의 지도(Carta Particolare della Grande Isda del' Giapone e di Iegocon il Regno di Corai e altro Isole in torono)〉를 저서에 담으면서 한국을 '코라이(Corai)'로 적는다.

1777년 이탈리아의 자타가 만든 아시아지도. 동해에 '한국해(Mare di Corea)'라고 표기
되었다.

1647년 제1판에서는 동해 중앙에 큰 활자로 '한국해(Mar di
Corai)'라고 하고 동북쪽은 '일본북해(Mare Boreale del Giappone)'라
고 칭한다. 그리고 일본 남부에는 '일본의 남해(Mare Australe di
Iappone Ō Giappone)'를, 일본의 서남부에는 '일본해(Mare di
Giappone)'를 표기한다. 그러나 1661년의 재간에서는 동해 중앙

에 지도 제목을 담은 카르투슈를 넣고 한국 동해안에 보다 가까
이 '한국해'를 위치시켰으며 일본의 북동부 카르투슈 가까이에는
'일본북해(Il Mare Settentrionale di Iappone Ō Giappone)'를 정관사
'Il'과 함께 쓴다. 그리고 일본의 서남부와 남부 두 곳에 '일본해
(Mare di Giappone)'라고 표기한다. 큰 활자로 된 '한국해'나 일본
남부의 '일본해'는 명칭 제목이지만 정관사를 동반한 '일본북해'
는 부수적인 설명 명칭이다. 일본의 와타나베 코헤이(Watanabe
Kohei)와 야지 마사타카(Yaji Masataka)는 그 지도에 '일본해'라는
이름이 네 개 있다고 주장하는데[29] 그것은 '일본'만 들어가면 모두
'일본해'라고 억지를 쓰는 일본학자들의 병폐를 보여줄 뿐이다.

18세기에도 이탈리아의 지도 제작은 활발하지 못하였으나 티
리온(Isaak Tirion)은 1740년 〈신중국제국지도(Nova Carta dell'
Imperio della China)〉에서 당시 유럽의 명칭들을 참고해서인지 동
해를 '한국해(Mare di Corai)'라고 하였고 자타(A. Zatta) 역시 1777
년 〈아시아(Asiae)〉에서 동해를 '한국해(Mare di Corea)'라고 하였
다. 그러나 카시니(G. M. Cassini)는 1797년 〈일본섬과 한국(Isola
del Giapone e la Corea)〉에서 동해와 일본 남쪽 모두에 아무런 표
기를 하지 않았다.

19세기로 접어들면서 이탈리아의 지도 제작은 전보다 더 부진
을 면키 어려웠다. 그래도 보나치(Bonatti)와 피에트로(Pietro)는
1830년 〈아시아〉를 제작하면서 동해를 '한국만(Gulf di Corea)'이
라고 표기하였는데, 아마도 18세기 후반의 영국 지도를 참고한
듯하다. 1800년도 이후의 영국 지도들은 라페루즈(Jean-François

29_ Watanabe Kohei & Yaji Masataka, The 16th International Seminar on Sea Names, The Society for East Sea.

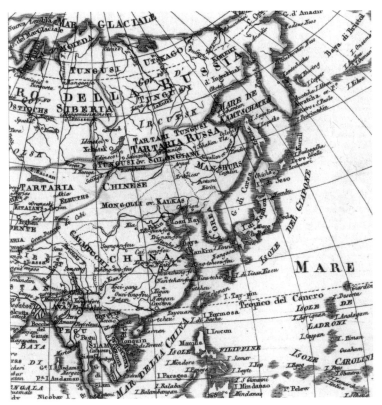

1820년 이탈리아 보나치와 피에트로(Bonatti & Bietro)가 제작한 동북아 지도. 동해에 '한국만(G. di Corea)' 라고 표기하였다.

de La Pérouse)의 영향을 받아 거의 대부분 동해를 '일본해'로 표기했기 때문이다.

유럽에서 가장 먼저 지도를 판매 보급하며 지도 제작을 산업화한 이탈리아는 콜럼버스를 비롯하여 캐나다를 처음 탐험한 캐봇(John Cabot) 그리고 마르코 폴로 등을 배출한 국가이다. 그럼에

도 동남아 해역이나 동해의 현지 명칭들이 지도에 표기되지 않은
것으로 보아 이들의 동남아에 대한 관심은 비교적 적었던 것 같
다. 그러나 이들은 명칭을 제정하는 몇 가지 원칙을 세워 다른 나
라들의 명명에 참고하게 하였다. 그 원칙은 다음과 같다.

첫째, 유럽에서 먼 해역에 대해서는 이탈리아를 중심으로 방향
을 고려하여 명명한다.

둘째, 바다 명칭을 해당 해역 주변에서 가장 중요한 국가와 관련
시켜 명명한다. 예컨대 동해를 포함한 동남아 해역을 '중국해(Mare
della China)'라고 하고 일본 남쪽에는 '일본해(Mare di Giapone)' 혹
은 '일본남해(Mare Australe di Giapone)'라고 하는 식이다.

이러한 두 가지 원칙은 서양 지도에서 명칭 제정의 기본 원칙
으로 수용되어 네덜란드를 비롯한 다른 나라의 지도에서도 그 원
칙에 따라 바다 명칭을 제정하였음을 확인할 수 있다.

3
바티칸 선교사들의 지도와 동해 명칭 표기

이탈리아 수도 로마의 한 작은 부분에 위치한 바티칸은 15억 가톨릭 신자의 정신적 구심점이다. 궁 안에는 인류의 온갖 진귀한 보물과 역사적으로 중요한 자료가 소장되어 있어 매년 수백만의 관광객이 찾아온다. 그중에는 세계 각지에 파견된 선교사들이 보내온 자료도 대부분 대외비로 보관되어 있다. 오늘날의 교세를 구축하는 데 기여한 선교사들 중에는 귀국 후 파견되었던 나라의 사정을 저서로 기록하거나 그 나라의 형태를 지도로 만들어 남긴 이들도 있었다. 우리의 관심은 동해의 명칭을 어떻게 표기했느냐로 이러한 자료 중에서 주로 그들이 남긴 지도를 참고하였다.

과거 선교사들이 파견된 곳 중에서 중국

과 일본은 바티칸이 큰 관심을 보였던 나라이다. 중국은 선교 활동에 제약을 두면서도 대포 제작에 도움을 주기를 바랐고 또한 과학적인 방법으로 거대한 중국 지도를 만들어주기를 요청하였다. 따라서 바티칸도 선교를 위해 지도 제작에 대한 예비지식을 갖춘 선교사를 우선적으로 선발하였다. 바티칸은 한국 선교에도 관심이 있었으나 당시 조선의 대외 봉쇄 정책 때문에 한국은 일찍부터 선교 대상에서 제외되었다.

일본은 많은 선교사들이 선호하는 나라였다. 일본의 선교 활동에도 정치적인 고려에서 나온 제약이 있었지만 선교사들이 일본인들에게 호감이 있었기 때문으로 보인다. 그러나 실제로 그곳에 파견된 선교사들은 선교 활동에서 기대한 성과를 얻지는 못하였던 것 같다. 대인관계에 있어 일본인들은 예의바르고 친절하지만 자신의 생각을 외부인에게 쉽사리 드러내지 않으며 또한 신토이즘과 불교가 생활 속에 뿌리내리고 있어 서양에서 온 종교를 쉽사리 받아들일 성향이 아니었기 때문인 듯하다. 남부의 일부 지방에서는 군주와 주민에게 호의적인 반응을 얻기도 하였으나 교류가 피상적으로만 이루어져 선교사들의 활동도 활기 있게 펼쳐지지는 못했던 것으로 보인다. 그래도 일본에 호감이 있었던 선교사들은 일본을 보다 잘 이해하기 위해 역사, 제도, 민속 등을 공부하고 일본에서 제작된 일본 지도 등을 입수하여 유럽에 알리고자 하였다. 일부 선교사들은 귀국 후 직접 일본 지도를 제작하게 되는데 이들이 제작한 일본 지도의 동해 명칭 표기에서 다음과 같은 세 가지 유형을 찾아볼 수 있다.

첫째, 일본에서 동해를 지칭하는 객관적이고 정확한 명칭이 없다는 것을 알게 된 선교사들은 1612년 카르딤(António-Francisco Cardim)의 〈최신 일본정밀전도(Iaponia Nova & Accurata)〉에서와 같이 동해를 표기하지 않고 공백으로 둔다.

둘째, 진나로(Bernardino Ginnaro)는 동해에 대한 뚜렷한 명칭은 얻을 수 없었지만 그에 대해 물으면 구어로 '북쪽 바다' 혹은 '북해'라고 하고 남쪽에 있는 바다는 '남쪽 바다' 혹은 '남해'라고 하는 것을 보았다. 그래서 그는 1630년대의 일본 지도에서 동해를 '북해(Mare du Boreale)'로 표기한다.

셋째, 그러나 블랑쿠스(Christopher Blancus)는 1617년 일본 지도에서 동해를 '일본해(Mare Iaponicum)'라고 하였고 일본 남쪽은 중국의 비중을 생각해서인지 '중국해(Oceanus Chinensis)'라고 하였다. 진나로와 달리 블랑쿠스는 'Mare'를 작은 바다로, 'Oceanus'를 큰 대양으로 감지하였던 것 같다. 그 밖에 진나로는 블랑쿠스와 마찬가지로 일본 남쪽에 '중국해'라는 명칭을 사용하였고 1641년 동해를 '중국해(Oceano Chinensis)'라고 표기한다.

중국에 파견된 선교사들도 어려움을 겪었다. 행정적인 제약뿐 아니라 중국인들도 외래 종교에 쉽사리 흔들리는 민족이 아니었기에 천주교가 일부 학자들의 연구 대상은 되었지만 일반 국민 속으로 파고들기는 어려웠다. 실용적인 중국 관리와 민중 들은 필요는 하지만 자신들이 쉽게 할 수 없는 일들을 선교사들에게 의뢰하였다. 천문대와 보다 과학적인 지도 제작도 그러한 분야에 속했다. 이러한 과정에서 마테오 리치(Matteo Ricci)가 만든 〈곤여만국전도(坤輿萬國全圖)〉가 예상 밖의 호평을 받았다. 중국어로 작성된 세계지도에서 중앙에 위치한 중국이 중국인들의 자존심을 만족시켰기 때문이다. 그 후 바티칸도 중국인들의 소망에 부응하기 위하여 지리학에 조예가 있고 지도 제작이 가능한 선교사들의 파견을 우선으로 하였다.

　마테오 리치의 〈곤여만국전도〉는 중국어로 된 대형 지도로 유럽에는 별다른 영향을 주지 못하였다. 〈곤여만국전도〉는 일본으로 전해져 여러 모사본이 생기고 그 지도가 일본인들이 세계에 대해 눈뜨게 하는 계기를 마련해주었다고 평가되지만, 동해를 '일본해'라고 표기한 부분은 일본에서도 수용되지 못하였다. 이에 대해 야지 마사타카는 몇 가지 이유를 제시한다. 첫째, 일본해 북부의 모습이 아직 상상의 지역을 벗어나지 못해 불확정했고, 둘째, 지명이 부정확했기 때문에 일본 부근에 대해서는 그만큼 중요하게 생각지 않았으며, 셋째, 당시는 아직 동양에서 넓은 해역에 명칭을 부여하는 풍습이 없었다는 것이다. 그러나 리치의 일본해 명칭이 관심의 대상이 되지 못한 것은 그 명칭이 일본에 존재하지도 않았고 관심도 없었다는 것을 말한다. 아마도 진나로 등 일본에 다녀온 선교사들의 지도를 참고해볼 때 그 당시부터 19세기 말경까지 동해/일본해를 '북해'라고 불렀기 때문이라고 생각되지만 일본 학자들은 현재 핵심을 우회하면서 '북해'라는 용어를 회피하고 인정하지 않고 있다.[30]

　여하튼 마테오 리치의 후배 선교사들은 동해 명칭을 두고 고민을 한 것으로 보인다. 리치를 이은 알레니(Giulio Aleni)는 동해가

30_ 심정보, 〈일본에서 일본해 지명에 관한 연구 동향〉, 한국지도학회지, 2007, 재인용.

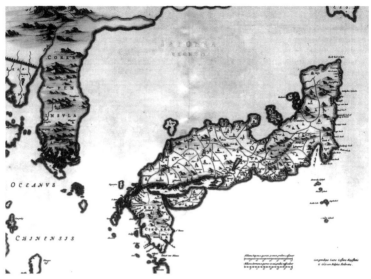

1655년 이탈리아 마르티니 신부가 네덜란드의 블라외와 함께 낸 《신중국지도첩(Novus Atlas Sinensis)》에 포함된 한일 양국도. 동해에 이름을 표기하지 않았다.

31_ '소동해'는 동해가 비교적 크기가 작은 바다이기 때문에 붙여졌다고 생각되나 중국의 수당 시대에 동해를 '소해'라고 불렀기 때문에 '소동해'는 '소해+동해'의 의미를 지녔다고도 볼 수 있다.

토착명임을 알게 되자 1623년 〈아시아〉 지도에서 동해를 '소동해'라고 표기한다.[31] 또 그들보다 먼저 중국에 거주한 세메도(ÁlvaroSemedo) 신부는 고국 포르투갈로 돌아가 1655년 유럽 여러 나라 언어로 작성한 〈아시아지도(Carta di Asia)〉에서 동해를 아예 '중국해(Mare della China)'라고 표기한다. 같은 해 마르티니(Martino Martini) 신부는 암스테르담의 블라외 회사에서 펴낸 《신중국지도첩(Novus Atlas Sinensis)》에서 동해 부분을 아예 공백으로 남겨둔다. 또 페르비스트(Ferdinand Verbiest)는 대선배인 리치를 부정하여야 하는지, 분명한 사실을 감추어야 하는지를 고민한 끝

에 결국 일본해와 동해를 다 살리기로 하고 1669년 〈아시아〉 지
도에서 '동해 또는 일본해(Mer Orientale ou du Japon)'라는 중화(中
和)적인 명칭을 사용한다.

브리에(Pierre Briet)는 프랑스 예수회 신부로 북경에 파견되었던
신부들과 교류하던 중 동해가 토착명임을 알게 되어 1655년 〈일
본지도〉에서 '동대양(Ocean Oriental)'이라고 번역한다. 당시
'Mer(바다)'와 'Océan(대양)'은 별 차이 없이 선택할 수 있는 어휘
였기 때문에 동해를 대양이라고 한 듯하다. 이탈리아 예수회 소
속의 코로넬리(V. M. Coronelli)는 1692년 〈일본섬과 한반도(Isola
del Giapone, Peninsola di Corea)〉라는 지도를 만들었는데, 그가 어
떤 지도를 참고하였는지는 명확하지 않다. 그는 한반도 남해안과
동해안에 걸쳐 '중국해(Mare della China)'라고 하고 동해 중앙과
일본 남쪽을 아우르는 아치 모양의 해역에 '동대양(Oceano
Orientale)'이라고 표기하였다.

그에 비해 1686년에서 1709년까지 북경에 머물면서 중국과 러
시아의 네르친스크 국경 회담 준비에도 참여하고 러시아에서 만
든 아시아 지도에 대해 알아볼 수 있었던 벨기에 플랜더스 출신
의 토마(Antoine Thomas) 신부는 1690년에 만든 동아시아 지도에
서 동해를 '한국해(Mare Coreanum)'라고 표기한다. 그가 중국에 도
착한 지 4년 만에 제작한 지도에서 동해를 '한국해'라고 한 것은
같은 플랜더스 출신의 몬타누스(Arnoldus Montanus)의 저서에 부
록으로 첨가된 일본 지도를 참고하였을 가능성이 크다는 것을 말
해준다. 그런 가운데 토마는 중국 측의 요청에 따라 레지스(Jean-

Baptiste Régis), 부베(Joachim Bouvet), 파르냉(Dominique Parrenin) 등과 함께 1705년 〈북경지역도〉를 완성하고, 선교사들의 능력에 만족한 강희제의 명을 받아 중국 전체 지도를 작성하는 일을 돕게 된다. 만주와 특별한 인연이 있는 강희제는 1689년부터 10여 년간 만주 지역을 실측하고 있던 선교사들의 노고를 위로하고 지도 작성을 독려하기 위하여 만주로 여행하는데, 토마 신부가 그와 동행한다. 펠르티에(P. Pelletier) 교수는 베르나르(Bernard) 교수의 1935년 논문에서 토마 신부가 일기 형식으로 남긴 수행 기록을 참고하던 도중 "강희제가 아침에 일어나면서 만주 동쪽에 있는 바다를 '동해'라고 몇 번 언급하였다"는 문장을 보고 토마 신부가 그것을 그리스어로 '동해(Eoum Mare)'라고 옮겨 적었다고 주장하였다.[32]

32_ P. Pelletier, 〈The Role of French Geo graphy in the Naming of the Sea between Korea, Japan and Siberia from 17th to 19th century〉, The 5th International Semi nar on Sea Names, The Society for East Sea.

토마의 수행록을 읽은 뒤알드(Jean-Baptiste Du Halde)는 《중국백과전서(Description Géographique, Historique, chronologique, Politique et Physique de l' Empire de la Chine et de la Tartarie Chinoise)》에서 동해 명칭을 몇 차례 반복하였으나, 정작 그 책에 들어 있는 지도에서는 동해를 '일본해(Mer du Japon)'로 표기하였다. 이처럼 책과 지도에서의 표기가 다른 것으로 보아 토마 신부의 수행록은 뒤알드에게 별다른 영향력을 미치지 못한 듯하다. 그럼에도 뒤알드의 《중국백과전서》와 부록으로 나온 당빌(Jean Baptiste Bourguignon d' Anville)의 지도첩 《아틀라스(Atlas)》는 북경에 파견되었던 선교사들이 작성한 18세기 최대의 역사적 기록으로 평가된다.

동해가 토착명이라고 하는 사실은 브리에 이후 기욤 드릴

(Guillaume Delisle)과 드 페르(Nicolas de Fer)에 의하여 지도에서 명
기되었다. 왕실 수석 지리학자로 선교사들을 포함한 다양한 소식
통을 통해 동해가 토착명임을 알게 된 드릴은 동해를 '동해(Mer
Orientale)'라고 표기하는 데 집착하였다. 그리고 드 페르는 동해가
토착명임을 지도에서 직접 설명하였다.

　　바티칸의 선교사들은 본연의 선교 임무 외에 17세기에서 18세
기에 이르기까지 중국, 한국, 일본 등을 유럽에 알리는 가교 역할
을 하였기 때문에 그들이 남긴 기록과 지도에 나타난 동해 표기
는 여러 가지로 중요한 의미가 있다. 그들의 동해 표기는 ① 일본
해 ② 소동해 ③ 무표기 ④ 동해 ⑤ 한국해 등으로 나뉘지만 명칭
의 다양성을 아는 것은 피상적인 일이고 어떤 배경에서 이러한
명칭들이 나오게 되었는지를 알아보는 것이 중요하다.

4
독일어권의
고지도와
동해 명칭
표기

오스트리아를 포함하는 독일어권이 유럽의 지도 제작을 주도했던 시기는 없는 듯하다. 그러나 문예부흥이 이탈리아에서 알프스 너머로 급속히 전파되면서 독일어권도 그 영향을 받아 고전 연구에 대한 움직임이 활발해졌다. 그 여파로 독일어권에서는 프톨레마이오스의 《지리학》에 대한 수준 높은 연구와 수정을 동반한 재간행이 학자들에 의해 이루어졌고, 독일에서 인쇄업이 발달한 뉘른베르크를 중심으로 지도 제작도 꾸준히 발전하게 된다. 독일, 오스트리아는 지정학적 위치 때문에 일찍이 체코, 헝가리, 폴란드 등의 중부, 동부 유럽 국가들과 밀접한 교류 관계가 형성되어 있었다.

물론 이탈리아, 네덜란드 그리고 18세기

에 들어 프랑스와 영국의 영향을 받긴 했지만 고지도의 동해 명칭 문제에 있어서 독일, 오스트리아는 나름대로의 특색을 보여준다. 포르투갈 기업에 근무하면서 포르투갈이 해외에서 얻은 세계 특히 동남아권에 대한 지리적 정보를 알게 된 베하임(Martin Behaim)은 콜럼버스가 아메리카를 발견하던 1492년 지구의를 만들어 동해를 포함하는 동남아 해역에 '인도 너머의 동대양 (Oceanus Indicus Orientalis)'이라고 표기한다. 이것은 방위적 개념에 국가 명칭을 합하여 작명한 것이다. 그 후 프리즈(Laurent Friese)도 1528년 프톨레마이오스를 연구하고《지리학》을 재간행하면서 첨부한 동남아 지도에서 베하임과 같은 명칭을 썼다. 이 때까지만 해도 '인도 너머의(Indicus)'라는 단어가 병기되었는데 그 이후에는 이것이 불필요하다고 생각되어 '동대양(Oceanus Orientalis)'으로만 사용한다. 1596년 독일의 안드레아스(Andreas)는 〈세계도(Mappa-Mundi)〉에서 동해를 '중국해(Mare Cin)'라고 하는데 이 명칭은 후에 네덜란드의 오르텔리우스(Abraham Ortelius), 메르카토르(Gerardus Mercator) 등의 거장들이 즐겨 쓰게 된다.

그 당시 유럽 지도들을 살펴보면 한국은 나타나지 않고 동해 해역을 공백으로 남기는 경우가 많았다. 그런 가운데에서 두란트 (K. Durant)는 1679년 일본 지도에서 동해를 '동대양(Océan Oriental)'이라고 하였다. 그러나 1700년《일본역사(History of Japan)》를 출간할 때는 조이터(Matthäus Seutter)의 도움으로 만든 부속 지도에서 동해를 '일본북해(Mer du Nord du Japon)'라고 표기한다. 뮌헨의 수학 교수였던 셰러(Heinrich Scherer)는 호만(Johann

Homann)의 도움을 받아 약 200여 장의 지도를 발간하는데, 1705
년 〈아시아(Asia)〉에서는 인도양으로부터 태평양 동부에 이르는
바다를 3등분하여 ① 아라비아 해(Mer d'Arabie) ② 뱅골 만(Gulf de
Bengale) ③ 중국해(Mer de Chine)로 나누었다. 그리고 동해는 '동
대양(Oceanus Orientalis)'이라고 표기한다. 그러나 그 명칭이 토착
명 동해의 라틴어 번역이라고 하기에는 정확한 근거가 없다. 오
히려 방향적인 작명이라고 생각된다.

18세기 독일 지도를 대표하는 호만은 1707년, 그리고 1714년
에 재간된 그의 〈아시아〉 지도에서 동해를 '소동해(Mare Orientale
Minus)'라고 표기한다. 사실 '동해(Mare Orientale)'는 16세기와 17
세기 초반 이탈리아와 네덜란드 지도 제작자들도 사용하였으며
17세기 후반에는 프랑스 일부 제작자들이 사용하던 명칭으로 거
기에 지소사 '작은(Minus)'을 첨가한 것은 독일인의 창의적인 발
상이다. 그러나 1720년 〈아시아(Asiae)〉에서 호만은 동해의 일본
북쪽 해안에 '일본서해(Mare Iaponicum Occidentale)'를, 그리고 일
본 남쪽에 작은 활자로 '일본동해(Mare Iaponicum Orientale)'를 표
기함으로써 일본 위주의 작명을 한다. 일본을 중심으로 볼 때 동
해가 일본의 북쪽에 있고 '일본동해'는 사실상 일본의 남쪽에 있
음에도 그렇게 작명한 것이다.

호만을 도운 문하생으로 그의 영향을 많이 받았던 하시우스
(Hasius)는 1739년 〈평면지구도(Planiglobi Terrestris)〉 초판과 1741
년의 재간 그리고 1746년의 삼간에서 초기 호만과 같이 동해를
'소동해(Mare Orientale Minus)'라고 표기한다. 하시우스의 후계자

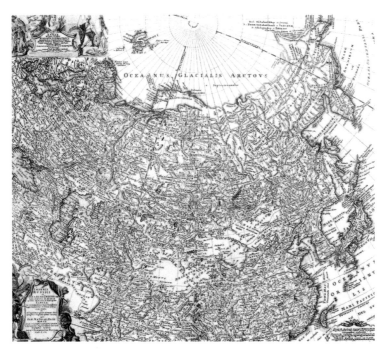

1730년 독일 호만의 사업을 인수한 하시우스가 제작한 〈러시아제국과 타타르전도
(Imperi Russici et Tartariae Universae)〉. 당빌 이전의 지도로 한국의 형태가 비교적 정
확하다. 동해는 '소동해(Mare Orientale le Minus)'라고 표기되었다.

도 1744년 〈러시아 대타르타리아(Russici, Tartariae Majoris)〉와 같은
해에 나온 〈아시아(Asia)〉 그리고 1753년 재간에서 동해를 '소동
해(Mare Orientale Minus)'라고 표기하였다. 뵈메(August Gottlieb
Boehme)도 1744년 자신의 아시아 지도에서 같은 표기를 사용하
였으며 같은 해 하시우스와 뵈메가 합작한 〈정통아시아지도(Asiae
Secundum Legitimus)〉에서도 역시 같은 표기를 한다.

마테우스 조이터는 1720년 〈새 일본왕국지도(Regni Japoniae Nova Mappa Geographica)〉의 초판과 1730년의 재간 그리고 1740년의 삼간에서 동해를 '일본의 북해(Mer nord du Japon)'라고 하고 일본 남쪽은 '일본해의 부분(Maris Iaponicum Pars)'이라고 하였다. 그리고 1745년에는 '북쪽'이라는 형용사를 빼고 '일본해(Japanisches Meer)'라고 표기한다. 셰러는 1727년의 〈일본지도(Japan)〉에서 이전과는 달리 캄차카 반도 위쪽에 '일본해(Die Japanische Zee)'라고 표기한다. 로비츠(Georg Moritz Lowitz)는 1746년 〈전 세계도(Mapp universalis)〉에서 동해를 '소동해(Mare Orientale Minus)'라고 하였고 귀세펠트(Franz Ludwig Güssefeld)는 1786년 〈러시아왕국(Russische Reigh)〉에서 독일어 지소사를 이용하여 '작은 동해(Kleine Orientalische Meer)'라고 표기하였다. 1753년 〈베를린아카데미〉에 실린 〈러시아제국(Imperii Russici)〉에서 동해가 '동해(Mare Orientale)'와 '한국해(Corea Sien)'로 중복 표기된 것은 프랑스 지도 제작자 드릴의 영향을 받은 것이라 생각된다. 마테우스 알브레히트(Mataeus Albrecht)가 1750년 〈아시아(Asia)〉에서 동해를 '동해(Mare Orientale)'라고 표기한 것 역시 드릴이나 드 페르의 영향이 아닌가 추정된다.

그러나 독일 지도들 역시 19세기에 들어서는 라페루즈의 영향으로 '일본해' 쪽으로 선회하는 경향을 보인다. 왈흐(Johann Walch)는 1816년 아시아 지도에서 동해를 '일본해(Japanisches Meer)'라고 하였고 슈트라이트(Streit) 역시 1817년 〈아시아지도(Karte von Asien)〉에서 동해를 '일본해'로 표기한다. 캄페(Campe)

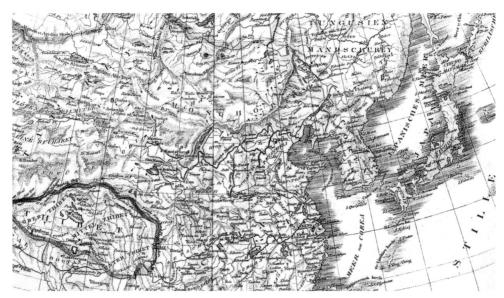

1820년 빈에서 스위스계의 몰로가 제작한 〈중국왕국도(Chinesisches Reich)〉. 동해는 '일본해'로 하고 동중국해를 '한국해(Meer von Corea)'로 표기했다.

도 1817년 〈아시아(Asien)〉에서 동해에 슈트라이트와 같은 표기를 한다. 몰로(Tranquillo Mollo)는 1820년 〈중국왕국도(Chinesisches Reich)〉에서 동해를 '일본해(Japanisches Meer)'로 하고 동중국해에 '한국해(Meer von Corea)'라고 표기한다.

　전체적으로 볼 때 프랑스 지도가 한국의 국가명을 사용하여 '한국해(Mer de Corée)'라고 많이 표기한 데 비해 독일은 '동해(Mare Orientale)'를 선호하는 편이었다. 그렇지만 동해의 크기를 고려하여 '작은(Minus 또는 Kleine)'이라는 지소사를 첨가한 것은 독일 나름대로 동해 표기에서 창의성을 보여준 것이라고 평가된다.

5
포르투갈의
고지도와
동해 명칭
표기

   콜럼버스의 아메리카 발견 이후 대항해 시대가 열리년서 이베리아 반도의 두 나라 스페인과 포르투갈은 부의 축적, 식민지 확보, 가톨릭 전파의 세 마리 토끼를 한꺼번에 잡고자 거의 동시에 해외로 진출한다. 그러다 보니 두 나라 사이에 여러 차례 마찰이 빚어질 수밖에 없었고 서로 우선권을 얻고자 교황청에 청원을 한다. 일차적 중재에 실패한 교황청은 1494년 토르데시야스 선언을 통하여 브라질을 제외한 남미 대륙의 우선권을 스페인에 부여한다. 그리고 포르투갈에게는 브라질을 비롯해 동반구, 즉 동양을 맡으라는 교통정리를 하기에 이른다.

   두 나라가 해외 진출에 무력을 앞세운 것

은 비슷하나 두 나라의 진출 방식은 상당히 달랐다. 스페인은 육군을 앞세워 영토를 점령하고 금을 획득하였다. 이를 위해 곳곳에서 원주민과 전쟁을 벌여 대규모 학살을 자행하였고 문화유산과 전통적인 토속신앙을 철저히 말살하였으며 강제로 가톨릭으로 개종시켰다. 그리하여 무력으로 약탈한 황금을 무조건 스페인으로 가져옴으로써 그것이 엄청난 인플레이션을 유발하여 심각한 부작용이 생기기도 하였다.

포르투갈은 해양왕자 엔리케(D. Henrique)의 지휘하에 강력한 해군력을 구축하고 선박 건조에 주력하였다. 그리고 아프리카 희망봉을 돌아 동남아로 진출하는 과정에서 아프리카 동부에 거점을 확보하고 다스렸다. 또한 인도의 고아와 말레이시아의 믈라카, 그리고 중국의 마카오 등을 거점으로 삼아 인도네시아를 포함한 동남아에서 챙긴 저렴한 물자를 유럽에 가져가 소비 시장을 확보하고자 하였다. 그러다 보니 대규모 영토 확보나 원주민 살육, 황금 약탈 같은 것은 없었고 주로 동방과의 무역을 독점하고자 하는 욕심만 강하게 있었다. 따라서 중국·일본과도 교역을 하였으나 한국은 조선의 대외 봉쇄 정책으로 포기하였다.

포르투갈의 동방 진출에는 커다란 걸림돌이 하나 있었다. 이른바 '아라비아 상인'들이 일찍부터 중국, 일본은 물론 신라 그리고 고려와도 무역을 해왔던 것이다. 그들과의 무력 충돌은 피할 수 없었다. 아라비아 상선은 포르투갈 해군의 상대가 되지 못하였다. 날렵한 범선에 강력한 대포를 장착한 포르투갈의 해군은 쉽사리 아라비아 상선을 제압하고 그들을 동방무역에서 퇴출시킨

후 그 자리를 차지하여 상업을 발전시킨다.

스페인은 육군이 전쟁을 주도하다 보니 해도에 별로 의존하지 않아서 지도 제작도 드물었다. 반면 포르투갈은 해양 진출을 목적으로 삼았기 때문에 항로를 인도해줄 해도와 아프리카, 동남아 등 여러 지역의 지도가 반드시 필요하였다. 따라서 포르투갈에서는 지도 제작이 중요한 분야로 간주되었다. 이러한 이유에서 유명한 지도 제작자들이 배출되었는데 이것이 당대에 그치지 않고 후손들에게 계승됨으로써 이름 있는 지도 제작자들의 가문이 형성되기도 하였다.

그러나 불행하게도 동방 항로에서 포르투갈의 우렁찬 함성은 오래 지속될 수 없었다. 엔리케 사후 포르투갈의 해양 진출에 대한 열정도 약화되었고 무엇보다 주앙 3세(João III)의 왕통이 끊어진 후 강력한 라이벌인 스페인의 필리포 3세(Philippo III)가 1580년 포르투갈의 왕위를 이어받음으로써 스페인의 식민 지배를 받게 되었기 때문이다. 그럼에도 다행스러운 것은 그들이 남긴 고지도가 포르투갈의 해양 진출의 자취를 고스란히 간직하고 있다는 사실이다. 특히 엔리케 서거 500주년을 기념하기 위하여 1962년 포르투갈 정부가 발간한 《포르투갈 지도의 금자탑(Portugaliae Monumenta Cartographica)》은 포르투갈이 제작한 중요한 지도들을 모두 선보인 쾌거였다.

포르투갈은 1452년 일본에 도착하여 교류의 첫걸음을 내딛는다. 반면 조선과의 접촉은 공식 기록에선 찾아볼 수 없으나 포르투갈의 다른 자료들에 의하면 임진왜란 당시 명나라에 와 있던

일부 포르투갈 군사가 명군 소속으로 참전함으로써 소극적으로 교류가 이루어진 것으로 확인된다.

포르투갈의 고지도 중 바스 두라도(Fernão Vaz Dourado)의 1573년 지도와 호멤(Lopo Homem)의 1554년 지도, 벨로(Bartolomeu Velho)의 1560년 지도 등에는 형태와 위치 등으로 볼 때 한국으로 추정되는 나라가 있기는 하나 국가명은 표기되지 않았다. 그런데 두라

1571년 동남아에 거주하던 포르투갈의 두라도가 펴낸 국가명이 빠진 동남아 지도. 한국이라고 추정되는 나라 해안에 '콤라이 해안(Costa D. Comrai)'이라고 표기했다.

도의 지도에는 '콤라이(Comray)'라는 국가가 명시되어 있는데 그것은 중국과 일본에서 한국을 부르던 '코라이(Coray)'에 'm'이 잘못 삽입된 것이라고 생각된다. 그렇게 추정하는 근거는 린스호턴(Jan Huyghen van Linschoten)의 지도에도 한국이 '콤라이'로 표기되었기 때문이다. 한국의 명칭과 동해 표기가 분명히 나타난 것은 《포르투갈 지도의 금자탑》 제4권에 실린 고디뉴 데 에레디아(Manuel Godinho de Erédia)의 지도이다. 1615년 에레디아가 마카오에서 작성한 동아시아 지도를 보면 한국은 '코리아(Coria)', 동해는 '한국해(Mar Coria)'라고 표기되어 있다.

사실 '코리아'라는 이름에는 비밀이 숨겨져 있다. 고려시대 때 마카오에 와 있던 일본인이 포르투갈인에게 한국의 이름을 '코라이'라고 알려주었다. 그러나 포르투갈어를 포함하는 일부 라틴어 계통의 언어에서는 이중모음을 기피하여 'ai' 혹은 'ay'를 'e'로 표

기하였기 때문에 한국은 '코레(Core)'가 된다. 그리고 포르투갈어
와 스페인어에서는 남성명사의 어미에 'o'를, 여성명사의 어미에
'a'를 첨가하기 때문에 국가명이 여성인 한국은 '코레아(Corea)'
로 변화된다.

그런데 한국은 포르투갈에 알려지기 이전 고려와 교역을 하던
아라비아 상인들에 의하여 '코리(Cori 혹은 Cory)'로 불렸고 그 이

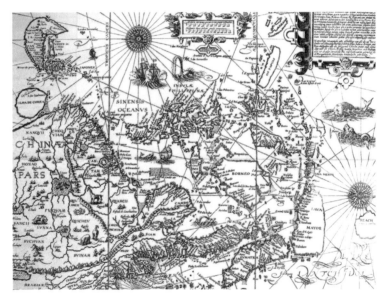

1596년 인도 고아 포르투갈 주교의 비서였던 린스호턴(Linschoten)은 〈인도 동쪽으로
의 항해(Itinerario)〉를 네덜란드어로 출판했고, 그 안에 중국, 일본, 한국이 그려져 있
다. 항해자로부터의 정보를 토대로 한 이 지도는 인도의 전통에 따라 동쪽을 북에 위치
시켰고, 한국은 'Ilha de Corea'라는 큰 섬과 그 위에 'Corea'라는 작은 섬으로 이루어져
있다. 한국의 동해안에 두라도와 같은 'Costa de Comray'라는 표기가 있고, 그 밑에 '도
적섬(Ilha de Ladrones)'이라는 표기가 있다.

름이 아랍-이슬람 세계에 전달되어 오늘날까지도 아랍·중동인들은 한국을 '코리'라고 부른다. 일부 국어학자들의 주장처럼 고려시대 당시 고려인들이 고려를 '고리'라고 발음하였다는 것이 사실이라면 아라비아 상인들이 '코리'라고 옮긴 것은 정확하게 옮긴 것으로 보아야 할 것이다. 이러한 흔적은 아랍-이슬람 측 고지도보다 오히려 포르투갈 고지도에 남아 있다.

테이셰이라(Luís Teixeira)가 1590년 오르텔리우스의 지도첩《지구의 무대(Terrarum)》에 넣은 일본 지도에서는 좁아지는 삼각형 모양의 섬인 한국을 발견할 수 있는데 국명은 '코레아(Corea)'로 되어 있다. 그리고 한국의 남부 쪽에 지방 이름도 아니고 도시 이름도 아닌 '코리(Cory)'라는 표기를 발견할 수 있는데 지금부터 포르투갈 고지도에 이러한 표기가 삽입된 경유에 관해서 자세히 알아보도록 하겠다.

먼저 포르투갈과 아랍-이슬람의 관계에서 그 열쇠를 찾아볼 수 있을 것 같다. 아라비아 상선단이 포르투갈 함대에 의하여 동남아 항로에서 퇴출될 당시 포르투갈 해군은 아라비아 상선으로부터 필요한 자료를 압수했을 것이라고 추측된다. 그리고 그 자료 중에는 당연히 항해에 필요한 해도가 들어 있었을 것으로 보인다. 그 해도에 '코리'라는 표기가 있었겠지만 그것을 전달받은 지도 제작자는 그것이 무엇을 뜻하는지 몰랐을 것이다. 아마도 해도에 들어 있는 용어였기 때문에 그대로 옮겨 적은 것이 아닌가 생각된다. '코리'라는 표기는 사실상 당시의 세계를 그린 지도에서 한국에 대한 최초의 표기로 기록되었는데 그 명칭 역시 아

1595년 포르투갈의 테이셰이라가 네덜란드 오르텔리우스의 도움으로 출판한 라틴어 〈일본전도(Iaponiae Insulae Descriptio)〉. 여기에 나타나는 한국은 길다란 섬나라로 남부에 '도적섬'이라는 이름이 있고, 제주도 쪽에도 같은 이름이 적혀 있다. 아랍어로 한국을 의미하는 'Cory'라는 표기도 있다.

라비아 상선에서 유래된 것으로 보인다. 에레디아는 '코리'라는 국가명에 여성명사에 첨가되는 'a'를 보태어 '코리아(Coria)'라는 표기를 사용하였다. 일부 포르투갈인은 이를 보고 한국을 '코리아'라고 했으나 보다 많은 포르투갈인이 한국을 '코라이(Corai)'로 부르다가 그것이 '코레아(Corea)'가 되어 다른 나라에까지 전파된 것으로 생각된다. 그러면 에레디아는 어째서 한국을 '코리아'라고 표기한 것일까? 아마도 그의 생애를 더듬어보면 해답을 추리

할 수 있을 것 같다.

에레디아는 포르투갈의 동양 진
출에 중요한 거점이 된 믈라카 지
역에서 말레이시아 공주와 포르투
갈의 현지 고급 관리 사이에서 태
어났다. 그는 인도 동부에 있는 포
르투갈의 식민지 고아에서 중등교
육을 받고 고등교육은 포르투갈에
서 받은 것으로 알려져 있다. 그는
수학에 뛰어나 그 방면에서도 활
동하였지만 동남아 지역, 특히 남
방 대륙으로 알려진 오스트레일리

1615년 고디뉴 데 에레디아가 마카오에서 펴낸 동양 3국을 그린
지도. 여기에서 반도로 된 한국은 'Coria'이고 동해 중앙에 '한국
해(Mar Coria)'라고 표기되었다.

아의 신화를 연구한 학자이다. 그래서 아마도 아라비아 상선에서
나온 자료를 점검하면서 중국, 한국, 일본의 지리적 형태를 알게
되어 이 삼국의 지도를 그린 것으로 추정된다. 그가 역사상 최초
로 한국을 반도 국가로서 정확하게 그렸다고 생각되지만, 동해
표기를 '한국해(Mar Coria)'라고 한 것에 대해서는 참고한 자료에
쓰인 것을 그대로 옮긴 것인지 아니면 그것이 가장 합당한 이름
이라고 생각하여 표기한 것인지 앞으로 더 연구해보아야 할 것이
다. 여하튼 에레디아는 1615년 포르투갈의 중국 거점 도시 마카
오에서 그 지도를 발간하였다.

에레디아의 지도는 마테오 리치의 지도보다 13년밖에 늦지 않
은 비교적 이른 시기에 작성된 것이기 때문에 그에 대해 보다 철

33_ Watanabe Kohei &
Yagi Mastaka, ⟨Study
on the Name 'Japan
Sea'⟩, The 16th Interna
tional Seminar on Sea
Names, The Society for
East sea.

저한 조사를 한 것은 일본 측이었다. 그리하여 일본의 두 학자는
최근 에레디아의 미발표 지도에 대한 대대적인 검토 작업을 통하
여 같은 1615년에 그린 다른 지도를 찾아내어 발표한 바 있다.[33]
그 지도에는 일본이 '이아폰(V. de Iapon)'이라고 표기되어 있고
한국은 '코리아(Coria)'라고 되어 있다. 그리고 일본 남쪽에는 '북
해(Mar de Norte)'라고 되어 있는데 이것은 아마도 태평양의 북쪽
에 있다고 해서 그렇게 표기된 듯하다. 그런데 동해에 표기되어
있는 '에스 바폰 해(Mar de S. Vapon)'에 대해서는 그것이 무엇을
뜻하는지 일본 측도 설명하지 못한 채 막연히 '일본해'가 그렇게
표기된 것이라고 강변할 뿐이다.

　　그러나 일본의 국명으로 표기된 '이아폰(V. de Iapon)'에서 V가

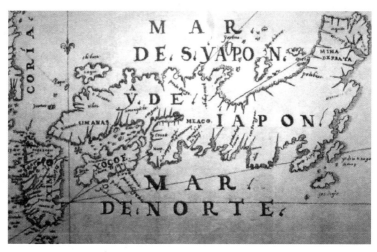

1615년에 제작된 이 지도에서 일본은 'V. DE IAPON'이라 표기되었으나, 동해에는
'MAR DE S. VAPON'으로 표기되었다.

무엇의 약자인지 아직 모를 뿐만 아니라 'Mar De S. Vapon'은 본
래 '이아폰'과 거리가 먼 표기처럼 보인다. 이 지도는 일본 지도
라는 제목도 없고 한국의 동해안만 약간 나올 뿐 중국도 없는 지
도이다. 일본 측은 이 지도가 마테오 리치의 지도와 비슷하다고
하나 그것은 희망사항일 뿐 뒷받침해줄 근거는 없다고 해야 할
것이다. 일본 측은 이 지도가 같은 저자의 '한국해(Mar Coria)'라는
표기를 중화시킬 수 있다고 생각하지만 그러기 전에 우선 'S.
Vapon'부터 설득력 있게 설명해야 할 것이다.

결론적으로 그것은 하나의 습작처럼 그려본 지도로 생각되기
때문에 일본 측의 주장을 받아들이기는 어렵다고 생각된다.

포르투갈에서는 고지도에 대한 연구가 독립된 학문 분야로 비
중 있게 다루어진다. 예컨대 리스본대학에는 지도 연구소가 있고
특히 해운 관계 문서 보관소에는 많은 양의 자료가 있을 것으로
보인다. 따라서 우리는 필요한 자료를 발굴하기 위한 노력을 해
야 할 것이다.

6
네덜란드
고지도와
동해 표기

   과거 네덜란드는 세계에서 인구밀도가 가장 높지만 해수면보다 국토가 낮고 부존자원이 많지 않은 나라로 국민들이 부지런히 일하고 검소하게 생활하여도 살기 어려운 나라였다. 그리하여 네덜란드는 살아남기 위해 해외로 눈을 돌렸고 스페인, 포르투갈보다는 늦었지만 식민지 땅을 개척하였다. 그리고 교역도 강화하면서 영·독·프 등 외국어의 조기 교육과 함께 해양 국가가 되고자 하였다. 그러나 해양 진출 과정에서 선배 격인 포르투갈과의 마찰이 불가피하였다. 다행히 포르투갈과 치른 몇몇 전투에서 네덜란드가 승리하였고 포르투갈의 해외에 대한 열정이 시들어갔으며 정치적인 이유에서 1580년 스페인에 포르투갈이 병합되자 네덜란드는 영국과 함께 해외 개척의 기득권을 물려받는다. 이후 네덜란드는 동남아에서 해양 강자의 깃발을 휘날리며 인도네시아 제도를 식민지로 삼았고 일본과 다양한 교류를 확대하며 이른바 '난학(蘭學, Dutch Studies)'을 일으킨다.

네덜란드가 해외 진출과 함께 항해에 도움이 되는 천문학, 지리학의 수준을 끌어올리는 과정에서 지도 제작 역시 중요한 산업 분야로 성장한다. 특히 지도 제작 산업이 발달하게 된 데에는 몇 가지 이유가 있다. 첫째, 지도가 여유 있는 중산층들의 해외에 대한 호기심을 충족시켜주었다는 점, 둘째, 그때까지 주로 수입해 왔던 이탈리아 지도가 쇠퇴하면서 네덜란드가 스스로 지도 산업을 육성하였고 이후 유럽 여러 나라와 러시아에까지 지도를 수출하였다는 점, 셋째, 포르투갈의 기업이나 기관에 고용되어 있었던 상당수의 네덜란드인들이 그곳에서 얻은 지리적 정보를 친지들에게 신속히 알려주었던 점이 성장의 요인이 되었다. 따라서 네덜란드 지도 제작자들이 해외에 대한 정보를 쉽게 접할 수 있게 되어 보다 완성도 높은 지도들을 계속 발간할 수 있었다.

네덜란드에서 처음으로 지도 제작을 시작한 메르카토르와 오르텔리우스 두 사람은 모두 벨기에의 안트베르펜 출신으로 엄격히 말하자면 벨기에인이다. 그러나 그들이 사용한 플라망(Flamand)어가 네덜란드에서도 쓰이는 언어이기 때문에 최근 들어 네덜란드계로 분류된다. 또한 오르텔리우스의 경우 일찍 암스테르담으로 활동 무대를 정해 이주하였고, 메르카토르는 독일 뒤스부르크에서 지도를 제작하였으나 둘의 지도가 주로 네덜란드에서 판매되었기 때문에 네덜란드인으로 간주되기도 한다.

두 사람의 성장 과정은 매우 다르다. 메르카토르는 명문 루뱅
대학에서 당대 저명한 게마 프리지우스(Gemma Frisius) 밑에서 천
문학과 수학을 공부하였다. 이후 그와 협력하면서 지구의 제작자
로 출발하였으나 보다 자유롭게 개신교인으로서 활동할 수 있는
독일 뒤스부르크에 자리 잡는다. 그리고 중요한 지도첩으로 평가
받는 《아틀라스(Atlas)》를 제작한다. 그에 비하여 열다섯 살 어린
오르텔리우스는 라틴어와 수학을 공부하고 지도 제작 기업에 채
색 담당자로 취직했다가 독립하여 이탈리아 지도를 수입해 판매
하는 지도상이 된다. 그리고 이십 대에 본격적으로 지도 제작업
에 뛰어든다. 오르텔리우스가 성공한 데는 비교적 일찍 사업을
시작하면서 유능한 지도상과 교류했던 이유도 있겠지만 그 나름
대로 영업을 확장하는 비법도 있었다. 그는 처음에는 낱장 지도
를 발간하고 그 후 그것들을 모아 지도첩으로 내었다. 그리고 그
것을 매년 수정 보완하여 새로운 지도첩을 내고 또 지도첩을
영·프·독 등 여러 나라 언어로 번역 출간하여 당대 유럽에서
선풍적인 인기를 끌었다. 오르텔리우스와 메르카토르는 서로 친
분이 있었고 메르카토르가 나이는 더 많았으나 지도 제작은 오르
텔리우스가 먼저 시작하였다.

오르텔리우스는 한국의 존재에 대해 아는 바가 없었고 알 수
있는 기회도 없었다. 그래서 1570년 〈신아시아지도(Asiae Nova
Descriptio)〉에는 한국이 등장하지 않는다. 대신 오르텔리우스는
같은 지도의 동남아 해역에 '동대양(Oceanus Eous)'이라고 표기한

다. 1570년 그의 《세계지도첩(Theatrum Orbis Terrarum)》에 담긴
〈타르타리아(Tartariae Séve Magni Champi Regni Typus)〉 지도에는 한
국도 없었고 동해 명칭도 기재하지 않았다. 단지 동해와 중국 인
근 해역에 '중국해(Mare Cin)'라고 표기하였고 남쪽에 보다 큰 활
자로 '동대양(Oceanus Orientalis)'이라고 표기하였는데 그것은 이
탈리아 지도에서와 같은 의미로 쓰인 것이다. 그러다가 포르투갈
의 테이셰이라와 알게 되었고, 1595년 펴낸 《세계지도첩》에 한국
은 〈섬나라 일본(Iaponia Insula Descrtiptio)〉에 포함된다. 〈섬나라
일본〉은 테이셰이라의 작품이다. 테이셰이라의 지도는 일본에서
제작된 일본 지도를 참고하여 만든 것이기 때문에 이것 역시 그
이전에 나왔던 일본 지도보다 정확성이 높았으나 저자가 한국에
대한 정보가 미비한 상태였기 때문에 한국은 위에서 아래로 뻗은
원뿔 모양과 흡사한 섬나라로 그려졌고 '섬나라 한국(Corea
Insulae)'으로 표기되었다. 남부에 '코리(Cory)'라는 표기가 있지만
그것은 도시에 붙인 이름도 아니고 지방 이름으로 쓴 것 같지도
않아서 무엇인지 알 수 없고 남쪽에는 '도적섬(Ilha dos Ladrones)'
이라고 하는 표기가 두 곳에 있는데 들은 것을 적당히 표기한 듯
하다.

　메르카토르 역시 1587년 〈아시아(Asiae)〉에서 서해와 동해 사이
에 '중국해(Mare Cin)'라고 기재하였고 데 요테(Gerard de Jode)도
1589년 〈세계지도(Mappa Mundo)〉에서 동해에 '중국대양(Oceanus
Chinese)'이라고 표기하였다. 그러나 테이셰이라의 지도를 제외하
고는 모두 한국이 나오지 않는 지도들이다. 플란시우스(Petrus

Plancius)는 1590년 양반구 지도에서 한국 없이 동해를 '중국대양 (Oceanus Chinensis)'이라고 표기했으나 1594년의 지도에서는 유럽 사상 처음으로 한국을 반도 국가로 나타내었다. 본래 개신교 목사였던 그가 포르투갈 기관에서 일하는 친지들을 통하여 최신 지리적 정보를 얻었기 때문으로 보인다. 그는 혼디우스(Jodocus Hondius)와도 인척 관계에 있어서 지도 제작을 하는 데 도움을 받았으나 지리적 정보 면에서는 혼디우스의 영향을 받은 것 같지는 않다. 게다가 플란시우스의 지도는 다른 제작자들에게 별다른 영향력을 끼친 것 같지 않다.

인도의 고아는 일찍부터 포르투갈의 식민지로 동남아 진출의 거점 역할을 하였는데, 그곳 주교의 비서였던 린스호턴은 자신이 획득한 지리적 정보를 종합하여 1595년에 〈포르투갈 영토 동쪽으로의 선박 여행 경로(Itinerario, Voyage ofte Schipwert van J. H. Linschoten narr Oost ofte Portugaels)〉를 출간한다. 이 지도에는 한국이 그려져 있는데 사실 린스호턴이 직접 여행한 것은 아니고 친구 디르크(Dirck Gerritsz. Pomp)가 일본까지 갔다가 들은 바를 전하여, 저자가 지도에 한국을 적당히 그려 넣은 것이다. 디르크가 얻은 정보에 의하면 한국은 북위 34~35도에 위치해 있는 일본과 중국 사이의 섬나라로 그 이름은 '코레(Core)'였다고 한다. 그런데 이 지도는 두라도의 영향을 받은 것 같다. 린스호턴의 지도를 보면 둥근 감자 모양을 한 한국의 동남쪽에 '콤라이 해안(Corta de Comray)'이 있는데 두라도의 1573년 지도에도 한국으로 추정되는 반도 국가가 있고 동해안에 '콤라이 해안'이라고 표기되어 있기 때문이다. 린스호턴의 지도에는 콤라이 해안 바로 위에 '도적섬 (Ilha dos Ladrones)'과 국명 '섬나라 한국(Ilha de Corea)'이 적혀 있는데 섬나라 한국이 도적섬과 같다고 한 이 표기는 너무 황당한 표기이고 새우 모양의 일본도 엉뚱한 형태를 하고 있다.

반 네크(Jacob Cornelisz. van Neck)의 1600년 아시아 지도에서 한국은 '섬나라 한국(Core Insula)'으로 나타난다. 그리고 혼디우스의 1602년 〈최근 아시아정밀지도(Asiae Recens Summa Accurata)〉에서는 한국은 없고 태평양 쪽에 '동대양(Oceanus Eous)'이라고 표기되어 있다. 반대로 같은 해에 발표된 또 다른 〈아시아(Asiae)〉에서는 '서대양(Oceanus Occidentalis)'으로 표기되어 있는데 아메리카 대륙 발견 후 서쪽으로 가면 아시아로 가게 된다고 믿었기 때문이다. 블라외(Willem Blaeu)는 1607년과 1608년의 지도에서 동해 해역에 '중국대양(Oceanus Chinensis)'이라고 표기하였으며 비세르 (Visscher) 1세도 같은 해의 〈아시아〉 지도에서 동일한 표기를 하였다.

17세기 중엽까지 많은 지도들이 한국을 '섬나라 한국(Corai Insula)'이라고 표기하였다. 한편 클루베리우스(P. Cluverius)는 1624년 아시아 지도에서 동해를 '동해(Mare Eoum)'라고 표기하였는데 그것은 토착명과는 관계없이 단순히 '동쪽에 있는 바다'라는 의미에서 그렇게 표기한 것이다. 그리고 블라외의 영향을 많이 받은 얀소니우스(Johannes Janssonius)는 1630년 지도에서 동해를 무표기로 남긴다.

동인도회사 내부용 지도에는 동해의 동북쪽에 '서대양(Oceanus

1624년 네덜란드의 클루베리우스가 펴낸 〈신구아시아(Asia Antiqua et Nova)〉. 네덜란
드의 대가들과는 달리 한국을 길쭉한 반도로 나타내었고 동해는 그리스어와 혼합하여
'동해(Mare Eoum)'로 표기했다.

Occidentalis)', 일본 남쪽에 '중국대양(Oceanus Chinensis)'이라고 표
기되었는데 그 정보가 외부로 유출되었는지 블라외, 메르카토르
등이 1630년대에 만든 대부분의 지도에서 '서대양', '동대양
(Oceanus Orientalis)', '중국대양'을 발견할 수 있다. 블라외의 후계
자인 아들 요안(Joan Blaeu)은 1635년과 1662년의 《대지도첩(Atlas
Maior)》에서 혼디우스가 선호한 것처럼 동해를 '서대양(Oceanus
Occidentalis)'이라고 하다가 1650년의 〈아시아(Asiae)〉에서는 동해

를 '중국대양(Oceanus Chinensis)'이라고 표기한다. 선교사로 북경
에 다녀온 마르티니는 1655년 블라외와 함께 펴낸 《신중국지도
첩(Nous Atlas Sinensis)》의 〈일본왕국도(Japonia Regnum)〉에서 선교
사들 사이에 이견이 있는 동해 표기를 무표기로 한다.

베르티우스(P. Bertius)는 1640년 〈아시아(L'Asie)〉에서 한국을 기
다란 반도로 나타내고 '코리아(Corea)'라고 하면서 한국 가까운 동
해에 작은 글자로 '망지해(Mare de Mangi)'라는 이색적인 명칭을
사용한다. 그는 같은 지도에서 동북쪽 넓은 바다에 큰 활자로 '서
대양(l'Océan Occidental)'이라 하고 일본 남쪽은 '중국대양(l'Ocean

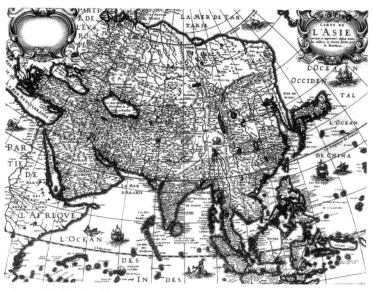

1635년 벨기에의 베르티우스가 제작한 〈아시아(L'Asie)〉. 클루버와 흡사한 한반도를 그
리면서 동해에는 '망지해(Mare de Mangi)'라는 이상한 이름으로 표기했다.

de China)'이라고 표기하였다. 이와 달리 블라외에게서 영향을 받은 얀소니우스는 1658년 동아시아 지도에서 동해에 '중국대양(Oceanus Chinensis)'이라고 표기하였다. 그리고 혼디우스와 비세르 2세는 1660년 〈아시아〉 지도에서 동해에 중국의 옛 이름을 이용하여 '중국해(Mare Cathaye)'라고 했다. 그러나 비세르 2세는 1670년의 단독 지도에서 드 프리즈(de Vries)의 지도를 참고하였는데 동북 태평양은 '서대양(Oceanus Occidentalis)'이라고 표기한다.

그런 가운데 중요한 새바람이 불기 시작한다. 본래 개신교 신학자로 라틴어에 조예가 깊은 몬타누스는 네덜란드인들이 일본 서남쪽에서 출발하여 에도에 있는 황제를 알현하기 위해 여행하는 동안에 겪은 기상천외한 이야기들을 책으로 엮어 1669년《연합현의 동인도회사에서 일본 천황궁에 이르기까지 대사관을 통하여 발휘한 '놀랄 만한 솜씨들'(Being Remarkable Addresses by way of Embassy From the East India Company of the United Provinces to the Emperor of Japon〔영역본 원제])》을 출간한다. 이 책이 출판사상 유례가 없는 대성공을 거두면서 유럽 여러 나라들이 이 책을 자국어로 번역하는 일이 생겼는데, 몬타누스는 책의 부록으로 된 일본전도에서 동해를 '한국해(Sea of Korea)'라고 표기하였고, 그 후 프랑스의 타베르니에(Jean Baptiste Tavernier)도 1679년 일본 역사 관계 저서에서 동해에 '동대양'과 '한국해(Mer de Corée)'라고 표기하였다. 비첸(Nicolaes Witsen)은 1687년 그의 아시아 지도에서 동해를 '일본북해(Mare Septentrionale Japonia)'라고 표기하였으나 니우호프(Johan Nieuhof)는 1688년 〈중국지도(Karte Van China)〉에

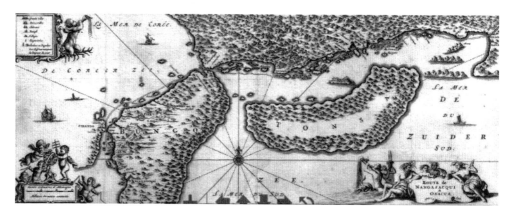

1669년 네덜란드의 개신교 신학자인 몬타누스는 유럽에서 선풍적인 인기를 누린 일본 관계 저서에서 동해를 '한국해 (Mer de Corée)'라고 표기했다.

서 동해를 '한국해(Mare Coreum)'라고 하였다.

18세기가 가까워지면서 네덜란드 지도와 17세기 거장들이 누렸던 독점적인 영광은 시들어갔고 지도 제작은 이전처럼 활발히 이루어지지 못했다. 팔크(Leonard Valk)는 1700년 그의 〈아시아 (Asia)〉에서 동해를 '일본북해(Mare Septentrionale Japoniae)'로 표기한다. 셴크(Peter Schenk)는 1708년 〈아시아(Asie)〉에서 동해를 '동해(Mer Orientale)'라고 하였고 반 데르 아아(Pieter van der Aa)는 1710년 〈일본제국(Imperium Japonicum)〉에서 동해를 '한국해(Mer de Corée)'로 표기하였다. 그러나 프란시우스(Halma Francius)는 1720년 왕립아카데미에 보낸 〈아시아(Asiae)〉에서 대가들이 즐겨 쓰던 '중국대양(Oceanus Sinensis)'을 사용한다. 마아스(Abraham Maas)는 1721년 〈신동북아시아지도(Nieuwe Carte Van de Ootkuste

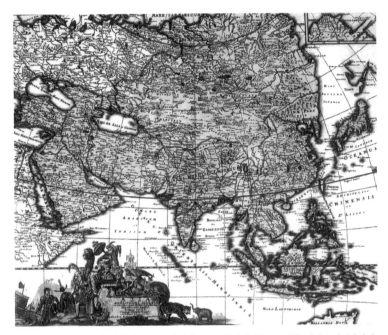

비첸은 독일 모스크바 대사관에 근무하면서 동방 세계에 대한 관심을 가졌으며 〈아시아 (Asia)〉 지도를 제작했다. 그는 동해 북쪽에 '일본북해(Mare Settent Iaponis)'라고 표기했다.

van Groot Tartarie)〉에서 동해를 '일본해(Japanse Zee)'라고 표기한다. 그러나 프랑스인으로 암스테르담에서 지도를 출판하던 모르티에(Cornelis Mortier)는 1720년 〈세계지도(Carte du Monde)〉에서 동해를 '일본동해(Mer Orientale du Japon)'라고 하였다. 기욤 드릴이 주장한 '동해(Mer Orientale)'와 '일본해(Mer du Japon)'를 모두 수용하여 중화적인 입장을 보이고자 하였던 것 같다. 북경에 선교사로 갔던 페르비스트도 같은 용어를 사용하지만, 사실 동해는 일본의 동쪽 태평양이 아닌 서북쪽의 바다이기 때문에 현실과는 너무 동떨어진 이름이 되고 만다.

티리온은 1733년 〈아시아(Asia)〉에서 캄차카 북쪽 태평양에 '일본해(De Japanische Zee)'라고 표기하였고 1735년 〈아시아(Asiae)〉에서는 동해에 '한국해'와 '일본북해'라는 두 가지 명칭을 함께 사용한다. 그리고 1740년의 지도에서도 '한국해(Mer de Corée)'와 더불어 일본 쪽에 '일본북해(Mer Settentrionale du Japon)'라고 병기한다. 여기서 '일본북해'라는 명칭은 일본에서 동해를 '북해'라고 부르는 것에 '일본'을 수식어로 넣어 만든 것으로 드 페르가 잠시 사용하였던 적이 있기 때문에 그의 영향을 받았을 것이라고 추정되지만 분명치는 않다. '한국해' 역시 프랑스어 '한국해(Mer de Corée)'를 참고하여 쓴 표기라고 생각되지만 뚜렷한 논거는 없다. 중요한 것은 티리온이 동해에 대한 상반된 명칭을 모두 표기함으로써 한쪽에 치우치지 않고 공정을 기하고자 하였다는 사실이다. 이러한 시각에서 동해 명칭을 보아서인지 티리온은 1728년, 1740년, 1747년의 〈일본왕국도(Kartiji van het keiger rych Japan)〉에서 동해에 '한국해 속에 있는 일본북해(De Nor Zee van Japan van Coreasegee)'라는 황당한 명칭을 부여한다. 즉 동해는 '한국해 속에 있는 일본북해'라는 알쏭달쏭한 표기인데, 풀어보면 한국해가 있고 그 속에 일본의 북해가 있다는 말이다. 두 명칭을 다 수용하여 하나의 명칭으로 만들려고 하다 보니 그렇게 된 것이다. 이는 마치 A와 B라는 사람을 공평하게 다루기 위하여 두 사람의 사진을 합성하여 얻은 결과와 같다. 그는 엄밀히 말해 A도 아니고 B도

1740년 네덜란드의 저명한 지도 제작자 티리온은 〈새 중국지도(Nouvelle Carte de la Chine)〉에 프랑스 드릴의 영향을 받은 아시아 국가들을 포함시킨다. 프랑스어와 네덜란드어를 혼용한 지도에서 동해는 '한국해(Mer de Corée)'와 '일본북해(Mer Septentrionale du Japon)'로 병기된다.

아닌 사람이 되고 만다. 그러나 1749년 〈세계지도(Mappemond)〉에서는 동해를 '동해(Mer Orientale)'라고 표기함으로써 드 페르의 1703년 동아시아 지도나 드릴의 1700년 〈인도 중국 지도〉, 그리고 그 이후의 지도들을 참고한 듯한 인상을 풍긴다. 드 페르와 드릴은 지도를 제작할 당시 '동해'가 가장 적합한 이름임을 확신하고 표기한 것으로 보이는데, 그 명칭을 티리온이 신뢰할 만한 명칭으로 간주한 듯하다. 이 외에도 티리온이 사용하는 명칭은 영향을 받은 지도에 따라 심한 변화를 보인다.

티리온과 달리 쥐르너(Adam Friedrich Zürner)는 1741년 〈평면지
구도(Planispharium Terrestre)〉에서 당시 유럽 지도들의 대세를 따
라 '한국해(Sin Corean)'라고 표기한다. 코벤스(Johannes Covens)와
모르티에는 1740년 네덜란드왕립과학원에 보고된 〈아시아(L'
Asie)〉에서 드릴을 따라 동해를 '동해(Mer Orientale)'라고 표기하는
데 그 카르투슈에서는 이례적으로 아랍 지도들의 기여를 강조하
였다. 더 라트(De Lat)는 1747년 〈아시아〉 지도에서 티리온의
1735년 〈아시아(Asiae)〉에서와 같이 동해에 '한국해(Sea of Korea)'
와 '일본북해(North Sea of Japan)'를 병기하였다. 프랑스 해양 전문
가 벨랭(Jacques-Nicolas Bellin)의 영향을 받았다고 밝히는 티리온
도 1755년 〈신중국왕국도(Nieuwe Kaart van Keissery China)〉에서 또
다시 '한국해(Mer de Corée)'와 '일본북해(Mer Septentrionale du
Japon)'를 병기하여 1735년 〈아시아(Asiae)〉에서와 같은 표기를 보
여준다.

영국에서 주로 지도 제작을 하던 보엔(Emanuel Bowen)은 1770
년 〈세계지도(Wereld)〉와 1773년 〈아시아(Asia)〉에서 동해를 '한국
해(Zee van Korea)'라고 표기하였고 바히에네(Willem Albert
Bachiene)도 1773년 〈아시아(Asia)〉에서 동해를 '한국해'라고 표기
하였다. 그리고 브렌더(Gerritg Brender)와 아브람(Abram)은 1778년
〈아시아지도(Kaarte van Asia)〉에서 동해를 '한국해(Corease Zee)'라
고 하였다. 드릴의 영향을 받은 것으로 보이는 엘위(J. B. Elwe)는
1792년 〈인도, 중국, 일본(Inde, Chine et Japon)〉에서 동해를 드릴

의 1705년 지도에서와 같이 '동해 혹은 한국해(Mer Orientale ou Mer de Corée)'라고 이중 표기를 하였다.

19세기에 들어와 네덜란드의 지도 제작은 거의 눈에 띄지 않을 정도로 드물어졌다. 독일에서 태어나 네덜란드로 귀화한 지볼트 (Philipp Franz von Siebold)는 약 7년 동안 일본에서 의학 교육과 함께 박물학, 일본 역사, 일본 지리를 연구하고 일본 여인과 결혼하였다. 귀국 후 지볼트는 박물학 등의 저서와 함께 1832년 일본 다카하시(Takahashi Kageyas)의 1809년 〈일본변계약도(日本邊界略圖)〉를 일부 수정한 지도 〈일본(Nippon)〉을 제작하고 동해를 '일본해

일본에 파견된 지볼트는 의사이자 박물학자이며 일본의 역사, 지리 연구가로 1832년 다카하시 가게야스의 〈일본변계약도〉를 기본으로 하는 〈일본(Nippon)〉을 펴낸다. 여기서 지볼트는 일본 가까이에 있는 동해 영역을 '일본해(Japanische See)'라고 표기한다. 그리고 대한해협에서 동해 중간까지에 '한국해협(Kanal van Korai)'이라고 표기한다.

(Japanishe See)'라고 표기한다. 그는 라페루즈, 크루젠슈테른 (Adam Johann von Krusenstern) 등이 만든 지도와 함께 19세기 유럽 지도들의 동해 표기가 '일본해' 쪽으로 선회하는 중요한 계기를 제공한다.

네덜란드의 지도 역사는 거장들까지도 한국의 존재를 늦게 알게 되었음을 보여주고 있다. 동해 표기에 대해서는 다른 나라들의 지도에서 나온 표기들과 네덜란드 지도에서만 볼 수 있는 명칭들이 섞여 있어 마치 명칭들의 총집합소를 보는 듯하다. 국가나 방위 위주의 명칭들은 그 이전에도 있었지만 '서대양', '한국해', '일본북해' 그리고 '한국해의 일본북해' 등이 섞여 있다. 현실성 없는 황당한 이름이라고 웃어넘길 수도 있겠지만 이러한 명칭들이 나오게 된 배경과 이유에 대해서 생각해보면 그 명칭들이 네덜란드적 합리성을 드러내는 명칭임을 이해할 수 있고 그 연유를 음미해볼 가치가 있다고 본다.

동해 명칭에 통찰력 있는 지적과 분석을 보여준 펠르티에 교수는 네덜란드 고지도들이 전반적으로 "마테오 리치와 일본에서 제작된 일본 지도들을 참고로 동해를 '일본해'로 표기한다"[34]고 하였으나 실제 네덜란드에서 제작된 고지도들을 세밀히 분석해보면 마테오 리치와 일본 지도들의 영향을 받았다고 생각되는 지도는 매우 드물다. 특히 마테오 리치의 영향을 받은 지도는 거의 없는 편인데 그의 지도가 중국어로 작성된 대형 지도이기 때문이다. 일본 지도의 형태와 구성에 있어서는 1792년 시바 코칸(Shiba Kokan, 司馬江漢)이 처음으로 자신의 지도에서 동해를 '일본내해'

34_ P. Pelletier, 〈The Role of French Geography in the Naming of the Sea between Korea, Japan and Siberia from 17th to early 19th Century〉, The 8th International Seminar on Sea Names, The Society for East Sea.

라고 표기하였는데, 그때는 네덜란드에서 지도 제작이 거의 이루
어지지 않았던 시기이다.

　결론적으로 일본에서는 동해를 단지 '북해'라고 불렀는데 그것
을 드 페르 같은 일부 프랑스 지도 제작자들이 '일본북해'로 표기
하였고 이를 모방하여 티리온과 더 라트는 '한국해'와 '일본북해'
를 병기하였다. 그리고 티리온은 '한국해의 일본북해'라는 또 다
른 명칭을 사용하기도 했다.

7

프랑스의
고지도와
동해 명칭
표기

    프랑스 지도 제작업의 시작과 발전에 상송(Nicolas Sanson)이 끼친 공로는 오르텔리우스, 메르카토르, 블라외 등의 거장들이 네덜란드 지도 제작업에 기여한 바와 비슷하다고 하겠다. 네덜란드 거장들과 그 후계자들이 유럽의 지도업계를 주름잡고 있던 시절, 프랑스의 시골 작은 마을인 아브빌에서 소규모 인쇄업을 운영하던 상송은 큰 꿈을 안고 파리에 진출하여 거의 황무지나 다름없던 지도 제작 산업에 뛰어든다. 그 후 그의 영향을 받은 사위 뒤발(Pierre Duval)이 그에게서 지도 제작법을 익혀 독립하였고 동향의 예수회 신부 브리에도 규모는 작았지만 지도 제작을 시작하였다. 그들은 서로 경쟁자이면서 동시에 서로 협력하는 사이

로 인간적인 교류를 유지하며 함께 발전하는 길을 택하였다. 그리
고 상송의 아들들 역시 아버지를 도와 기업을 함께 운영하였다.

　사업 초기에 상송은 프랑스의 지방도와 역사 지도 그리고 방위
관계 지도들을 주문받아 제작하였고 점차 시야를 넓혀 세계 모든
지역의 지도를 제작하는 방향으로 나아갔다. 그러다 보니 네덜란
드의 유명 제작자들과의 경쟁을 피할 수 없었다. 상송은 그들에
게서 자극과 영향을 받았고 시사받은 바도 컸지만, 경쟁에서 살
아남기 위해서는 소비자들을 끌어내는 차별화된 전략이 필요하
였다. 상송은 지도란 소비자들이 관심 갖는 지역의 실상을 보다
정확하게 보여주어야 한다고 생각했으므로 우선 지도를 장식하
던 상상적인 동식물과 인간, 그리고 이국적인 정서를 불러일으키
던 모든 요소를 제거하였다. 또한 지도 형태와 시각적 선명성을
부각한다는 전략을 세워 새로운 감각에 걸맞은 지도들을 생산하
였다. 다행히 해외 사정을 알고 싶어 하는 인구가 늘어나고 포르
투갈, 스페인, 네덜란드의 뒤를 이어 프랑스 역시 해외 식민지 개
척에 대한 관심이 늘어나면서 상송의 전략은 성공을 구가한다.

　기록에 따르면 1625년 〈세계지도(Mappe monde)〉에서 디에프(J.
de Dieppe)는 동해를 '중국대양(Océan de la Chine)'이라고 하였으
며 장 게라르(Jean Guérard) 역시 1634년에 〈세계지도(Mappe
monde)〉를 제작하면서 인도 너머의 대양을 '중국대양'이라고 표
기하였다. 아마도 이것은 그들이 그 이전에 발행된 네덜란드와
이탈리아 지도를 참고하였기 때문이라고 생각된다. 그러나 한발
늦게 세계지도를 생산한 상송은 1650년 아시아 지역을 보여주는

지도에서 게라르와 같은 해역에 큰 활자로 '동대양(Océan Oriental)'이라고 표기한다. 그리고 중국 남쪽 해역에 작은 활자로 '중국해(Mer de Chine)'라고 적었으며 인도양 해역에는 '인도해 (Mer des Indes)'라고 표기한다. 물론 상송도 네덜란드에서 먼저 나온 지도들을 참고하였겠지만 그의 방식은 먼저 방위적 차원에서 큰 대양을 작명한 후 가까운 지역은 그 지역에서 중요한 국가명을 차용한 것이라고 생각된다. 예컨대 같은 해에 발간된 동부아시아 지도에서는 동해와 동중국해를 함께 엮어 '중국해(Mer de Chine)'라고 표기했는데, 이는 상송이 멀리 떨어진 해역의 명칭을 설정하는 원칙을 보여준다.

상송과 동향인 예수회 소속 브리에 신부는 1650년 초판과 1658년에 재간한 〈일본왕국도(Royaume du Japon)〉에서 동해라는 한정된 해역에만 '동대양(Ocean Oriental)'이라고 표기함으로써 다른 제작자들이 일본 남쪽의 태평양과 동해를 포함하는 지역에 같은 명칭을 표기했던 것과는 다른 모습을 보여준다. 이는 당시 브리에가 북경에 가 있는 같은 예수회 신부들과 서신 연락을 하고 있었고, 북경에서 귀국하는 신부들과의 교류를 통해 그들에게서 정보를 얻고 있었기 때문이다. 브리에는 자신의 일본전도에 대해 일본에서 귀국하는 동료들로부터 받은 일본 지도를 참고하였음을 밝히고 있는데, 이를 토대로 볼 때 그가 동해에 한정되어 사용한 '동대양'이라는 명칭은 현지에서 부르는 토착명 '동해'를 프랑스어로 번역한 것이라고 판단된다. 오늘날의 기준으로 봤을 때 대양(Océan)은 보다 큰 바다를 지칭하고 바다(Mer)는 대양보다 작은 바다를 지칭하지만, 18세기 초반까지 '대양'과 '바다'는 구분 없이 섞어 사용되었기 때문에 브리에도 바다의 크기를 생각하지 않고 동해를 '동대양'으로 번역한 것으로 생각된다. 타베르니에도 동해를 '동대양'으로 표기하였는데 그 역시 '대양'과 '바다'를 섞어 사용하였다고 생각된다.

상송은 1652년의 〈일본의 섬들(Les Isles du Japon)〉과 1662년의 재간에서도 동해와 일본 남쪽 해역을 통틀어 '동대양'이라고 하였고 1654년 〈만주지도(Tartarie)〉와 1652년 《일본지도첩(Descriptions des Atlas du Japon)》에서도 같은 해역을 통틀어 동일한 표기를 한다. 그것은 먼 해역에 대한 표기를 우선 방위 위주로 정한다는 원칙을 확인시켜주는 것이었다. 상송은 1658년 《세계 각 지역도》를 준비하면서 세계 지리에 밝은 브리에에게 도움을 요청하여 브리에로 하여금 그 지도첩을 감수하게 하였고, 그 후 《신구지리의 일반지도(Cartes générales de la Géographie ancienne et nouvelle)》를 준비하면서도 브리에의 도움을 받았다. 1676년에 나온 《신구지리의 일반지도》는 상송이 사망하고 9년 후에 발간되었지만 《세계 각 지역도》를 준비하던 1658년 이전부터 브리에는 상송과 그 후계자들에게 동해에 관한 정보를 전달한 것이 틀림없다. 상송이 자기가 사망하던 1667년에 발간한 〈아시아(L'Asie)〉에서 그 전과는 달리 동해에 한정하여 '동대양'이라고 표기하였기 때문이다.

그렇지만 상송의 후계자들은 상송이 사망한 후에 발간된 〈중국지도(Carte de Chine)〉에서 동해를 포함한 동남아 해역을 '중국해

(Mer de Chine)'로 표기하는데 이는 국가 이름을 위주로 표기한 것이다. 1669년에 발간된 〈일본제국도(l' Empire du Japon)〉에서는 동해에 '일본해(Mer du Japon)'라고 표기한다. 이렇게 지도의 주제가 되는 국가의 명칭을 따라 해역을 표기하는 것은 17세기 중반까지 지도 제작자들이 거리가 먼 나라의 해역을 표기하는 일반화된 원칙으로, 상송의 후계자들이 1670년대에도 그와 같은 방식을 따랐다는 것은 과거로의 후퇴로 보인다. 따라서 이는 동북아 해역에 대한 무관심하고 무책임한 표기라고 볼 수 있다. 다행히 상송의 후계자들이 마지막으로 발간한 1705년 〈아시아(L' Asie)〉에서는 브리에가 가져다준 정보를 상기해서인지 동해에 '동대양 혹은 동해(l' Océan ou Mer Orentale)'라고 표기한다. 그 후 상송의 사업 일체와 동판은 자이요(Alexis Hubert Jaillot)에게 양도되지만 그 후에도 상송 가문의 후광은 프랑스 지도 제작사에서 이어진다.

상송의 사위 뒤발의 동해 표기 역시 일관성을 찾아볼 수 없는 것은 마찬가지이다. 1651년 〈아시아(L' Asie)〉와 1661년 〈섬들(Les Isles)〉에서는 동해에 '동대양(Océan Oriental)'이라고 표기한 반면 그다음 해인 1662년 〈아시아(L' Asie)〉에서는 '일본해(Mer du Japon)'라고 표기하였다. 그리고 1667년 〈최신 미국지도(Nouvelles descriptions de l' Amérique)〉에서는 동해를 포함하는 넓은 해역에 큰 활자로 '남해(Mer du Sud)'를, 작은 활자로 '태평해(Mer Pacifique)'를 표기하였다. 초기 지도에서 브리에의 영향을 받았는지에 대한 뚜렷한 증거는 없지만 여하튼 그는 결국 그 당시 프랑스에서 태평양을 표기하는 방식을 채용하면서 동해 표기에 있어서는 적당히 처리하는 모습을 보여준다. 그리고 1684년 〈중국과 몽골제국(La Chine avec l'Empire du Mongol)〉에서는 '만주해 혹은 동해(Mer de Tartares ou Orientale)'라는 애매한 표기를 하지만 이를 토대로 볼 때 만주 일대에 사는 만주인들이 동해를 '동해'라고 한다는 것을 알고 있었던 듯하다.

고드빌(Gaudeville)은 1650년 〈아시아지도(Carte de L'Asie)〉에서 동남아 해역을 포함하여 동해에 '동대양'이라고 표기하는데 이처럼 고드빌의 지도는 상송의 영향을 받은 듯 표기가 상송의 지도와 같다.

1669년은 동해 명칭에 중요한 변수가 일어나는 해이다. 네덜란드의 신교 학자 몬타누스가 유럽 전역을 떠들썩하게 했던 자신의 저서에 첨부된 일본 지도에 동해를 '한국해(Mer de Corée)'라고 표기한 것이다. 몬타누스의 이 책이 유럽 여러 언어로 번역되면서 그의 '한국해' 표기는 큰 영향을 미쳤다. 10여 년 후인 1679년에 타베르니에는 당시 상당한 인기를 끌었던 일본 관계 저서에서 동해를 '동대양'으로 표기하고 대한해협에서 동해 서남쪽에 걸친 해역을 '한국해'라고 하였다. 그리고 만느송 말레(Alain Manesson Malet)는 브리에를 포함한 선교사들의 지도를 참고한 것으로

1679년 프랑스의 여행가로 역사를 연구한 타베르니에는 일본 관계 서서에서 동해를 '동대양(Ocean Oriental)'으로 표기했고, 동해 남쪽에 '한국해(Mer de Coreer)'라고 이중표기를 한다.

보이는 〈일본(Le Japon)〉(1683)에서 동해에 브리에와 같은 '동대
양'을 표기한다. 그러나 가렐(A. de Garel)이 〈중국지도(Carte de la
Chine)〉에서 동해를 '동해(Mer Orientale)'라고 함으로써 동해 명칭
은 종래와는 다른 양상을 띤다.

　이와 같이 동해를 '동대양 혹은 동해'라고 표기하는 전통은 브
리에 → 타베르니에 → 만느송 말레 등으로 이어지고 그 후 왕실
의 제1 지리학자로 당대에 가장 존경받았던 기욤 드릴이 그 명칭
에 합류한다. 기욤 드릴은 지리학자인 동시에 지도 제작도 겸하
였는데 그는 세계 여러 곳의 새로운 지리 정보를 수집하는 과정
에서 평소 교류가 있었던 선교사들로부터 필요한 정보를 얻었다.

동해가 토착명으로 '동해(Mer Orientale)'
라고 하는 정보도 그들을 통해 얻었다.
그것이 단순한 주관적 추리가 아니었음
은 그 후 기욤 드릴이 사용했던 표기를
보면 충분히 납득할 수 있는 주장이다.

　기욤 드릴은 1698년 〈아시아(L'Asie)〉
와 1700년 재간에서 동해에 '동해(Mer
Orientale)'라고 표기한다. 이러한 움직임
에 힘을 실어준 것이 바로 드 페르이다.
센 강변에서 큰 규모의 지도상을 하면
서 당대에 700여 장의 지도를 발간할 정
도로 열정적이던 드 페르는 다양한 교
류를 통하여 폭넓은 지리 정보를 수집

1683년 만느송 말레의 지도첩 《아시아세계(L'univers
Asie)》에 포함된 일본 지도. 동해의 일본 근방 영역을 '동
대양(Ocean Oriental)'이라고 표기했으나 이것이 브리에
나 타베르니에의 영향을 받은 것 같지는 않다.

1700년 프랑스의 저명한 왕실 지리학자인 드릴이 선교사들로부터 제공받은 정보를 토
대로 작성한 〈아시아(L'Asie)〉. 동해를 'Mer Orientale'이라고 표기했다.

하는 데 뛰어난 능력을 보인 인물이다. 그는 요코하마 쪽과 거래
가 있던 무역상으로부터 일본에서는 동해에 대한 뚜렷한 명칭이
없고 단지 '북쪽에 있는 바다'라는 의미에서 '북해'라고 부른다는
것을 알게 된다. 그리하여 1696년 〈아시아(L'Asie)〉에서 동해를
'일본북해(Mer Septentrionale de Japon)'로 표시한다. 같은 해 〈네
장으로 된 아시아지도(L'Asie en quatre feuilles)〉에서는 동해를 '대
태평양의 동해(Mer Orientale de la Grande Pacifique)'라고 하였는데
그것은 동해가 태평양의 동쪽에 위치한다고 하기보다는 '태평양

에 속하는 동해'라고 해석하게 한다.

당시 드 페르는 동해가 정식 토속
명칭임을 알았던 것 같다. 1703년 〈동
아시아(L' Asie Orientale)〉 상단 여백을
보면 "유럽인들에게 거의 알려지지 않
은 바다이나 타타르인(즉 만주인)들은
이 바다를 동해라 부른다(Mer peu ou
point connue des Européens. Les Tartares
l' appelle [sic] Orientale)"고 설명되어 있
기 때문이다. 일반적으로 지도 제작자
들은 바다 이름을 모를 경우 자기가
생각하는 바다 이름을 표기하는 것으
로 그치는데, 드 페르는 본인이 얻은
정보를 소비자에게도 알려줘야 할 의
무가 있다고 생각해서인지 그러한 설
명을 붙였다. 이는 매우 이례적인 일
이다. 그러나 지도에 그런 설명을 붙
인 지 얼마 안 되는 1705년 〈세계지도
(Mappemonde)〉에서는 동해에 다시 '일

1703년 대형 지도상이자 700여 종의 지도를 출판한 드 페르
는 중국 쪽에서 얻은 정보를 통해서 동해를 'Mer Orientale'
로 표기하고 그것이 만주인들이 부르는 현지의 명칭이라는
설명을 지도에 첨가했다.

본북해(Mer Septentrionale du Japon)'라는 명칭을 쓴다. 이것이 단순
한 실수인지 혹은 다른 정보도 있다고 생각하여 그렇게 했는지는
모르나 여기에서는 별다른 설명을 붙이지 않았다. 여하튼 두 명
칭 사이를 왕복하던 드 페르는 1713년 〈아시아(L' Asie)〉에서 그 두

가지 명칭을 동시에 반영하여야겠다고 생각하여 '중국동해 겸 일본북해(Mer Orientale de la Chine & Septentrionale du Japon)'라고 표기한다.

드 페르의 지명이 일관성은 부족하였으나 그 덕분에 브리에 이후 '동해'의 맥이 이어졌다. 또한 드릴의 영향력에도 불구하고 1700년대 초부터 '한국해'라는 명칭이 확산되면서 대중에게 설득력 있는 이름으로 부상하였다. 그러자 기욤 드릴은 1705년《인도와 중국 지도(Carte des Indes et de la Chine)》에서 '한국해' 바람을 가라앉히려는 듯 지도의 명칭을 적는 카르투슈에서 "한국해와 동해는 서로 다른 이름이 아니라 같은 바다를 지칭하는 이름"이라고 표시한다. 그러면서도 그는 '동해'라는 명칭에 확신이 있었는지 1708년 〈아시아(L'Asie)〉와 〈북극 땅을 선명하게 보기 위한 북반구(Hémisphére Septentrionale pour voir distinctement les Terres Arctique)〉에서 동해를 '동해'라고만 표기한다.

대세가 '한국해' 쪽으로 기울 것을 예감한 기욤 드릴은 추세를 따르려고 했는지 사망하기 전에 제작한 1723년 〈아시아지도(Carte d'Asie)〉와 1724년 〈동쪽 북반구(Hémisphère Orientale)〉에서 동해를 '한국해'라고 표기함으로써 동해 명칭에 대한 소신에 흔들림을 보인다. 그의 사업을 인수받은 외손자 부아슈(Philippe Buache)와 그의 동생 조제프 니콜라 드릴(J. N. Delisle)도 형인 기욤의 명칭을 따르다가 '한국해'로 돌아서는데 무엇보다 이 명칭이 합리성을 갖춘 이름이라고 생각했기 때문인 듯하다.

천문학자 카시니는 1696년 〈아시아(L'Asie)〉 지도에서 일본 남

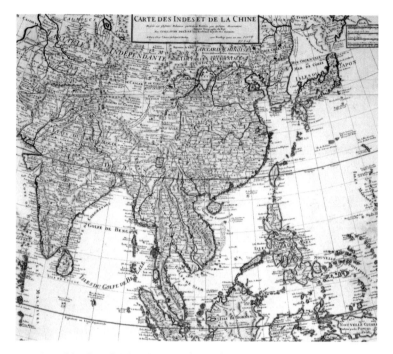

1705년 드릴은 지도 제작자들이 동해를 '한국해'라고 한다는 사실을 보고 '동해(Mer Orientale)'와 '한국해(Mer de Coree)'가 동일한 바다임을 지도에서 밝힌다.

쪽과 북쪽 동해를 모두 아울러 '동대양(Oceanus Orientalis)'이라고 표기하는데, 그가 토착명을 번역한 것이라고는 생각되지 않고 단순히 이전 시대의 관습대로 문제의 해역이 동쪽에 있다는 방향적인 이유에서 그렇게 한 듯하다. 다블랑쿠르(F. d'Ablencourt)는 1700년에 제작한 〈대양에 면한 아시아 해변 지도(Carte des Côtes de L'Asie sur L'Océan)〉에서 카시니와 같은 표기를 하고 있고 그 이유도 비슷한 듯하다. 그러나 샹봉(Chambon)은 1700년 〈세계지

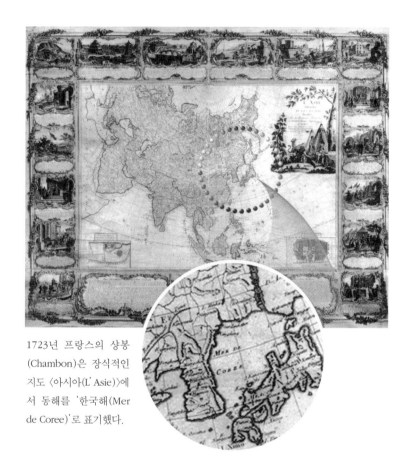

1723년 프랑스의 샹봉
(Chambon)은 장식적인
지도 〈아시아(L' Asie)〉에
서 동해를 '한국해(Mer
de Coree)'로 표기했다.

도(Mappemonde)〉와 그 후 1723년의 재간에서 동해를 '한국해'라
고 한다. 장비에(Janvier)는 1704년 〈아시아(L' Asie)〉에서 동해를
'일본해(Mer du Japon)'라고 하였다. 놀랭(Jean Baptiste Nolin)도
1704년 〈일본왕국도(Carte du Royaume du Japon)〉에서 동해를 '일
본해'라고 하였으나 1714년 〈아시아(L' Asie)〉와 1720년 〈세계지도

(Mappemone)〉에서는 기욤 드릴을 따라서인지 '동해'라고 표기한
다. 그러다가 1720년 〈세계지도(Map of the World)〉에서는 한국과
일본 사이에 있으므로 양국의 명칭을 모두 포용하려는 듯 '일본
의 동해(Mer Orientale du Japon)'라고 하는데, 사실상 동해는 일본
의 동쪽이 아닌 서북쪽에 있는 바다이기 때문에 정확한 명칭은
아니다. 그 후 자기 명칭의 모순을 깨달았는지 놀랭은 1730년 〈아
시아(L'Asie)〉에서 동해를 '한국해'라고 했다가 같은 해 발간된 〈세
계지도(Mappemonde)〉에서는 다시 '동해'라고 한다. 이처럼 그의
표기는 거의 모든 지도에서 일관성을 잃고 오락가락한다.

　저명한 동양학자 리란드(Adriaan Reland)는 동인도회사의 자료
를 자유롭게 이용할 수 있는 위치에 있었다. 그는 1715년에 제작
한 일본 지도에서 일본 남쪽을 '일본해의 부분(Maris Japonici Pars)'
이라고 표기했으나 1716년의 지도에서는 일본 남쪽을 단순히 '일
본해(Mer du Japon)'라고 한다. 그리고 두 지도 모두 동해를 공백
으로 남긴다. 이러한 리란드의 지도들은 그의 학문적 성과 덕분
에 상당한 영향을 끼친 것으로 알려져 있다. 샤틀랭(Henri Abraham
Châtelain)은 1719년 〈신아시아지도(Nouvelle Carte de L'Asie)〉와 같
은 해에 발간된 〈인도, 중국, 일본, 수마트라, 자바의 섬들(Carte
des Indes, de la Chine & Isles du Japon, de Sumatra, de Java)〉에서 양
자를 모두 수용하려는 듯 '동해 혹은 일본해(Mer Orientale ou du
Japon)'라고 표기한다.

　당빌의 가장 충실한 제자로 꼽히는 본(Rigobert Bonne)은 1720년
〈일본의 섬들과 중국제국(Les Isles du Japon, L'Empire de la Chine)〉,

그리고 1730년의 재간에서 독일에서 창안된 '소동해(Mare Orientale Minus)'라는 표기를 사용한다. 그리고 태평양을 '동대양(Oceanus Orientalis)'이라고 표기한다. 말하자면 동해를 '소동해'라고 하고 태평양을 '동대양'이라고 하면서 차별화한 것이다. 그러나 〈일본제국도(L'Empire du Japon)〉에서는 스승인 당빌과 같이 동해 표기를 공백으로 남기다가 1762년 〈아시아(L'Asie)〉에서는 '한국해(Mer de Corée)'라고 수정한다.

클레르몽(Clermont)은 1729년 〈아시아(L'Asie)〉에서 동해를 '한국해(Mer de Corée)'로 표기한다. 그리고 1730년에 로베르(Saint Robert)는 상송의 〈아시아(L'Asie)〉(1650)를 재검토 및 수정하여 발간한 〈아시아(L'Asie)〉에서 '동해'를 '한국해(Mer de Corée)'로 고친다.

바티칸의 고지도 부분에서도 언급한 바 있는데, 1735년 뒤알드 신부는 유럽에서 가장 훌륭한 중국백과사전을 펴낸 뒤 그 사전의 제4권 본문 6, 9, 33, 37, 57쪽 등에서 동해를 '동해 혹은 동대양(Mer ou Océan Oriental)'이라고 표기하였다. 그것은 아마도 토마 신부의 글을 참고하였음을 추정하게 한다. 그러나 사전에 수록된 지도에서는 동해를 '일본해(Mer du Japon)'라고 하여 혼란을 야기한다. 장 루셀 드 미시(Jean Roussel de Missy)도 1742년 《신역사지리지도첩(Nouvel Atlas Géàgraphique, Historique)》에서 동해를 '일본해(Mer du Japon)'라고 표기한다. 그러나 벨랭[35]은 1735년 〈일본왕국도(La Carte de L'Empire du Japon)〉와 1748년 〈아시아(L'Asie)〉, 그리고 1752년 그의 재간과 1764년 〈카올리 혹은 조선왕국도(La Carte du Royaume de Kaoli ou de Corée)〉, 1748년 독일어로 출판된

35_ 프랑스에서 최초로 수로지리학을 연구하여 프랑스해양아카데미가 창설되기 10여 년 전부터 봉급을 받았고 해양아카데미가 설립되면서 가장 먼저 회원으로 추대되었다.

1748년 저명한 수로학자인 벨랭이 펴낸 〈중국제국도(L' Empire de la Chine)〉. 동해를 '한국해(Mer de Corée)' 라고 표기했다.

〈중국제국 및 조선왕국(Das Kaiserthum China, König Reich Korea)〉에 수록된 일련의 지도에서 한결같이 동해를 '한국해(Mer de Corée)' 로 표기한다.

당빌은 18세기 최고의 지도학자로 15세경부터 고대 유럽 역사 지도를 작성하였다. 또한 그가 역사상 처음으로 그린 〈한국왕국 도(Royaume de Corée)〉는 약 100여 년 동안 유럽 여러 나라의 지도 에서 한국 지도의 원형이 되는 지도가 되었다. 당빌은 뒤알드의 《중국백과전서》에 실린 지도에서는 동해를 '일본해(Mer du Japon)'라고 하였으나, 현재 프랑스국립도서관에 소장되어 있고 정식으로 발간된 적 없는 수기 지도에는 동해를 '한국해(Mer de

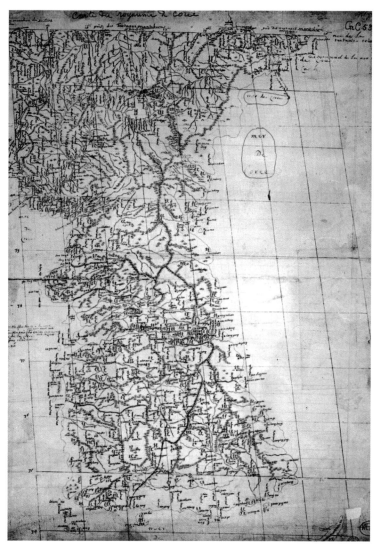

1720년대 후반에 제작된 지도로 당빌이 소장한 수기 지도. 동해가 두 차례 '한국해(Mer de Coree)'로 표기되었다.

Corée)'라고 표기하였다. 그러나 정작 《중국백
과사전》의 부록으로 출판된 지도첩 속의 〈한국
왕국도〉에는 동해를 공백으로 남긴 것을 보면
당빌의 동해 명칭에서도 변화를 볼 수 있다. 그
러나 그가 제작한 지도들에서 찾아볼 수 있는
지명에 관한 불변의 원칙은 현지 토착명을 모
를 경우 자의적인 작명을 하지 않는다는 것이
다. 이러한 원칙은 육지의 지명이나 해역의 지
명 등 모든 지명에 해당된다. 반면 그의 지도를
모방한 지도들에서는 제작자가 합당하다고 생
각하는 이름을 붙이는 경우가 대부분이었는데
이때 가장 선호되는 명칭은 '한국해'였다.

　　로베르 역시 그런 당빌의 한국 지도를 따랐던
제작자 가운데 한 사람이다. 그는 1739년 〈아시
아(L'Asie)〉와 1749년 재간에서 동해를 '한국
해'라고 하였고 1764년에 영어로 발간된 〈아시
아정밀지도(An Accurate Map of Asia)〉에서도 '한
국해(Sea of Korea)'로 표기하였다. 단 한 장의

1735년, 18세기에 가장 존경받던 지도학자 당빌
은 약 150년 동안 유럽 지도에서 한국 지도의 모
형이 되는 〈한국왕국도(Royaume de Corée)〉를
출판하지만 자기가 모르는 바다에 이름을 붙이지
않는다는 원칙에 따라 동해에는 아무런 표기를
하지 않았다.

지도만을 남긴 베르트랑 르네 팔뤼(Bertrand René Pallu) 역시 1748
년 〈아시아(L'Asie)〉에서 동해를 '한국해'로 표기하였다. 그러나
이후 로베르는 〈일본제국도(L'Empire du Japon)〉에서 동해가 한일
양국 사이에 있는 바다이기 때문에 공정을 기하기 위해서인지 바
다를 둘로 나누어 한국 쪽은 '한국해'라고 하고 일본 쪽은 '일본해

(Mer du Japon)'라고 병기하였다. 해양 전문가 벨랭(Bellin)은 1748년 〈중국제국도(L' Empire de la Chine)〉에서 동해를 'Mer de Corée'라고 하고 장비에는 1759년 〈아시아(L' Asie)〉에서 동해를 'Mer de Coree'라고 한다.

기욤 드릴의 외손자로 그의 지도 사업을 물려받은 부아슈는 본래 자연지리학을 연구한 학자로 1744년에 발간된 〈대양의 자연지도(Carte Physique de la Grande Mer)〉에서 동해를 '한국해'로 표기하였다. 그러나 디드로(Denis Diderot)의 백과사전을 위한 일본 지도를 의뢰받고는 동해를 '일본해'라고 표기한다. 또 1744년 〈아시아(L' Asie)〉와 1754년 〈세계지도(Mappemonde)〉, 그리고 같은 해 발간된 〈세계자연지도(La Carte Physique du Monde)〉에서는 동해에 가장 합리적인 명칭이라고 생각했던 '한국해'를 표기한다. 그리고 기욤의 동생 조제프 니콜라와 합작하여 재간한 〈동북아시아지도〉(1750, 1752)와 1772년의 〈아시아(L' Asie)〉에서도 동해를 계속 '한국해'라고 표기하였다. 조제프 니콜라 역시 단독으로 발간한 1750년 〈아시아(L' Asie)〉에서 동해를 '한국해'라고 표기한다. 그리고 팔레레(J. Palairet)는 1760년에 제작한 〈아시아(L' Asie)〉에서 동해를 '한국만(Gulf of Corea)'이라고 표기한다.

펠르티에 교수는 기욤이 동해를 '동해(Mer Orientale)'라고 하다가 1723년의 지도에서 자신의 소신과 다르게 '한국해'라고 표기한 것은 동생 조제프 니콜라의 영향이 아닌가 생각하는데[36] 거기에는 오해가 있는 것 같다. 조제프 니콜라는 기욤이 1726년 사망하기 전까지는 지도를 만든 적이 없기 때문이다. 또한 조제프 니

36_ P. Pelletier, 〈The Role of French Geo graphy in the naming of the Sea between Korea, Japan and Siberia from 17th to early 19th Century〉, The 8th International Seminar on Sea Na mes, The Society for East Sea.

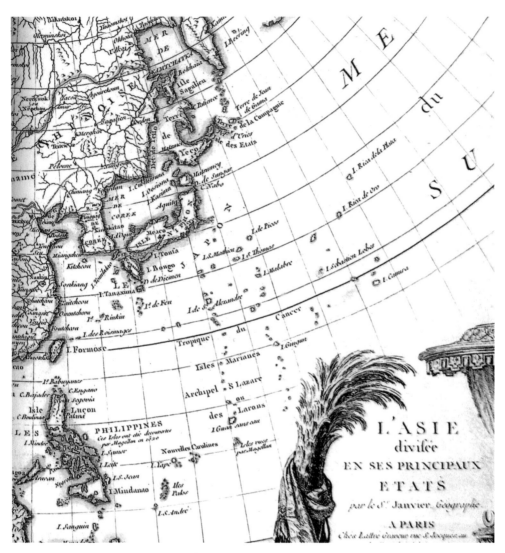

1759년 저명한 지리학자 장비에는 〈아시아(L'Asie)〉에서 당빌을 따랐으나, 동해 명칭은
소신대로 '한국해(Mer de Coree)'로 표기했다.

콜라가 여러 지도에서 동해를 '한국해'라고 표기한 것은 기욤의
사후 러시아에서 20여 년간 활동하면서 일부 러시아 학자들이 동
해를 '한국해'라고 표기하는 것을 보았기 때문이다. 따라서 조제
프 니콜라가 기욤에게 영향을 주었다고 보기에는 시간적으로 가
능성이 낮다.

　당빌이 수집하여 프랑스국립도서관에서 소장 중인 1763년의 〈일
반역사를 위한 지도(Carte pour L' Histoire Generale)〉는 지방의 알려

지지 않은 제작자 피코
(Picaud)에 의하여 만들
어졌다. 그는 동해에
'한국해(Mer de Coree)'
라고 표기하였다.

　상송 가문과의 혈연
관계로 자이요로부터
상송가의 지도 사업을
인계받은 질 로베르 보
공디(Gilles Robert de
Vaugondy)[37]는 18세기
중반 이후 유럽에서 가
장 활동적인 지도 제작
가문을 형성하였다. 질
과 그의 후계자들은 당
빌의 한국 지도를 가장

1763년 지방에서 활약한 피코는 역사와 연결된 지
도첩 《일반역사를 위한 지도(Carte pour L'
Histoire Generale)》의 동양 삼국 부분에서 동해를
'한국해(Mer de Coree)'라고 표기한다. 피코의 지
도는 당빌의 지도 수집 품목에 포함되었다.

37_ 프랑스 이름에서
Robert는 이름인 경우가
많지만 Gilles Robert de
Vaugondy에서는 Gilles
이 이름이고 Robert de
Vaugondy가 성이다.

1750년 18세기 중반에 가장 중요한 지도 제작 가문을 일으킨 질 로베르 드 보공디는 〈일본제국(L'Empire du Japon)〉에서 동해를 양분하여 한국 쪽에 'Mer de Corée', 일본 쪽에 'Mer du Japon'이라고 했으나, 다른 지도에서 그와 그의 아들 디디에는 동해를 '한국해'로 표기했다.

신뢰할 만한 지도라고 생각하여 그의 지도를 따랐으나 동해 표기에 있어서만은 당빌처럼 공백으로 남기지 않고 자신들이 생각하는 명칭으로 표기한다. 질은 1739년 〈아시아(L'Asie)〉와 1750년 및 1751년의 재간, 그리고 1750년에 영어로 낸 〈중국지도(Map of the Empire of China)〉에서 동해를 모두 '한국해(Mer de Corée 또는 Sea of Korea)'로 표기한다. 그러나 같은 해인 1750년에 발간된 〈일본제국(L'Empire du Japon)〉에서는 동해의 한국 쪽에 '한국해'를, 일본 쪽에는 '일본해'를 병기한다.

　일반적으로 더들리가 가장 먼저 동해에 두 명칭을 병기한 지도 제작자로 알려졌으나 이것에도 약간의 오해가 있다. 더들리는 자신의 지도첩 초간(1647)에 수록된 〈일본·북해도 한국 특별지도 (Carta Particolare della Grande Isola del Giaponée di Iego con il Regne Coraie altre Isole in torna)〉에서 '한국해(Mare di Corai)'를 중앙에 두었으나 1661년의 재간에서는 '한국해'를 한국에 보다 가까이 표기하고 중앙에 '일본북해(Il Mare Settentrionale di Iappone)'라고 써넣는다. 그리고 동북쪽 현 북해도 남쪽에 '북해도의 남해(Il Mare Australe di Iego)'라고 표기함으로써 세 가지 이름을 사용한다. 그런데 '한국해'는 보다 큰 활자로 되어 있고 '일본북해'와 '북해도의 남해'는 보다 작은 흘림체로 되어 있다. 또한 이 두 명칭은 '한국해'와는 다르게 정관사 'Il'이 앞에 붙어 있다. 따라서 우리가 보기에 '한국해'는 지도 제목으로 쓰였고 나머지 둘은 일부 바다의 설명으로 표기된 듯하다. 마찬가지로 일본 남쪽에 표기된 '일본 남해(Mare Australe di Iappone Ō Giappone)'에는 관사가 들어 있지 않으므로 이는 일본 남쪽 해역의 명칭으로 봐야 옳다. 이처럼 보공디의 병기와 더들리의 병기는 여러 가지 차이점을 나타낸다.

　로베르 제오르(Robert Géor)와 생 로베르가 합작한 1750년의 〈아시아(L'Asie)〉에서 두 사람은 보공디가 1750년 〈일본제국〉에서 했던 바와 같이 동해를 두 부분으로 나누어 한국 쪽에 '한국해'를, 일본 쪽에 '일본해'를 표기한다. 그렇다고 제오르와 생 로베르가 보공디의 명칭을 따랐다고 보기에는 시간적으로 볼 때 어렵다.

그럼에도 같은 해의 두 가지 지도에서 종래와는 다른 병기가 이루어졌다는 점은 흥미롭다.

질의 아들 디디에 로베르 드 보공디(Didier Robert de Vaugondy)는 질의 생존 시부터 독자적인 이름으로 지도를 발간하기도 하였다. 디디에는 1749년 〈아시아(L' Asie)〉에서 동해를 '한국해'로 표기하였고 1755년 〈일본제국(L' Empire du Japon)〉, 그리고 뒤시(Dussy)와 합작하여 만든 〈시베리아 혹은 아시아 쪽 러시아(Sibérie ou Russie Asiatique)〉에서도 동해를 '한국해'로 표기하였다. 그러나 1772년 〈아시아(L' Asie)〉에서는 실수인지 혹은 의도적인지 동해를 무표기로 남겼다. 그러다가 다시 1775년 〈아시아(L' Asie)〉와 1787년 〈일본제국〉에서는 동해를 '한국해'로 표기하였다. 결과적으로 보공디 가문은 질과 디디에의 경우에서처럼 몇 가지 예외를 제외하고는 대부분 '한국해' 명칭을 사용하고 있어 한국 측의 동해 표기를 뒷받침하는 입장을 보인다.

1700년대 후반의 지도 제작자들에게 보공디 가문이 영향을 주었다고 확언할 수는 없지만 그들은 대체로 '한국해'라는 표기를 많이 사용하였다. 블랑제(Nicolas Antoine Boulanger)의 1760년 〈신세계지도(Nouvelle Mappemonde)〉에서도 동해는 '한국해'로 표기되었다. 그리고 클루에(Jean Baptiste Louis Clouet)의 1764년 〈아시아지도(Carte d' Asie)〉와 1787년 재간에서도 모두 같은 표기로 되어 있다. 이는 데노(L. C. Desnos)의 1772년 〈아시아(L' Asie)〉에서도 마찬가지이며 데노와 샤를(L. Charles)의 1776년 〈아시아(L' Asie)〉에서도 역시 그러하다. 이 외에 브리옹 드 라 투르(Louis Brion de la

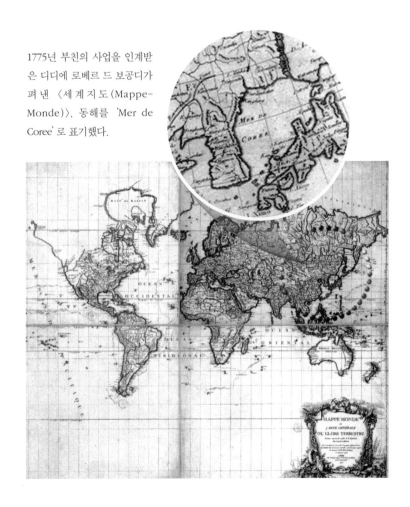

1775년 부친의 사업을 인계받은 디디에 로베르 드 보공디가 펴낸 〈세계지도(Mappe-Monde)〉. 동해를 'Mer de Coree'로 표기했다.

Tour)도 1765년 〈아시아(L' Asie)〉에서 동해를 '한국해'로 표기하였다. 그러나 니콜(Nicol)은 1796년 〈중국, 일본(La Chine et le Japon)〉에서 동해 명칭에 대한 확신이 부족해서인지 '동해'와 '한국해'를 동시에 표기하였다.

토착명이 알려지기 시작한 17세기 중엽의 프랑스 고지도에서는 '동대양 혹은 동해(Océan ou Mer Orientale)' 그리고 '한국해'라는 명칭을 찾아볼 수 있다. 이어서 18세기 초반까지는 '동해'가 '한국해'와 함께 명맥을 유지해가지만 중반에 들어서면서부터 '한국해'가 대세를 이룬다. 그 이유를 생각해보면 '한국해'라는 이름이 지도의 형태를 참고할 때 논리를 중시하는 프랑스적 합리주의에 가장 합당한 이름이기 때문이다.

또 다른 이유는 프랑스인들의 언어 습관과 관련이 있다. 그들도 다른 유럽인들처럼 글을 왼쪽에서 시작하여 오른쪽으로 써가고 문장은 주어＋동사＋목적어 혹은 보어순이 가장 일반적이다. 따라서 오른쪽에 나오는 요소는 왼쪽 요소의 지배를 받고 그와 일치해야 한다. 예컨대 오른쪽의 동사는 왼쪽 주어의 성수에 일치해야 하는 것이다. 그렇게 볼 때 오른쪽에 있는 바다는 왼쪽에 있는 나라의 이름을 따르는 것이 합리적이기 때문에 동해의 이름은 한국을 따라 '한국해'라고 하는 편이 그들의 무의식적으로 이루어지는 언어 습관에 부합했던 것이다.

그러나 19세기가 다가오면서 '한국해'라는 명칭에 중대한 변화가 시작된다. 유럽 여러 나라가 해외 식민지 확보에 열을 올릴 때 호화 궁궐과 군비에 국가 재정을 탕진하던 프랑스는 영국과의 해외 식민지 쟁탈전에서 연전연패한다. 그에 따라 당시 프랑스의 루이 16세는 해외 미개발 지역들의 점검과 한 번도 탐사되지 않았던 바다들 그리고 세계정세를 탐색하는 데 국력을 기울인다. 이러한 노력의 일환으로 루이 16세는 캐나다에서 영국군과 싸워 승리한 영웅 라페루즈 백작을 선장으로 삼아 두 척의 함대를 출항시킨다. 이 두 척의 함대에는 몇 년간의 기간을 거쳐 준비해놓은 충분한 물자와 미리 선발해둔 과학자들이 탑승하고 있었다.

라페루즈는 남미를 돌아 알래스카를 거쳐 동남아에서 북으로 올라온다. 그는 제주 근해와 남해 연안을 지나면서 바다의 수심을 측정하고 주민들의 동태도 살핀다. 동해안을 따라 북상하다가 천문학자 다즐레(Joseph Lepaute Dagelet)가 울릉도를 발견했고 다즐레의 이름을 따서 울릉도의 이름을 정한다. 그러나 갑자기 불어닥친 광풍 때문에 동해안을 따라 계속 북상하려던 계획을 포기하고 북동쪽으로 항진하다가 캄차카 근처의 작은 항구에 정박하여 따뜻한 대접을 받으면서 그동안의 항해 기록을 인편으로 파리에 보낸다. 그 후 남태평양으로 진입한 라페루즈는 오스트레일리아 부근에서 필요한 물자를 보급받기를 원했으나 상황이 여의치 않았다. 그곳에서 라페루즈는 또 한 차례 항해 기록을 본국으로 보낸 후 다시 출항했지만 남태평양 쪽으로 항해하던 일행 모두가 행방불명된다. 일설에는 바니코로 원주민들에게 몰살됐을 것이라는 추측도 있으나 심한 풍랑으로 함대의 선체가 완전히 파괴되어 모두 최후를 맞았을 것이라는 설이 더 설득력이 있다. 프랑스 해군성에서 여러 차례 수색을 시도했으나 라페루즈와 선원들에 대한 수색은 미궁에 빠졌고 몇몇 유품들이 발견되었다고는 하나 별 의미는 없는 것들로 알려져 있다.

본국에 보낸 항해 기록과 항해도는 모두 다섯 권으로 1798년에 출판되었다. 부록으로 나온 항해도첩 본문에서는 동해를 '한국해'라고 하기도 하였으나 항해도첩의 지도 3번과 5번에서는 '타

르타르 해협(Mauche de Tartarie)'이라고 명
명한다. 그러나 무엇보다 39번과 46번에
서 '일본해'라고 한 것이 '한국해'라는 명
칭에 엄청난 파장의 풍랑을 일으켰다.

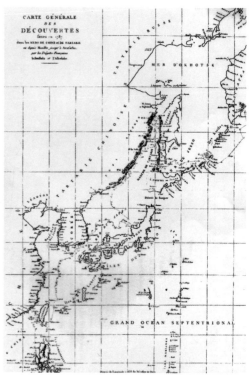

라페루즈의 항해도첩은 지도 제작자
들에게 상당한 관심을 받았는데, 특히
영국의 지도 제작자들은 라페루즈의 지
도와 해도를 재빨리 지도에 반영하였다.
라페루즈가 일부 지도에서 동해를 '일본
해'라고 한 부분을 보고 영국 지도 제작
자들은 종래의 명칭인 '한국해 또는 한
국만(Sea or Gulf of Korea)'을 즉각 '일본
해(Sea of Japan)'로 변경하였다. 그럼에
도 라페루즈의 항해도첩 이후 몇몇 프랑
스 제작자들은 '한국해'를 고수하기도
했다. 어쩌면 정보에 늦었기 때문으로도
볼 수 있겠지만 '한국해'가 프랑스적 합
리주의에 합당한 명칭이라는 이유도 작
용하였다고 본다.

1787년 라페루즈가 세계일주를 하며 남해를 거쳐 동해를
탐사한 후 사후 발간된 항해도첩의 동해 지도에서는 동해
를 '일본해(Mer du Japon)'라고 표기했으나, 여행록에서
는 '한국해'와 '일본해'를 혼용했다.

19세기에 들어와 프랑스의 지도 제작은 하향 곡선을 그리게 되
는데 그것은 환경적인 변화와 관계가 있다. 우선 프랑스 혁명과
나폴레옹의 집권, 그리고 유럽을 상대로 한 힘든 전쟁 때문에 사
회적으로나 경제적으로 프랑스는 안정된 분위기를 상실하였다.

그리고 영국과의 대내외적인 전쟁에서 계속 패하여 재정이 고갈되었을 뿐 아니라 해외에 대한 관심도가 낮아진 것도 지도 제작에 큰 영향을 미쳤다고 할 수 있다. 그런 가운데 드 조르슈(de Jorsh)는 1800년 〈아시아지도(Carte de L'Asie)〉에서 동해를 '한국해'라고 하였고 1805년의 재간에서는 '한국해'를 크게, '일본해'를 작게 표기하였다. 그러나 에듬 당텔(Edme Dentelle)은 1803년 〈중국지도(Carte de la Chine)〉에서 동해를 '일본해'로 표기하였고 티

김대건 신부가 프랑스에 보낸 〈조선전도(Carte de la Corée)〉를 기초로 1855년 파리 지도학회 사무총장 말트-브룅이 그린 한국 지도. 동해를 임의로 '일본해(Mer du Japon)'로 표기했다.

에리(Tierry) 역시 1810년 〈중국제국도(Carte de L'Empire Chinois)〉에서 동해를 '일본해'로 표기한다. 다행히 교육 관계 지도를 주로 발간하던 드라마르슈(Delamarche)는 1811년 〈아시아지도(Carte de L'Asie)〉에서 동해를 자신의 판단대로 '한국해'로 표기하였는데, 이에 반해 프랑스로 이민을 와 지리학자가 된 말트-브룅(Malte-Brun)은 김대건의 지도를 참고한 1812년 〈중국(China)〉에서 동해를 '일본해'로 표기한다.

18세기에서 19세기로 가면서 '일본해'가 증가하는데 이러한 변화의 와중에서 지도 표기에 이상

1832년 프랑스의 라피가 펴낸 〈중국제국과 일본제국(L' Empire Chinois et du Japon)〉. 동해를 '일본해(Mer du Japon)'로 했고, 제주도 남쪽 동중국해를 '한국해(Mer de Corée)' 라고 표기했다.

한 현상이 일어났다. 에리송(Herisson)이 1830년 〈아시아(De L' Asie)〉에서 동해를 '일본해'로 표기하면서도 동중국해 쪽 해역에 '한국동해(Mer Orientale de Corée)'라고 표기한 것이다. 사실 그 해역은 한국의 남쪽 혹은 서남쪽 해역으로 하는 것이 옳겠으나 어쨌든 이러한 표기를 사용한 것은 동해를 일본해로 변경한 것에 대한 보상이라고 생각된다. 라피(Lapie) 역시 1832년 〈중국제국과

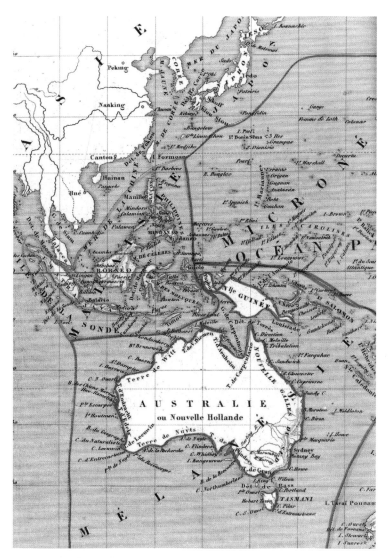

1847년 프랑스의 르바쇠르도 라피의 지도를 참고한 듯 〈대양주(Oceanie)〉에서 동해를 '일본해', 동중국해를 '한국해'로 표기한다.

일본제국(Carte de L'Empire Chinois et du Japon)〉에서 동해를 '일본해(Mer du Japon)'로 하는 대신 제주에서 동중국해에 이르는 해역을 '한국해(Mer de Coree)'라고 하였다. 그리고 뒤푸르(Guillaume-Henri Dufour)도 1836년 〈아시아지도(Carte de L'Asie)〉에서 동해를 '일본해'로 하는 대신 동중국해 쪽에 큰 활자로 '동해'를 표시하고 작은 활자로 '한국해'를 표기함으로써 한국에 관계되는 두 가지 표기를 모두 하였다. 르바쇠르(Victor Levasseur)는 1847년 〈대양주(Océanie)〉에서 동해를 '일본해'로 하면서 제주도 남쪽 동중국해 쪽에는 '한국해'를 표기하였다. 영국인으로 프랑스에서 지도를 만든 로렌스(Laurens)는 1850년 〈시베리아, 중국, 일본(Sibérie, Chine, Japon)〉에서 동중국해를 '동해 또는 한국해(Mer Orientale ou de Corée)'라고 하였으나 브뤼에(Brué)는 1865년 〈아시아(Asie)〉에서 동해를 '일본해'라고만 하였다. 그러나 브뤼에는 피케(C. Piquet)와 공동 제작한 1867년 〈일반아시아지도(Carte Générale de L'Asie)〉에서 동해를 '일본해'라고 칭하고 동중국해에는 로렌스와 같이 '동해 또는 한국해(Mer Orienatle ou Mer de Corée)'로 표기한다. 그 반면 오제르만(R. Hausermann)은 한불사전의 부록 지도에서 동해를 '일본해(Mer du Japon)'로만 표기한다.

프랑스 고지도는 국제수로기구(IHO)가 없던 시절 해역 명칭 제정에 중요한 역할을 하였고 그것 중 상당수가 그 후 공식 명칭으로 확정되었다. 동해의 명칭에는 여러 가지 우여곡절이 많았으나 크게 보면 다음과 같다. '동대양(Oceanus Orientalis)'이라는 명칭으로 동해를 포함하는 동남아 일대의 해역을 지칭하던 시대로부터

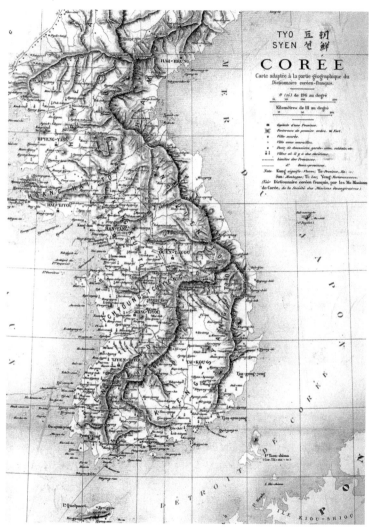

1880년 프랑스의 오제르만은 요코하마에서 제작한 한불사전의 부록 지도 〈됴션(Corée)〉에
서 농해를 '일본해(Mer du Japon)'로 했고, '대한해협(Détroit de Corée)'도 표기했다.

'동대양 또는 동해(Océan ou Mer Orientale)'라는 토착명의 도입, 그리고 서서히 '한국해(Mer de Corée)'로 옮겨가 18세기 중엽부터 18세기 말까지 '한국해'의 전성기를 누렸다. 이후 19세기에 들어와서는 라페루즈의 영향으로 '일본해'가 큰 흐름을 이루었으나 얼마 후부터 일종의 보상적인 움직임, 즉 동해가 아닌 동중국해 쪽으로 '한국해'가 옮겨가는 다양한 모습을 보여주었다.

가장 중요한 사실은 프랑스 지도에서 어느 한 가지 명칭을 찾아본다는 것은 불가능한 일이고 심지어 같은 제작자도 시기에 따라서 다른 명칭을 사용한다는 것이다. 그러나 어떤 명칭이든 나름대로의 합리주의적 사고가 작용하였기 때문에 그것을 이해하는 것이 명칭 연구에 중요한 시발점이 된다는 것을 먼저 기억해야 한다.

8
영국의
고지도와
동해 명칭
표기

　영국 고지도의 발생은 일찍이 중세까지 거슬러 올라간다. 그런데 지도가 인쇄되기 시작한 것은 프랑스와 같은 시기인 17세기 초엽이다. 지도 제작 초기에 영국은 이탈리아, 포르투갈, 네덜란드 등 여러 나라와 인적 교류 및 협력을 많이 맺은 나라이다. 그러한 역사가 있으면서도 영국은 17세기와 18세기에 걸치는 동안 유럽의 지도 제작에서 주도적인 위치에 있지 못했다. 17세기 네덜란드가 주도적인 지도 제작 국가일 때 영국은 그 영향을 상당히 받아들이는 입장이었고 18세기에도 유럽의 지도 제작을 이끈 프랑스의 영향을 많이 받으면서 독자적인 지도를 많이 내놓지는 못하였기 때문이다. 그러나 19세기에 들어 상황이 변한다.

영국의 지도들이 주목을 받으면서 영국은 수적뿐만 아니라 질적으로도 훌륭한 업적을 기록하게 된다.

　이렇게 된 데에는 몇 가지 이유가 있다. 우선 영국은 훌륭한 탐험가와 여행가를 배출하여 그들의 조사 결과를 지도에 반영했을 뿐 아니라 북미와 오스트레일리아 등의 지도 제작에 앞장섰다. 또한 영국 해군성은 직간접적인 탐사 결과를 정확하게 기록함으로써 그 권위를 인정받았다. 그리고 본래 영국은 인구에 비해 국토가 좁고 토양이 농업에 적합하지 않아 해외에서 해답을 찾아야 했는데 정부의 강력한 해외 드라이브 정책이 성공을 거두어 포르투갈, 네덜란드보다 해외 진출이 늦었음에도 불구하고 스페인이나 프랑스와의 해전에서 연전연승하며 해가 지지 않는 해외 영토를 식민지화하였다. 그리고 식민지 국가의 자원을 확보, 보급받으면서 경제성장이 가속화되어 지도에 관심을 갖는 중산층이 두터워졌다. 즉 영국의 해외 진출과 식민지 확대가 지도에 대한 관심과 소비를 촉진시켰던 것이다.

　스피드(John Speed)는 영국에서 처음으로 지도첩을 낸 열정적인 제작자로 1626년 〈아시아(Asia)〉에서 영국사상 최초로 한국을 반도 형태로 나타냈는데 해역 표기는 네덜란드의 지도들을 참고한 것이 틀림없다. 그는 동해 쪽을 '서대양(West Ocean)'이라고 하고 인도양은 '동대양(East Ocean)'이라고 하였으며 중국 근해는 '중국해(Sea of China)'라고 작은 활자로 표기하였다. 그의 논리에 따르면 방위적 시각에서 볼 때 인도는 영국의 동쪽이지만 태평양은 미 대륙 발견 이후 서쪽으로 가면 만나는 바다이기 때문에 '서대양'이 된다. 중국 근해의 '중국해'란 표기는 중국의 크기를 고려하여 표기한 것으로 보인다. 그리고 같은 해 〈중국지도(Map of China)〉에서 중국 근해 일대를 '중국대양(Chinian Ocean)'이라고 함으로써 그때그때 상황에 따라 적당히 표기했다는 인상을 준다. 뿐만 아니라 같은 해 동아시아 지도를 낸 험블(George Humble)도 일본의 북동쪽을 '서대양'이라 하였다.

그 후 체트윈드(P. Chetwind)도 1666년 라틴어 지도인 〈아시아(Asia)〉를 내면서 동해를 '서대양(Oceanus Occidentalis)'이라고 하였는데 그가 네덜란드의 영향을 받은 것인지 스피드나 험블을 따른 것인지는 분명치 않다. 다만 영국의 초기 지도들은 동해에 특별한 관심이 있지는 않은 듯 보인다.

비첼(Bichell)과 글루어(Gluer)의 1694년 동아시아 지도에서 한국은 드릴이 그린 형태와 같고 동해에는 '동해(Oriental Sea)'라고 표기되어 있다. 독일 출신 두란트는 1679년 영어로 된 지도 〈일본(Japan)〉에서 한국을 '코리아(Corea)'라고 하고 동해를 '동대양(Ocean Oriental)'이라고 표기한다. 블롬(Richard Blome)은 1669년 〈일반아시아지도(A General Map of Asia)〉를 내면서 동해와 태평양 북쪽 바다를 합쳐 큰 활자로 '동대양(Oriental Ocean)'이라고 표기하고 작은 활자로 '중국해'라고 표기한다. 그는 스피드와 달리 태평양을 동쪽으로 가면 만나는 바다라고 생각한 듯한데 작은 활자로 표기된 '중국해'는 그가 스피드와 네덜란드 지도를 참고했다는 인상을 준다. 18세기 들이 손튼(John Thornton)은 1704년 아시아 지도를 만들면서 동해의 명칭에 대한 자신이 없어서인지 공백

1694년 비첼과 글루어는 구형 아시아 지도에서 한국을 드릴의 한국과 비슷하게 그렸으
며, 동해를 'Oriental Sea'라고 표기한다. 그러나 이 지도는 드릴 이전의 지도로 드릴의
영향은 불확실하다.

으로 남겨둔다.

　본래 네덜란드 출신인 몰(Herman Moll)은 보다 큰 시장인 런던
으로 이주하여 그곳에서 지도 산업에 뛰어든다. 그는 1710년 〈신
아시아지도(A New Map of Asia)〉에서 동해를 '한국해(Sea of Corea)'
라고 표기하는데, 그가 네덜란드나 영국 선배 제작자들의 명칭을
따르지 않고 '한국해(Mer de Corée)'라는 프랑스어 명칭을 영어로
옮겼다고 판단된다. 그 후 1714년 〈중국(China)〉과 1719년 〈전 세
계(Whole World)〉, 그리고 1720년 〈중국제국(The Empire of China)〉

1714년 네덜란드에서 영국으로 이주한 몰이 펴낸 〈중국(China)〉. 드릴과 유사한 한국을 그리면서 동해를 'Sea of Corea'라고 하고 그 표기를 변함없이 유지했다.

등에서도 연이어 동해를 '한국해'라고 표기함으로써 표기의 일관성과 소신을 보여준다. 반면 왕실 지리학자 시넥스(John Senex)는 1711년 같은 해에 펴낸 〈아시아수정지도(Asia Corrected)〉와 〈새롭게 수정된 세계지도(A New and Correct Map of the World)〉에서 동해를 '동해 혹은 한국해(The Eastern or Corea Sea)'라고 표기한다. 이후 1721년에 두 장의 〈아시아(Asia)〉 지도를 펴내는데 한 장에는 '한국해'로, 다른 한 장에는 '동해(The Eastern Sea)'로 표기한다. 그리고 1725년 〈아시아(Asia)〉와 1740년 〈수정아시아지도(Asia

1721년 영국의 시넥스가 펴낸 〈새 인도와 중국 지도(New Map of India and China)〉. 한국에 대해서는 몰을 따랐고 동해는 드릴과 같이 'Eastern Sea'라고 표기했다.

Corrected)〉에서는 다시 '동해 혹은 한국해'라고 하였으나 같은 해에 발간한 또 다른 〈수정아시아지도〉에서는 '동해'라고 함으로써 동해 명칭에 대해 주저하는 모습을 보인다. '동쪽의(Eastern)'와 '동양의(Oriental)'는 둘 다 동쪽을 가리키지만 시넥스는 'Eastern'을 정관사 'The'와 같이 쓰고 나머지는 관사 없이 사용하였다. 그리고 어떤 경우에는 드릴의 영향을 받은 표기를 하거나 프랑스 일반인의 인식을 반영하는 표기를 한다. 비록 창의적인 표기는 아니라고 할 수 있으나 동해에 대한 시넥스의 표기들이 모두 한국과 연계되었다는 점에서 주목할 만하다. 바붓(Babut)은 1740년 〈한국왕국도(The Kingdom of Korea)〉에서 한국 국명을 'K' 자로 시

1740년 영국의 바붓은 당빌의 지도와 흡사한 〈한국왕국도(The Kingdom of Korea)〉를
펴냈다. 처음으로 한국을 Korea라고 했으나, '황해(Hwang Hay)'는 표기하면서 동해는
표기하지 않았다.

1747년 지도 제작 가문을 세운 보엔은 〈새 정밀아시아지도(A New & Accurate Map of Asia)〉에서 한국은 'Corea'로, 동해는 'Sea of Kora'로 표기했다.

작한다.

　베이크웰(T. Bakewell)은 1729년 〈아시아(Asia)〉에서 네덜란드 대가들을 참고해서인지 동해에 '중국해(Oceanus Sinensis)'라고 표기한다. 반면 볼턴(Bolton)은 1740년 〈아시아(Asia)〉에서 동해를 '한국만(Gulf of Corea)'으로 표기하고 같은 해 오버턴(Overton)은 무표기로 한다. 지도 제작을 활발하게 펼친 보엔가의 창시자 이매뉴얼 보엔은 1744년 〈13세기 마르코 폴로의 여행(Marco Polo's Voyage & Travels in 13C)〉에서 동해를 '동해(Eastern Sea)'로 표기한다. 그 후 1747년 〈아시아(Asia)〉와 1752년 재간에서는 한국 국호를 '코리아(Corea)'라고 하면서 동해를 '한국해(Sea of Korea)'로 표기한다. 키친(Thomas Kitchin) 역시 1745년 〈관동 또는 요동 지방과 한국왕국(A Map of Quan-Tong or Lea-Tonge and Kingdom of Kau-li or Corea)〉에서 '한국해(Sea of Korea)'로 표기한다. 명칭 변경의 이유는 불명확하나 라틴어 계통의 언어에서 'Corea'라고 하던 것을 바붓 그리고 보엔과 키친이 처음으로 'Korea'라고 함으로써 오늘

1773년 보엔과 바히에네는 네덜란드어로 된 아시아 지도에서 한국 국명과 동해 명칭 모두 'Korea', 'Zee van Korea'로 표기했다.

날 'Korea'의 시작을 알린 셈이다. 'C'에서 'K'로의 변경은 언어
학적인 이유에서 접근 가능하다. 즉 라틴 계통의 언어에서는 C
가 모음 a, o, u와 결합할 때 /K/의 음가를 갖기 때문에 Corea가
되지만 영국-독일 계통의 언어에서는 /K/음을 내는 것이 기본
적으로 K 자이기 때문에 Korea가 된 것이다. 여하튼 보엔은
1766년 〈아시아정밀지도(An Accurate Map of Asia)〉에서 다시금
'Sea of Corea'라고 했다가 같은 해 발간된 〈일본제국(The Empire
of Japan)〉에서는 'Sea of Korea'라고 한다. 그의 C와 K 사이의 혼
돈은 무의식적이고 본능적인 착각에서 유래하는 것으로 판단된
다. 바히에네와 합작하여 네덜란드어로 출간한 1773년 〈아시아
(Asia)〉에서는 동해가 '한국해(Zee van Korea)'로 표기되어 있고
1777년 〈아시아지도(A Map of Asia)〉에서도 '한국해(Sea of Korea)'
로 표기되어 있다. 이매뉴얼 보엔의 아들 토머스 보엔(Thomas
Bowen) 역시 1778년 〈러시아제국(Russian Empire)〉에서는 동해를
'한국해(Sea of Korea)'로 표기하나 1786년 독일어판 지도에서는
'작은 동해(Kleine Orientalische Meer)'라는 명칭을 사용함으로써 독
일식 표기를 따른다.

그린(Green)은 1746년 〈아시아(Asia)〉에서 동해에 '한국해'라고
쓴다. 그리고 해리스(John Harris)는 1748년 〈13세기 마르코 폴로
의 여행〉에서 보엔이 택했던 것처럼 동해를 '동해'라고 표기한다.
그러나 베넷(Benett)은 1759년 〈아시아(Asia)〉에서 동해를 일반적
인 추세에 따라 '한국해'로 표기한다. 깁슨(Gibson)은 1750년 〈새
정밀중국제국도(A New & Accurate Map of the Empire of China)〉에서

1750년 깁슨은 〈새 정밀중국제국도(A New & Accurate Map of China)〉에서 한국과 동해 명칭을 'Corea', 'Sea of Corea'로 표기했다.

한국은 'Corea', 동해는 'Sea of Korea'로 표기한다.

18세기 영국 지도를 대표하는 인물 중 한 사람인 제프리스 (Thomas Jeffreys)도 1758년 〈살기 좋은 세계(The world agreable)〉에서 동해를 'Sea of Korea'라고 하지만 1769년 〈아시아(Asia)〉에서는 'Sea of Corea'라고 표기하여 보엔과 같은 혼란을 보여준다. 베넷과 세이어(Robert Sayer)는 공동으로 발간한 아시아 지도에서 동해를 '한국만'이라고 표기하는데 베넷이 단독으로 펴낸 지도에서 '한국해(Sea of Corea)'를 사용한 점으로 미루어보아 '한국만'은 세이어의 주장인 듯싶다. 그리고 '한국만'은 독일 지도에서의 '작은 동해'와 같은 발상에서 유래한 것 같은 인상을 준다. 힌턴(J.

Hinton)도 1762년 〈개정된 아시아지도(An Improved Map of Asia)〉
에서 동해를 '한국만'으로 표기한다.

샐먼(Salmon)은 1767년 〈아시아(Asia)〉와 1781년의 재간에서 동
해를 '한국해(Sea of Corea)'로 표기한다. 그리고 롤로스(G. Rollos)도
1770년 〈세계정밀지도(An Accurate Map of the World)〉에서 동해를
'한국해(Sea of Korea)'로 표기하는데 이때부터 코리아라는 영문명
을 K로 시작하는 지도들이 증가한다.

팔레레는 1752년, 1753년도 〈아시아(Asia)〉에서 동해를 '한국만'
이라고 하고 1771년《브리태니커백과사전》에 부속으로 실린 〈아
시아지도(Map of Asia)〉에서는 동해를 '한국해(Sea of Korea)'라고
표기한다. 그러나 그 후에 발간된 지도에서는 동해가 '일본해(Sea
of Japan)'로 표기된다. 키친 역시 1745년 〈관동 또는 요동 지방과
한국왕국〉에서 동해를 '한국해(Sea of Corea)'라고 하다가 1772년 〈
당빌의 견해에 따른 아시아(Asia according to the Sieur d'Anville)〉에
서는 당빌과 다른 관점에서 동해를 '한국만'이라고 한다. 그리고
1774년과 1781년의 〈아시아(Asia)〉에서는 동해를 다시 '한국해
(Sea of Korea)'로 표기하며 Gulf(만)와 Sea(바다), Corea와 Korea
사이를 오락가락한다.

던(Samuel Dunn)은 1774년 〈중국령 만주와 한국 지도(A Map of
Chinese Tartary with Corea)〉에서 동해를 '한국해(Corean Sea)'라고
하면서 형용사 Corean을 쓴다. 그러나 같은 해에 발행된 〈세계지
도(The Map of the World)〉에서는 동해를 '한국만(Gulf of Corea)'으
로 표기하고 재간에서도 같은 표기를 한다.

1745년 키친은 〈관동 또는 요동 지방과 한국왕국(A Map of Quan-Tong or Lea-Tonge and Kingdom of Kau-li or Corea)〉에서 한국은 Corea로, 동해는 'Sea of Korea'로 표기했다.

듀크(Duke)와 오를레앙(Orleans)도 1780년 〈북동아시아(Northeast Asia)〉에서 동해를 '한국만(Corean Gulf)'이라고 하고 딜리(C. Dilly) 역시 1785년 〈러시아제국정밀지도(An Accurate Map of Russian Empire)〉에서 '한국만(Gulf of Corea)'이라고 표기한다. 볼스(C. Bowles) 역시 1789년 〈볼스의 네 장짜리 새 아시아지도(Bowles New Four sheet Map of Asia)〉에서 같은 표기를 한다.

로리(Laurie)와 휘틀(Whittle)은 캠퍼(Kaempher)의 지도와 포르투갈 고지도를 참고하여 1789년에 〈일본제국(Empire of Japan)〉을 제작하면서 동해를 '한국해(Corean sea)'라고 한다. 그러나 1799년 〈아시아(Asia)〉에서는 라페루즈의 항해도첩을 참고했기 때문인지 '일본해'로 선회한다. 세이어도 1790년 〈아시아(Asia)〉에서는 동해를 '한국해(Sea of Corea)'로 표기하다가 1794년 〈아시아(Asia)〉에서는 동해를 '한국만(Gulf of Corea)'으로 표기한다.

팔레레와 볼스는 1786년 〈아시아(Asia)〉에서 동해를 '한국해(Sea of Korea)'로 표기하고 안드레우스(Andreuss)는 1793년 〈아시아(Asia)〉에서 동해를 '한국해(Sea of Corea)'로 표기한다. 윌킨슨

1791년 달레셋과 볼스는 〈한 장으로 된 새 아시아지도(A New Sheet Map of Asia)〉에서
한국은 'Korea', 동해는 'Sea of Korea'로 표기했다.

(Wilkinson)은 1794년과 1798년의 〈아시아 제국, 국가, 지방에 관한 새로운 지도(New Map of Empires, States, Provinces of Asia)〉에서 동해를 '한국만(Gulf of Corea)'이라고 한다.

토머스 콘더(Thomas Conder)는 1792년 〈볼스의 새 포켓세계지도(Bowles New Pocket Map of the World)〉에서 동해를 '한국해(Sea of Corea)'로 표기한다. 그리고 팔레레 역시 같은 해에 발행한 《볼스의 새 포켓세계지도(Bowles New Pocket Map of the World)》에서 동해를 '한국해(Sea of Corea)'로 표기한다. 이 두 지도는 저자만 다를 뿐 지도 제목과 사용 명칭의 일치를 보여준다. 드 라 로세트(De la Rochette)는 팔레레의 지도를 수정 보완한 1793년 〈아시아(Asia)〉에서 동해를 '한국만(Gulf of Corea)'이라고 한다. 반면 달레셋과 볼스(Dalaiset & Bowles)는 팔레레의 지도를 토대로 한 1791년 〈한 장으로 된 새 아시아지도(A New-Sheet Map of Asia)〉에서 동해를 'Sea of Korea'로 표기한다. 그리고 던은 1794년 《전 세계지도첩(A Universal Atlas)》에서 형용사형을 이용하여 '한국해(Corean Sea)'라고 명명한다. 키이스(A. Keith)는 1794년 〈최신 발견에 의한 세계(The World According to the Latest Discoveries)〉에서 동해를 '한국해(Korean Sea)'로 표기하지만 같은 해에 발행한 〈아시아(Asia)〉에서는 '한국만(Gulf of Corea)'이라고 표기한다. 그리고 역시 같은 해에 제작한 〈최신 발견에 의한 세계지도(Map of the world Accrding to the Latest Discoveries)〉에서는 '한국해(Corean Sea)'라고 함으로써 같은 해의 지도들에서조차 명칭의 통일성을 유지하지 못한다. 윌킨슨 또한 1794년 〈최신 발견에 의한 아시아의 새 지도(A New

1794년 윌킨슨은 중국 지도에서 한국과 한국해를 'Corea', 'Sea of Corea'로 표기한다.

Map of Asia form the latest Discoveries)〉에서 동해를 '한국만(Gulf of Corea)'이라고 하였다가 같은 해 펴낸 〈최신 & 최선의 발견에 의하여 그려진 중국(China, Draw Form the Latest & Best Discorveries)〉에서는 '한국해(sea of Corea)'라고 한다.

러셀(John Russel)은 1795년 〈아시아(Asia)〉에서 동해를 '한국만'이라고 하고 로빈슨(Robinson)과 함께 펴낸 1799년 〈러시아제국

1808년 페이든은 〈아시아(Asia)〉 지도를 제작한다. 저명한 지도 제작자 제프리스의 제
자였던 페이든은 스승의 사후 그의 사업을 인계받고 왕실 지리학자가 된다. 그는 당빌
의 지도를 기본으로 하면서도 일부를 수정한 지도에서 한국은 'Corea', 동해는 'Gulf of
Corea'로 표기했다.

(Russian Empire)〉에서 같은 명칭을 사용한다.

18세기 말에서 19세기 초 영국의 저명한 지도 제작 가문의 존 애로스미스(John Arrowsmith)는 1794년, 1798년, 그리고 1809년의 〈아시아(Asia)〉에서 동해를 '동해(East Sea)'로 표기한다. 반면 베이커(Baker)는 1795년 〈아시아(Asia)〉에서 동해를 '한국해(Sea of Korea)'로 표기한다. 저명한 왕실 지리학자였던 페이든(William Faden)은 1808년 〈아시아(Asia)〉에서 '한국만(Gulf of Corea)'이라고 한다. 코드웰(T. Codwell)과 데이비스(Davis)는 1802년 〈일본(Japan)〉에서 동해를 '일본해(Sea of Japan)'라고 한다.

토머스(G. Tomas)는 1799년 〈신아시아지도(A New Map of Asia)〉에서 동해를 '한국만'이라고 하나 1815년 〈한국과 일본(Corea and Japan)〉, 그리고 1817년 〈타르타리(Tartary)〉에서는 '일본해'라고 한다.

발간 후 영역본까지 나온 라페루즈의 항해도첩에 등장하는 '일본해' 표기는 영국 지도에 빠른 속도로 영향을 미친다. 핀커턴(John Pinkerton)은 1814년 〈아시아(Asia)〉에서 동해를 '일본해(Sea of Japan)'로 한다. 그리고 17세기 말에서 18세기 초반을 대표하는 애로스미스(Aaron Arrowsmith)도 1827년 〈아시아(Asia)〉 지도에서 '일본해'를 사용한다. 워커(Walker) 역시 1835년 〈일본제국(Empire of Japan)〉에서 동해에 같은 표기를 한다. 그러나 일먼(Thomas Illman)은 1835년 〈아시아(Asia)〉에서 동해를 '한국만(Gulf of Corea)'으로 표기한다. 페이든의 사업을 인수받은 와일드(James Wyld) 역시 1846년 〈아시아(Asia)〉에서 동해를 여전히 '한국만

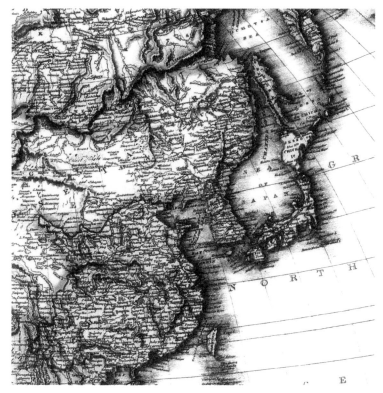

1814년 작가이며 지도 제작자였던 핀커턴은 라페루즈를 참작한 〈아시아(Asia)〉 지도를
제작한다. 한국의 국명은 빠졌으나 동해는 'Sea of Japan'으로 표기했다.

(Gulf of Korea)'으로 표기한다. 그렇지만 탤리스(John Tallis)는
1851년 〈일본과 한국(Japan and Corea)〉에서 동해를 '일본해'로 표
기하였고 휴즈(William Hughes) 역시 1859년 〈아시아(Asia)〉에서
'일본해'로 표기한다. 웰리스(E. Welles)는 1872년 〈아시아(Asia)〉
에서 '한국만'이라고 하다가 1888년 〈중국제국(Chinese Empire)〉에

1846년 페이든의 사후 그의 사업을 물려받은 와일드는 〈아시아(Asia)〉 지도를 출판한
다. 한국의 형태는 당빌과 페이든의 지도와 다르지만 명칭은 페이든을 따라 한국은
'Corea', 동해는 'Gulf of Corea'로 표기했다.

서는 '일본해'로 바꾼다.

영국 고지도에서의 해역 명칭 설정을 살펴보면 대개 세 단계로
변화의 추이를 집약할 수 있다. 고지도의 여명기라고 할 수 있는
17세기 중반까지는 네덜란드 대가들의 명칭을 많이 받아들였다.
17세기 후반과 말경부터 18세기 중반까지는 프랑스 고지도들의
영향을 받으면서 명칭을 영어로 바꾸어 사용하였다. 그리고 18세
기 후반부터는 명칭의 제정에서 독자적인 창의성을 보여주었다.

주로 선교사들의 왕래를 통하여 얻은 최신 정보를 프랑스 지도
학자들과 제작자들이 고지도에 빠르게 반영하던 17세기 후반부
터 18세기 중반까지는 그들의 영향을 받아 영국에서도 '한국해
(Sea of Corea)'가 일반적인 대세를 이룬다. 따라서 당시에는 '일본
해'라는 표기가 극소수였다. 그러나 이후 영국의 고지도들은 세
계 곳곳을 누빈 용감한 영국 선장들의 탐사 기록들을 반영하면서
새로운 면모를 보여주었고 특히 18세기 말 라페루즈의 동해 탐사
를 오히려 프랑스보다 빨리 받아들이면서 한국 위주의 동해 명칭
들이 상당수 '일본해'로 전환되었다. 결국 라페루즈 지도첩의 일
본해 표기를 가장 먼저 받아들여 반영한 나라가 영국인 셈이다.
그러는 와중에도 19세기 중엽까지 '한국해' 혹은 '한국만'을 고수
하는 주요 제작자들도 있었다. 명칭 면에서 보면 영국은 18세기
중엽 'Sea of Corea'가 아닌 'Sea of Korea'를 통하여 오늘날 한국
의 영문 국호인 Korea의 시발점이 되었고 동해가 다른 큰 바다들
과는 달리 원산만을 중심으로 하는 하나의 '만(Gulf)'임을 보여주
려고 했다.

9
러시아 지도의 동해 명칭 표기

    강대국 러시아는 우리 영토였던 녹둔도를 편입시켰을 뿐 아니라 동해에 면해 있다는 점에서 주목할 만하다. 또한 일본과 쿠릴 열도에 대한 영토 문제로 얽혀 있어 러시아 지도에서의 동해 표기는 비상한 관심을 끈다. 우리의 연구는 러시아 지도에서의 동해 표기를 연구한 러시아와 유럽 학자들의 조사를 토대로 하고 있다.

    러시아에서는 12세기의 지도 자료들이 발굴되고 16세기 중반의 사유지 묘사 지도도 나왔다. 그러나 이러한 지도는 행정상의 이유로 제작되었다 할지라도 실용성을 위주로 비전문가들이 만든 원초적인 자료일 뿐이었다. 러시아 당국은 세계를 알기 위해 더 전문적인 지도가 필요하다고 판단하여

17세기 초부터 네덜란드에서 제작된 지도들을 수집한다. 그러던 중 1613년에 집권한 로마노프(Romanov) 황제가 시베리아로의 영토 확장에 박차를 가하면서 태평양 연안까지 영토를 확보한다. 17세기 후반에는 시베리아 지도가 제작되는데 1682년 레메조프(Remegov)의 지도가 대표적이다.[38] 네덜란드의 이데스(I. Ides)는 1687년 〈새 러시아지도(Nova Tabula Russici)〉에서 다른 네덜란드 지도에서와 마찬가지로 동해를 '동대양(Oceanus Orientalis)'이라고 표기하였다.

그러나 러시아에서 제작된 지도들은 유럽에서와 같이 상업적인 목적이 아니라 행정 당국의 주도하에 어떤 실용적인 필요에 의해 혹은 행정 당국을 위해 만들어진 것이었다. 또한 영토와 관련된 것이지만 지도학적인 기본 원칙을 바탕으로 제작된 것이 아니었다. 정부도 이러한 문제를 인식하고 17세기 말에서 18세기 초에 걸쳐 영토 측량 학교, 수학-항해 학교, 측지 연구원 등을 설립하여 지도 제작을 위한 기반을 구축한다. 1725년 고만(N. Goman)은 《지도첩(Atlas)》에서 사할린 남동부의 동해에 '동대양(Eastern Ocean)'이라고 표기한다. 그 후 1759년 〈최근 아시아윤곽(The newest outline of Asia)〉에서는 동해에 '일본의 동쪽 바다(Eastern Sea of Japan)'라고 하는데 엄밀히 보면 동해는 일본의 서북해이지 동해는 아니기 때문에 명칭의 출처가 어딘지 궁금하게 한다.

한편 선진 유럽에서 지도 전문가를 초빙해야 한다는 견해가 대두되자 표트르(Pyotr) 대제는 프랑스에서 저명한 천문학자이자 지

38_ Valérie Kivelsson, 〈Cartographies of Tsardom〉, 2006, Cornelle Univ.

도 제작자인 조제프 니콜라 드릴을 초빙하여 페테르부르크천문
대장 지위를 부여한다. 그리고 지도 제작 전문가를 양성하고 지
도 제작을 직접 지휘하게 한다. 그러나 지도가 국가의 안보와 관
계되기 때문에 드릴에게 모든 권한을 주지는 않고 키릴로프(V.
Kirilov)와 공동으로 지도 제작을 이끌어가게 한다. 이러한 과정에
서 레메조프, 키릴로프 외에도 아파나지 셰스타코프(Afanasy
Shestakov), 스판베르크(Spanberg) 등 능력 있는 러시아 지도학자들
이 지도 제작을 하지만 유럽에서와 같이 산업으로는 성장하지 않
는다. 국가와 행정기관은 지도 제작을 독려했지만 러시아에서는
지도를 구입하거나 지도에 관심을 갖는 중산층이 형성되어 있지
않았기 때문이다. 또한 국가와 행정기관의 관심이 새로 확장된
시베리아와 알래스카 쪽에만 집중된 것도 이유가 되었다.

한국은 레메조프의 1682년 시베리아 지도에 처음으로 등장하
지만 어떠한 자료를 참고로 하였는지는 확실히 알 수 없다. 그러
나 러시아에서 제작한 지도의 일부가 드릴을 통해 프랑스로 전해
졌다는 사실이 밝혀지면서[39] 중국에 파견된 예수회 신부들이 제
작한 지도의 사본들이 18세기 초엽부터 러시아에 전해졌다는 사
실이 드러났다. 결국 드릴과 키릴로프는 당빌과 같은 예수회 신
부들의 자료를 참고한 셈이다. 키릴로프도 1734년에 발행한 두
장의 지도에서 동해를 서로 다르게 표기한다. 그는 〈동반구도(東
半球圖)〉에서는 동해를 공백으로 두었으나 같은 해 〈최신 아시아
지도(Asiae Recentissa Deliniatio)〉에서는 당빌과 다르게 동해를 '한
국해'로 표기한다. 간제이(S. Ganzei)와 바클라노프(P. Baklanov)에

39_ Alexei Postnikov & Pospelov, 〈Russian Geographical Investigations of Seas of North-Eastern Asia in XVII–XVIII centuries〉, The 1st International Seminar on Sea Names, The Society for East Sea.

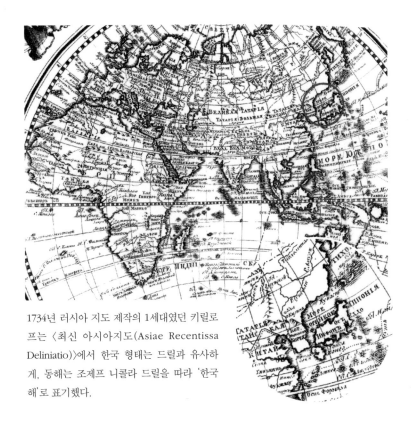

1734년 러시아 지도 제작의 1세대였던 키릴로프는 〈최신 아시아지도(Asiae Recentissa Deliniatio)〉에서 한국 형태는 드릴과 유사하게, 동해는 조제프 니콜라 드릴을 따라 '한국해'로 표기했다.

40_ S. Ganzei & P. Baklanov, 〈Russian Geographical Investigations of Seas of North-Eastern Asia〉, The 2nd International Seminar on Sea Names, The Society for East Sea.

의하면 1734년 키릴로프는 앞의 두 지도 외에 또 다른 지도인 〈러시아일반지도(A general Map of Russia)〉에서 현재의 오호츠크 해를 '캄차카 해'로 하고 그 남동쪽 동해를 '동해(Eastern Sea)'로 표기한다.[40]

드릴과 키릴로프의 지도가 이후에 제작된 지도들에 어떤 영향을 끼쳤는지는 확실하지 않으나, 적어도 19세기 중반까지 러시아에서 제작된 지도들은 일부 무표기된 것과 일본해로 표기된 소수의 지도를 제외하면 대부분 동해에 '한국해'라고 표기되었다는 사실만은 확실하다.[41] 물론 드릴의 역할이 지나치게 큰 것에 불만을 품고 질시의 눈초리로 대하는 지도 제작자들도 있었지만 대부분은 그를 도와서 자기 위치를 보다 공고히 하고자 하였다. 드릴은 '동해'를 '한국해'라고 하는 데 확신이 있었던 것으로 보인다.

그러나 러시아 지도학자들은 국가적인 자존심 때문인지 대부분 그의 공로를 인정하는 데 몹시 인색한 편이다. 예컨대 러시아 지도사에서 중요한 저서를 남긴 키벨손(V. Kivelsson)은 자신의 책에서 드릴의 이름을 세 번 언급하였는데, 한 번은 드릴이 키릴로프와 함께 러시아 지도첩을 만들었다는 것, 두 번째는 이 지도첩에 들어 있는 동부러시아 지도에, 세 번째는 드릴이 러시아의 봉급을 받으면서 취급한 자료를 프랑스로 빼돌리고 프랑스아카데미에서 그에 대한 발표까지 했다는 내용이다. 이 문제는 특히 브레이트퓨스(Leo Breitfuss)가 제기하여 드릴의 행위는 반역죄에 해당한다는 비난을 퍼부었으나 이스나르(Albert Isnard)는 러시아 정부와 드릴이 맺은 계약서에 러시아 지도에 대해 외국에서 발표할 수 있는 자유가 명시되어 있다면서 드릴을 옹호하였다.[42]

제3자의 입장에서 보면 비록 드릴의 계약서에 외국에서 발표할 수 있는 자유가 명시되었다 해도 20여 년간 러시아 정부의 녹봉을 받은 후 러시아의 허락 없이 먼저 프랑스아카데미에서 발표하고 출판까지 한 것은 신중하지 못한 처사라고 생각된다. 그러나 러시아 측에서도 드릴의 공로에 비하여 그에 대한 대접이 소홀하였다고 생각되고, 특히 러시아 지도학에서 정당한 인정을

41_ Postnikov & Pospelov, The 1st International Seminar on Sea Names, The Society for East Sea.

42_ Valérie Kivelsson, 《Cartographies of Tsardom》, 2006, Cor nelle Univ.

받지 못하고 있음은 유감스러운 일이라고 판단된다. 물론 러시아 지도학자들은 외국인인 드릴이 지나치게 과도한 권한을 행사하였다는 것에 불만을 가질 수도 있지만, 드릴은 자신에게 부여된 권한을 러시아를 위해 행사한 것이지 제3국을 위하거나 자기 자신의 이익을 위한 것은 아니었다고 이해하여야 옳다고 본다. 이제 오늘날의 러시아 학자들은 동해 명칭을 어떻게 보고 있는지 살펴보자.

드릴이 러시아에 도착하기 직전 아파나지 셰스타코프는 동해를 공란으로 남겼고 독일계 러시아인인 밀러(Müller)도 마찬가지였다. 스판베르크도 1739년의 러시아 지도에서 동해에 아무런 표기를 하지 않았다.[43] 대부분의 학자들이 동해를 '한국해'로 표기한 시기는 드릴이 도착한 후 1850년대까지이다.

포스트니코프(Alexei Postnikov)는 키릴로프 이후의 지도들에 대부분 '한국해(Korean Sea)' 혹은 '동해'라고 표기되어 있음을 확인한다. 특히 페테르부르크과학아카데미가 1745년에 발간한 청소년 교육용《러시아지도첩》의 아시아 지도를 보면 동해가 '한국해'로 표기되는데 이 지도첩이 후대에 영향을 끼쳤다는 사실은 그 이후에 발간된 지도들을 통해 확인할 수 있다. 첫째 쿠르나코프(Kurnakov)의 1788년〈시베리아전도〉, 둘째 고리코프(Golikov)가 교역 증진을 위한 목적으로 1787년에 발간한〈일반지도〉, 셋째 러시아 학자와 프랑스 학자(아마도 드릴인 듯하다)가 합작하여 1750년 프랑스어로 제작한〈동시베리아와 캄차카 탐사지도〉가 그러하다. 또한 독일 뉘른베르크에서 1793년에 발간된〈아시아

43_ P. Pelletier, The 11th International Seminar on Sea Names, The Society for East Sea.

(Asia)〉 지도는 시베리아와 태평양 동북부의 경우 러시아 탐사 지도의 영향을 받은 것이 분명한데, 역시 동해가 '한국해(Meerbusen Von Korea)'로 기재되어 있다. 그리고 영국인 볼스의 1791년 〈신아시아지도〉도 러시아 지도의 영향을 받은 것이 분명한데 역시 동해가 '한국해'로 표기되어 있다. 포스트니코프는 이에 대해 한국이 러시아에서 가깝기 때문이라고 설명한다.[44] 그러나 객관적으로 보기에 그것은 합리적인 설명이라고 생각되지 않는다. 1750년의 러시아-프랑스 합작 지도도 드릴이 공동 저자로 참여한 것이 분명함에도 그의 이름을 거론하지 않았으나 다른 지도들 역시 드릴의 명칭을 따른 것이라고 보이기 때문이다.

44_ Alexei Postnikov, The 1st International Seminar on Sea Names, The Society for East Sea.

　라페루즈가 1797년의 일부 지도에서 동해를 '일본해(Mer du Japon)'라고 표기한 것은 러시아 지도에 별다른 영향을 준 것 같지는 않다. 그보다 1803~1806년 나데즈다(Nadezhda) 호를 타고 세계 일주를 한 크루젠슈테른의 지도와 저서의 영향이 더 컸다고 보인다. 그는 1800년 〈세계지도〉에서 동해를 '일본해'로 표기하고 '한국해'라고 첨가하였으나, 1826년 지도에서는 동해 남쪽을 '대한해협(Korean Straits)'으로, 북쪽을 '일본해'로 표기하였는데 일본은 동해 전체를 '일본해'로 표기한 것으로 보고 있다. 동해에 '한국해'라고 마지막으로 표기된 것은 해군성 수로국이 1844년 탐사를 바탕으로 제작한 〈북극해와 동대양지도(Polar Sea and Ocean)〉이다. 그 지도가 출판되기까지 러시아 해군성은 동해를 '한국해'로 보는 입장이었으나 이 지도의 발간 후에는 당시 유럽의 지도들처럼 '일본해'로 표기한다.

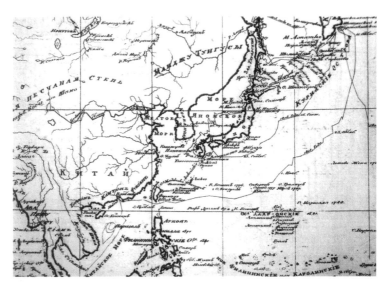

1808년 러시아에서 처음으로 세계를 항해 일주한 해군 제독 크루젠슈테른은 세 권의 여행기와 두 권의 지도첩을 작성했고, 그의 동아시아 지도를 첨부하였다. 한국의 형태는 당빌의 영향을 받은 듯 보이지만 동해는 한국의 해안선이 일본의 해안선보다 짧기 때문에 '일본해'라고 표기했고 일부에서는 '한국해'로 부른다고 설명했다.

 러시아에서 제작된 지도 중 동해와 관련된 중요한 지도들을 살펴보면 18세기 들어 동해에 대한 새로운 명칭으로 '태평해(Pacific Sea)', '동해(East Sea)', '한국해(Korean Sea)' 등이 등장하지만 초기에는 공란으로 남겨진 지도들이 있었다. 예컨대 키릴로프가 1734년에 제작한 〈러시아제국(Imperii Russici. Tabula generalis)〉이 그렇다. 18세기 초에 제작된 〈러시아제국전도(General Map of Russian Empire)〉에는 동해가 '태평해'로 표기되는데 이것은 태평양의 일부라고 하는 인식에서 나온 것이다.

'동해'라는 명칭은 1737년 청소년 교육용으로 제작된《전 지구 육지와 바다의 지도(General depiction of the terrestrial and aquatic globe)》라는 지도첩에 나온다. 동해를 '동해'로 표기하는데 '동해'는 네덜란드에서 17세기 초에 나온 용어를 쓴 것이 아니고 프랑스의 기욤 드릴 혹은 드 페르 지도의 영향을 받은 명칭이라고 본다. 동해를 '한국해'로 표기한 것은 1734년 키릴로프의 지도 이후 1844년 해군성 수로국에서 제작한 〈북극해와 동대양지도〉에 나온다. 해군성의 이 지도는 동해가 '한국해'로 표기된 마지막 지도이다.

러시아국립도서관에 소장된 1810년의 〈천문도와 지형도(Astronomical and geographical map)〉에는 동해가 '대한해협(Strait of Korea)'으로 표기되어 있다.

키릴로프는 조제프 니콜라 드릴과 함께 러시아의 지도 제작을 주도한 인물이기 때문에, 키릴로프의 '한국만(해)' 표기, 그리고 그 이후 1844년경까지 러시아 지도에서 동해가 '한국해'로 표기된 것은 그 명칭에 대해 신념이 확고하던 조제프 니콜라 드릴의 영향

1737년《전 지구 육지와 바다의 지도(General depiction of the terrestrial and aquatic globe)》에서 동양 삼국은 드릴 지도의 영향을 받은 듯하고, 동해의 명칭도 드릴을 따라 'The Eastern Sea'라고 표기했다.

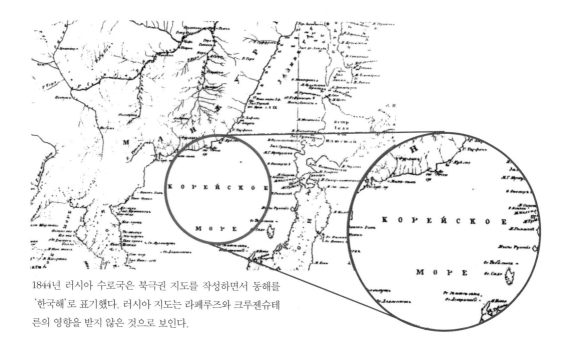

1844년 러시아 수로국은 북극권 지도를 작성하면서 동해를
'한국해'로 표기했다. 러시아 지도는 라페루즈와 크루젠슈테
른의 영향을 받지 않은 것으로 보인다.

이라고 본다. 따라서 조제프 니콜라 드릴에 대해 언급조차 없는
것은 중요한 사항을 제외한 것 같은 느낌을 준다.

한국의 동해연구회와 해외홍보원은 2004년 《서양 고지도에서
의 동해(East Sea in old Western Maps)》를 발간하였다. 그중 러시아
부분은 모스크바 주재 한국 대사관이 2000년 러시아국립문서보
관소와 상트페테르부르크의 해군문서보관소 등에서 조사하여 다
음의 결과를 책자에 실었다.

Korea-related names				Japan-related names	Others			Total
Sea of Korea	East Sea	Eastern Ocean	Gulf of Korea	Sea of Japan	Unmarked	Gulf of Korea Sea of Japan	Sea of Pacific	19 (100%)
7	1	1	1	3	3	2	1	
10(52. 6%)				3(15. 8%)	6(31. 6%)			

모두 19장의 지도가 동해 표기에 관계되는데 그 내역을 살펴보
면 다음과 같다.

1	1737	Map of China, Korea and Japan	Sea of Korea	Russian State archive of Ancient Acts
2	1793	Complete Map of Asia Sea of Korean	Sea of Korea	Russian State Archive of Ancient Acts
3	1818	Complete Map of the Korean Peninsula (Geographical review of 3 part of Asia, Africa and America, picked out from latest geographer for there Academy named after Alexander Nevski)	Eastern Ocean & Territorial Sea of Korea	Russian State Archive of Ancient Acts
4	Late 19th c.	The Korean Peninsula and Appended Maps	Gulf of Korea & Sea of Japan	Russian State Archive of Ancient Acts
5	1904	Map of the Far East Maps	Sea of Japan	Russian State Archive of Ancient Acts
6	1737	Map of the Far East Region	The Eastern Sea	Russian State Library, Department of Cartographical Editions
7	1790s	Map of China, Korea, Japan (Atlas, composed for readers, bulletins and historical books)	Sea of Korea	Russian State Library, Department of Cartographical Editions

■

8	1793	Map of Asia divided into main territories	Sea of Korea	Russian State Library, Department of artographical Editions
9	1770~ 1790	Planisphere of the Globe (Sketch of the terrestrial globe)	Sea of Korea	Russian State Library, Department of Cartographical Editions
10	1810~ 1812	Map of Asia (Historical, genealogical, chronology geographic Atlas of Mr. globe)	Gulf of Korea	Russian State Library, Department of Cartographical Editions
11	Early 19th c.	Kruzenstein' s Journal of World Travel	Sea of Japan	Russian State Library, Department of Cartographical Editions
12	Early 18th c.	Complete Map of Russian Far East	Pacific Sea	Russian State Navy Archive
13	1811	Complete Map of the Korean Peninsula(Marine Map including The Korean Sea and cast)	Sea of Korea	Russian State Navy Archive
14	1740	Complete Map of Japan	No name of the sea	Russian State Navy Archive
15	mid- 18th c.	Complete Map of Alaska	No name of the sea	Russian State Navy Archive
16	1802	Map of the Korean Peninsula	No name of the sea	Russian State Navy Archive
17	1805	Complete Map of Japan by Kruzenstein	Sea of Japan	Russian State Navy Archive
18	1811	Complete Map of the Korean Peninsula	Sea of Korea	Russian State Navy Archive
19	Late 19th c.	Sea Map of East Asia	Gulf of Korea & Sea of Japan	Russian State Navy Archive

그 후 주러대사관 공보관실은 추가로 2점을 발굴하여 다음과
같은 분포도를 제공하였다.

	무표기	동해	한국해	일본해	태평양	한국해 및 일본해	합계
18세기	1	1	6	3	1	–	12
19세기	2	1	2	2	–	2	9
합계	3	2	8	5	1	2	21

러시아가 시베리아와 태평양 연안까지의 영토를 확보한 역사
는 비교적 짧고 한국은 모스크바를 중심으로 한 러시아의 정치,
문화적 삶과 너무 동떨어져 있어서 러시아의 역사 문헌상에서도
동해 명칭에 관한 별다른 기록이 발견되지 않는다. 또한 러시아
지도의 역사가 일천하고 지도가 산업으로 성장하지 못하여 동해
와 관련된 것으로 알려진 지도는 20여 매 안팎에 지나지 않는다.
일찍부터 태평양 연안으로 진출하고 싶었던 러시아는 동해 쪽에
관심이 있어 18세기 후반부터 19세기 말엽까지 몇 차례 탐사선을
보냈다. 그러나 동해 표기에는 별다른 관심이 없었기 때문에 크
루젠슈테른이 동해를 '일본해'라고 하면서 러시아 지도들의 동해
표기에 영향을 끼쳤다.

러시아에서 키릴로프가 처음으로 동해를 '한국해'라고 한 이후
1844년 러시아 해군성의 〈북극해와 대양〉에 이르기까지 '한국해'
는 110여 년의 역사를 가진 반면 '일본해'는 크루젠슈테른과 유
럽 지도의 영향으로 1805여 년경부터 생겨나 고지도에서 겨우 50
여 년의 역사를 지닌다. 18세기에서 19세기 중반까지 러시아 지

도에서 '한국해'가 대세였던 것은 조제프 니콜라 드릴의 영향 때문이라고 평가된다.

어찌 되었든 러시아는 중요한 연안 국가로서, 그리고 극동에서 자국의 위상을 제고하기 위하여 노력하고 있는 강대국으로서 이제는 동해 표기 문제에 있어서도 독자적인 목소리를 내야 할 때가 되었다고 생각한다.

10
일본에서의 동해/일본해 명칭 연구와 그 표기

　일본에서 동해/일본해에 대한 연구는 1990년대 한국이 동해를 일본해와 함께 병기해줄 것을 요구함으로써 시작되었다. 한국 측 입장에서 그것은 한일 양국의 과거사 청산과도 관계가 있지만 무엇보다 진실을 바탕으로 하는 공정성과 당위성을 위한 요구였다. 반면 일본 측 입장에서 그것은 공인된 자존심에 훼손이 간다고 보고 그 명칭의 정당성을 방어하는 데 힘을 기울이게 된다. 한국의 요청에 가장 먼저 반응을 보인 것은 일본 외무성이었다. 일본 외무성은 국제사회에서의 한국 요청에 대비하기 위하여 대책반을 구성하고 한국의 여러 가지 움직임을 체크하였다. 그리고 이와 관련된 글과 논문을 일어로 번역하여 각 언론사와 관계 기관에 배포하기 시작하였다. 그 후 외무성이 영향력을 행사하였는지의 여부는 확실치 않으나 일본의 동해안변의 10여 개 대학에 (환)일본해연구소가 설립되었고 그중 니가타대학의 환일본해연구소는 매월 두 차례의 국제 세미나와 논문집을 발간하며 활발한 활동을 펼치고 있다. 아울러 일본 전국에 환일본해연합회가 결성되어 정기적으로 전문가들이 일본해 관련 강연회를 개최하고 있다.

일본 측의 일본해 방어는 끊임없는 한국 측의 응전을 불러온다. 한국이 각국에 나가 있는 대사관 문화 담당 부서를 통하여 그 나라 도서관의 동해 표기를 조사한 결과, 18세기까지는 동해/한국해 표기가 절대다수를 차지했지만 19세기에 들어서면서부터 일본해 표기가 증가하기 시작하여 결과적으로 다수를 차지하게 되었고 한국이 일본의 식민지일 때 국제적인 수로 기구에서 일본해 명칭이 공인되어 국제적인 명칭이 되었다고 알려왔다. 한국 측의 이러한 조사 결과에 일본 외무성은 즉각 전문 조사단을 각국에 파견하여 대대적인 조사를 벌였고 그 결과 한국 측 조사 결과가 신빙성이 없고 오류투성이라는 사실을 국제적으로 발표하였다. 그러나 우리가 양국의 조사를 비교해보니 조사 항목부터 달랐다. 가령 한국 측은 '동대양/동해(Oriental Sea)/동부해/한국해/한국만' 등을 동해 관련 명칭으로 보고 집계했으나 일본 측은 '동대양/동해(Oriental Sea)' 등은 한국 동해와 아무런 관련이 없다고 보아 한국 쪽 집계에서 빼고 한국해만 한국 쪽 표기라고 인정하였다. 진실은 양쪽의 방식에 모두 문제가 있다는 것이다. 17세

기 초 네덜란드의 지도나 프랑스 상송의 1650년대 이전의 지도에
서 '동대양'은 막연한 '동방의 대양'이라는 의미에서 표기된 것이
다. 반면 1650년 브리에의 지도, 1683년의 만느송 말레의 지도,
기욤 드릴의 1869년 이후의 지도, 드 페르의 1703년 이후의 지도
등에서 나오는 '동해'는 현지 토착명의 번역으로 동해를 가리킨다.

또 한 가지 문제는 양쪽의 통계가 작성자의 무의식적 선택에
의하여 자신이 원하는 요소로만 집계되었기 때문에 작성자의 주
관이 통계를 상당히 지배한다는 것이다. 다시 말해 유럽에서 제
작된 지도가 15,000~20,000여 종으로 추산되는데 조사한 도서
관이 어디인지, 그리고 어느 수집가의 지도를 검토했는지에 따라
통계는 달라진다. 또한 같은 저자의 지도도 시기에 따라 표기가
달라지고 심지어는 같은 해에 제작한 지도들에서도 표기가 달라
질 수 있기 때문에 통계란 많은 가변성이 있기 마련이다. 게다가
통계 작성자에게는 자신이 선호하는 요소만 눈에 띄고 그렇지 않
은 요소는 눈에 띄지 않는다. 우리의 견해로는 통계를 어느 정도
신뢰할 수 있으려면 제3의 전문 기관에 의뢰하여 어느 도서관
이나 박물관의 지도를 조사해달라는 용역을 주었을 때 비교적 공
정한 통계를 얻을 수 있을 듯하나 그러한 제의는 어느 쪽에서도
나오지 않았다.

최근에 와서 양쪽은 자기 쪽 명칭이 더 일찍 나왔다고 주장한
다.[45] 제16회 세미나에서 한국 쪽이 제시한 보르도네의 1528년 〈구
형세계지도〉는 한국 남단에 '동해(Mare Orientale)'라고 표기되어 있
지만 그것이 한국의 동해를 지칭한다고 확언하기는 어렵다. 또한

45_ The 16th International Seminar on Sea Names, The Society for East Sea, 2010.

상송의 1552년 일본 지도나 뒤발의 1661년 일본 지도의 '동대양 (Océan Oriental)' 역시 동해만을 지칭한다고 주장하기는 어렵다.

최근 일본학자들의 동해/일본해 관련 주장은 이 책 끝부분의 논문에서 별도로 다루고 있다. 특히 주목할 점은 19세기 초부터 서양 지도들은 라페루즈의 영향으로 종래 '동해' 또는 '한국해'를 표기하던 지도들도 '일본해' 쪽으로 옮겨가는 경향이 있었으나 정작 일본의 지도들은 19세기에 들어 동해를 '조선해'로 표기하는 지도들이 상당히 등장한다는 것이다. 그중 가장 중요한 지도로는 다카하시 가게야스가 1809년에 만든 〈일본변계약도〉와 1810년의 〈신정만국전도(新訂萬國全圖)〉이다.

다카하시는 선친 때부터 천문학자로 유명하며 당시 일본을 통치하던 막부의 천문방으로 지도 제작까지 책임지고 있던 지도학자이다. 그는 막부의 요청으로 만든 두 지도 모두에서 동해에 '조선해'라는 표기를 하였다. 그러나 두 지도에는 약간의 차이가 있다. 〈일본변계약도〉에서는 '조선해'가 한반도 바로 동쪽에 표시되어 있으나 태평양 쪽에는 별다른 바다 명칭이 없고, 그에 비해 〈신정만국전도〉에는 '조선해' 명칭이 동해 중앙부에 위치해 있고 태평양 쪽에 '대일본해'라는 표기가 있다. 저자의 위치로 보아 이러한 표기는 막부의 입장을 보여준다고 볼 수밖에 없다. 〈일본변계약도〉는 한반도 부분은 당빌 이후의 형태와 비슷하고 18세기 서양 기조가 동해를 '한국해'라고 표기하였기 때문에 저자가 그 영향을 받아 '조선해'라고 하였을 가능성도 있다. 그런데 〈신정만국전도〉에서는 태평양 쪽에 '대일본해'라고 표기하면서 동해에도

같은 표기를 할 수도 없고 '소일본해'라고 할 수도 없어서 '조선
해'라고 표기했다고 해석된다. 일본에서 동해 쪽은 가장 낙후된
지방이고 태평양 쪽은 일본이 세계로 뻗어나가는 열린 바다로 생
각될 수 있기 때문이다. 여하튼 다카하시는 그가 누린 권위 때문
에 그를 따르던 다른 지도 제작자들에게도 영향을 주었고, 이상
태 박사의 조사에 의하면 1794년부터 1894년까지 24종의 지도에
'조선해'가 표기되었는데 일부는 조선해/일본해 병기 지도도 몇
점 있고 그중 일부 지도는 1930년대 이후 재간되었다. 그 밖에도
8점의 일본 공식 문서에도 '조선해' 표기가 나타난다.[46]

히시야마 다케히데(Hisiyama Takehide)와 나가오카 마사토시
(Nakaoka Masatosi)는 1994년에 동해 표기를 명칭별, 시대별로 분
류하여 다음과 같은 집계 도표를 냈다.[47]

46_ The 16th Interna
tional Seminar on Sea
Names, The Society for
East Sea/Northeast
Asian History Founda
tion.

47_ 심정보, 〈한국지도학
회지〉, p. 18, 재인용.

해명 \ 연대	일본해	북해 일본북해	동양 동해	지나해 중국해	서양	조선해	서일본해 기타	무기입	총 지도수
1601~ 1650	4	3	2	16	1	3	0	19	36
1651~ 1700	11	3	10	4	3	4	0	18	48
1701~ 1750	3	9	7	3	0	15	4	20	58
1751~ 1800	10	1	0	0	0	18	0	5	30
1801~ 1850	32	0	0	0	0	5	0	2	37

이 저자들의 국가별 지명 표기는 네 가지로 분류된다.

첫째, 네덜란드는 16세기 후반부터 지도 제작을 시작하지만 오르텔리우스, 메르카토르 등 대가들은 동해에 '중국해(Mar Cin)'라고 표기하였고 그것이 이어져 '중국대양(Oceanus Chinensis)', '중국해(Mare della China)' 등으로 변한다. 17세기 중반에 얀소니우스가 '일본해' 표기를 하였고 18세기 초반 비첸은 '동해'와 '일본해'를 병기하였으며 그 후 티리온 등의 지도에서 '북일본해', '서일본해' 등의 지명이 나왔다. 17세기 일본해와 한국해를 병기한 지도는 1점 있다.

둘째, 16세기 말부터 지도 제작을 시작한 프랑스에서 브리에, 상송, 뒤발 등은 17세기 말경까지 주로 '동대양'의 표기를 선호하였고 상송과 말레는 '중국해' 명칭도 사용하였다. 18세기 초기에는 '동해', '한국해' 명칭이 사용되지만 18세기 중엽부터 '일본해'와 '한국해'를 병기한 지도들이 나타나고 라페루즈가 1787년의 조사 후에 일본해 명칭이 표기되면서 '일본해' 쪽으로 통일된다.

셋째, 영국 지도에서는 18세기 중엽부터 동해에 대한 명칭이 기재된다. 몰, 보엔, 세이어 등이 동해를 '한국해'로 표기하고 그 흐름이 18세기 말경까지 계속된다. 그러나 18세기 후반 애로스미스 등은 지도에 따라 '일본해'와 '한국해'를 사용하였다. 그리고 19세기가 되자 명칭은 일본해로 통일된다.

넷째, 독일 지도에서는 17세기 중반 부첼리니우스(Gabriel Buccelinius)가 '일본해'를 표기하였고 이후 다른 명칭의 표기는 보이지 않는다. 17세기 초반 이탈리아에서는 블랑쿠스와 더들리가 일본해 명칭을 사용하지만, 17세기 후반 코로넬리는 동해를 '중국해'로 표기하며 '동대양'을 병기하기도 한다. 한편 더들리의 지도에서는 한반도를 따라 '한국해'의 표기도 보인다. 마지막으로 러시아에서는 19세기 초 크루젠슈테른 이후에 '일본해'가 기재된다.

이상 심정보 박사가 요약한 히시야마 다케히데와 나가오카 마사토시의 유럽 제국의 국가별 동해 표기 상황에 대해 살펴보았다. 이 외에도 언급할 것이 많지만 이 책의 각국에 대한 기술을 통하여 진실을 밝혔다고 생각하며 그것으로 우리의 견해를 대신한다.

심정보 박사는 동해를 '북해' 혹은 '일본북해'로 표기한 지도들에 주목한다. 진나로가 1641년 〈일본도〉에 '북해(Oceano Boreale)'를 표기하였고 더들리는 1646년 《바다의 비밀》 제2권 〈한일양국도〉에서 동해에 '한국해'와 함께 '일본북해'를 표기한다. 그리고 1661년의 재간에서도 이와 같이 표기하였다. 우리의 조사로는 정보에 밝은 드 페르도 1696년 〈아시아(L'Asie)〉에서 동해를 '일본북해'라고 하였고 다른 지도 제작자들도 그 명칭을 사용하였다.

심 박사는 같은 〈한국지도학회지〉에서 일본의 각급 지리 교재에서의 '북해' 사용을 조사하였다. 그에 따르면 1874년 사범학교 편 《일본지지략》 개정판의 총론에서 '일본해'는 단 1회 등장한다. 이를 대신하여 '해(海)', '대양(大洋)', '외양(外洋)' 등이 사용되었고 북해는 13회 사용되었다. 군 교과서 나카네 슈쿠의 1876년 《개정병요일본지지(改訂兵要日本地志)》의 〈일본국전도〉에서는 일본해 명칭을 사용한 바가 없지만 권2의 〈북륙도지도(北陸道之圖)〉와 권3의 〈음도지도(陰道之圖)〉에는 '일본해' 표기가 나온다. 군의

교과서에는 '일본해'가 총 4회, '북해' 8회, '일본해' 대신 '바다'라
고 하는 기술이 49회 나오고 같은 저자가 '일본해'라는 명칭과 다
른 명칭을 혼용한다. 특히 '일본해'보다 '북해'를 두 배가량 쓴 것
은 일본에서 '일본해' 기재가 부진하고 일반적으로 써오던 '북해'
에 일본인들이 보다 익숙했음을 나타낸다. 난마 고우키의 1879년
《소학교지지(小學校地誌)》에서 '북해'는 2회 사용되었으나 '일본
해'는 사용되지 않았다. 코바야시 요시노리(편)의 1980년《교정재
각소학일본지지(校定再刻小學日本地誌)》에서는 '일본해' 4회, '북
해' 2회로 우세하나, 지방에서는 '일본해' 정착이 지연되는 실정
이었다.

와카야바시 사토사부로(편)의 1886년《지리소학(地理小學)》에서
는 '일본해'가 13회 등장하는 반면 '북해'는 단 1회로 일본해가 절
대적으로 우세하다. 그러나 오카무라 소우타로우(편)의 1887년
《신찬지지(新纂地誌)》에서 '일본해'(8회 등장)와 함께 '북해' 역시 4
회 쓰이고 있어 북해 명칭이 소멸되지 않았음을 보여준다. 그렇
다 해도 학해지침사(편)의 1893년《일본지리초보(日本地理初步)》에
서는 '일본해'가 6회 사용된 데 비해 '북해'는 3회만 사용되었고
금항당(金港堂)에서 펴낸 1893년《소학교용일본지리(小學校用日本
地理)》에서는 '일본해'가 24회인데 비해 '북해'는 2회만 사용된다.
야즈쇼우 에이의 1895년《중학일본지지(中學日本地誌)》에서는 '일
본해'가 32회 사용되었지만 '북해'는 북해도 근해의 의미로 1회
사용되었을 뿐이다.

이를 통해 우리는 각종 교과서에서 19세기 말경까지 '북해'가

사용된 것은 북해 명칭을 일본인들이 오래 사용했기 때문이며 '일본해'가 일본에 정착하게 된 것은 19세기 말 이후임을 확인할 수 있다.

이 외에 일본의 일반 사료에서의 '일본해' 사용도 조사되었다.

1988년의 〈근대일본해운생성자료〉에 수록된 1877년, 1885년의 사료에는 '북국 항로', '북해'라는 용어가 빈번히 쓰이지만 '일본해'라는 명칭은 찾아볼 수 없다. 아오야마 엔주의 1888년 《대팔주유기(大八洲遊記)》에서도 '북해'가 사용되고 있지만 '일본해'는 한 번도 등장하지 않는다. 시가의 1889년 《지리학강좌》에서도 최초로 나오는 것이 '북해'이며 뒤에는 '일본해', '북해안' 등이 사용된다. 〈아사노신문(朝野新聞)〉에는 1893년 1월부터 12월에 걸쳐 8회 연속으로 〈북륙사정(北陸事情)〉이라는 기사가 실렸는데 거기에서 '일본해'는 1회 사용된 데 비해 '북해'는 6회 사용되었다.

일반 사료는 19세기 말에서 20세기 초에 '일본해'가 급속히 정착되고 있음을 보여주지만 결정적으로 '일본해'가 정착된 것은 1905년 동해에서 일본이 러시아 해군과의 전투에서 승리하고서이다. 일본군 대본영이 이 해전을 '일본해 해전'이라고 하고 승리를 알리자 모든 매스컴들이 이를 전국에 알리게 된 것이다.

일본에서 이루어진 일본학자들과 전문가들의 일본해 관련 연구를 검토해보면 몇 가지 미스터리에 직면하게 된다.

첫째, 사면이 바다로 둘러싸인 섬나라 일본에는 어업에 종사하는 사람, 배와 관련된 인구, 바다 주변에 거주하는 주민들이 많아 바다와 관련된 소식들이 많이 있을 것인데 어째서 그처럼 오랫동안 바다에 대한 고유 명칭 없이 삶을 영유할 수 있었는지.

둘째, 마테오 리치가 1602년 동해를 '일본해'라고 표기한 후 그 지도는 일본에 수입되고 모사되어 일본이 세계에 대해 눈을 뜨게 할 만큼 큰 영향을 미치며 일본 고지도 발전의 계기가 되었는데, 어째서 그의 '일본해' 표기는 일본 지도에서 200여 년 후에야 나오게 되었는지, 그리고 어째서 1800~1870년까지 많은 지도들이 동해를 '조선해'로 표기하였는지, 또 일본 지도에서 1870년경 동해에 '일본해' 표기가 정착된 이후 1890년대 말경까지 어째서 교과서에서 '일본해' 대신 '해(海)' 또는 '대양', 특히 '북해'라고 표기되었는지.

셋째, 일본에 체류 후 귀국한 선교사들과 더들리 등은 동해의 명칭을 '일본북해'라 하였고 19세기 말경까지 '일본해'보다 '북해'가 선호되었으므로 여러 가지 정황으로 보아 '북해'가 일본의 토착명인데 어째서 일본 지명 전문가들은 '북해'의 존재를 한 번도 인정하지도 않고 거론하지도 않는지.

결론적으로 일본에서 동해 명칭 연구는 국제적으로 많이 쓰이는 '일본해'의 고수를 위하여 그 명칭을 합리화하는 데 전력하고 있다. 그러나 앞으로는 100여 년 된 일본해 명칭을 방어하는 데 전력을 다하는 대신 참된 우호를 증진하기 위하여 일본 학계와 조야가 진실을 인정하고 이제까지 칩거하던 구각에서 떨치고 나와 보다 합리적인 길을 택하여야 하지 않을까?

11

중국 사료에 나타난 동해 명칭 표기

중국은 동아시아에서 가장 오랜 기록 문화를 가지고 있는 나라일 뿐만 아니라 청조 함풍제(咸豐帝)가 1858~1860년 흑룡강변의 땅을 러시아에 할양할 때까지 만주 지방의 국토가 동해에 면한 동해 연안 국가였다. 그렇기 때문에 중국 역사 자료에서 동해 명칭에 관하여 알아보는 것은 반드시 필요한 일이다. 방대한 중국 자료를 직접 검토하는 것은 불가능한 일이지만 다행히 중국 학자들이 약 20여 년 전부터 이 문제에 대한 연구 발표를 하고 있어 그것을 정리해 보면 중국에서 과거에 동해를 어떻게 호칭하였는지 알 수 있다.

현존하는 가장 오래된 바빌로니아의 점토판 지도, 아랍-이슬람의 지도, 서양 중세의 이른바 TO 지도 등에는 모두 하나의 공통점이 있다. 그것은 세상의 변두리를 바다에 둘러싸여 있는 것처럼 나타냈다는 것인데 이는 결국 고대 인류가 지닌 미지의 세계에 대한 심상의 표상이다. 이는 중국에서도 마찬가지였던 것으로 보인다. 구렌허(Gu Renhe)[48], 덩휘(Deng Hui)[49] 등은 고대 중국인의 심상 속에는 세계의 변두리에 바다가 있고 세계에는 북해, 남해, 동해, 서해 등 사해(四海)가 있는데, 사해는 해역의 명칭이라기보다 '천하'와 같은 의미이며 그것은 네 방위(direction)의 대명사였다고 설명한다. 예컨대 맹자가 "사해를 모두 차지하시어 천하의 임금이 되시다"라고 한 것에서 사해는 세상 곧 천하를 의미한다고 본 것이다. 그후 진시황의 《사기》 〈진시황본기〉에서 "황제의 덕은 사방의 극지인 벽원한 나라까지 안정시켜 육합(六合) 안의 모두가 황제의 땅으로, 서로는 유사를 넘고 남으로는 남해에 미치고 동해를 보유하고 북으로는 대하를 지나 인적이 이르는 곳에 신하 아닌 자가 없다"고 하여 오래된 사고방식을 보였는데, 여기서 동해는 멀고 넓은 공간에 대한 개념이다.

전한 시대의 학자 동중서(董仲舒)는 《춘추번로(春秋繁露)》에서 "고로 명을 받들어 전국을 순찰하였는데 마치 뭇별이 북극성을 향하고 갈래갈래의 하류들이 창해(滄海)로 흘러 들어가는 것 같았다"고 하였다. 여기서 창해의 '창(滄)'은 오행(五行)에서 동쪽을 나타내고 청색도 동쪽을 나타내므로 창해는 동해의 별칭이 된다. 문학가이기도 한 조조(曹操)도 "동쪽의 우뚝 솟은 돌 위에서 창해를 바라보네"라고 읊었는데 그 역시 동해를 창해라고 불렀던 것

48_ Gu Renhe, The 14th International Seminar on Sea Names, The Society for East Sea.

49_ Deng Hui, The 15th International Seminar on Sea Names, The Society for East Sea.

이다. 당송 8대가 소동파(蘇東坡)도 "동쪽으로 흐르는 양자강의
물은 거침없이 창해로 흘러드네"라고 하며 동쪽 바다를 창해라고
하였지만 그것이 어디에 있는 바다인지는 밝히지 않았다.[50]

전통문학을 중심으로 보면 동해는 고대 중국에서 관념적인 명
칭이었고 그 개념은 대단히 광활하고 장엄하였다고 인식된다. 말
하자면 고대 중국인의 마음속에서 동해란 곧 망망한 대양이고 태
양이 솟는 곳이었다. 태양은 광명과 희망을 상징한다. 동해는 매
일 태양을 지평선에서 받아 올리고 태양은 온난함과 생기를 가져
다주기 때문에 동해는 평화로우며 아름답고 선량하고 상서로운
것을 상징하였다. 그렇기 때문에 민속문학과 구비문학에서 동해
는 해역 명칭의 범위를 초월하였다. 그것은 함의가 풍부한 찬양
의 대상이 된다. 구렌허는 몇 가지 예를 든다.

순자는 "그는 어리석어 그와 함께 일을 꾀할 수 없고 우물 안
개구리라 족히 그에게 동해의 즐거움을 말할 수 없다"고 하였다.
《춘추좌씨전(春秋左氏傳)》에서는 "끝없이 부는 바람이여! 동해를
드러내는 자는 대공이라 부른다"는 구절이 있다. 한나라의 매승
(枚乘)은 "남산에 뜻을 두고 동해를 바라보니 깊고도 아득한 하늘
에 좁은 벼랑이 심히 걱정스럽구나"라고 했다. 당나라 시인 두보
(杜甫)는 "멀리 있는 북극성을 도적의 무리에게 바쳤으니 동해의
물을 쏟아부어 세상을 씻고 싶네"라고 하였다. 원나라 관한경(關
漢卿)은 "올 때는 동해에서 달이 떠오르는 시절이었는데 갈 때는
조각달이 서산에 걸려 있는 시절이라네"라고 하였다. 청나라 조
설근(曹雪芹)은 "동해에 백옥 같은 자태가 약간 부족하니 금릉의

50_ Gu Renhe, The 7th International Seminar on Sea Names, The Society for East Sea.

왕을 청해오네"라고 하였다. 그리고 민간에서는 복을 기원하면서 "동해 같은 복을 누리시고 남산처럼 오래 사소서"라고 덕담을 나누었다고 한다.[51]

우송디(Wu Songdi)는 후한에서 양진(兩晉)·남북조까지 동해에 전문 명칭이 없었다고 하면서 양진·남북조시대의 《삼국지(三國志)》 권30에 나와 있는 "위군이 동쪽에서 만난 것은 대해였다"라는 구절, 그리고 《진서(晉書)》 권97, 《위서(魏書)》 권100 등에서 동해를 '대해' 혹은 '바다'라고 했다는 예를 든다. 또 《구당서(舊唐書)》 권199, 《신당서(新唐書)》 권219, 권220에서 동해를 '대해', '해'라고 한 점, 《신당서》 권219에서 동해를 '남해'라고 한 점 그리고 《당회요(唐會要)》 권96, 권99에서 동해의 북쪽을 '소해', 동쪽을 '대해' 등으로 일컬었다는 점을 근거로 제시한다. 그러나 우송디는 약 2,000년 전 이미 '동해'의 명칭이 존재하였음을 밝힌 《후한서(後漢書)》 권85를 비롯하여 《삼조북맹회편(三朝北盟會編)》의 "동해와 근접해 있는 주민들을 동해여진이라고 한다"는 구절, 《대금집례(大金集禮)》에 들어 있는 〈제동해축문(祭東海祝文)〉 그리고 〈동이열전(東夷列傳)〉에 나와 있는 "읍루는 고대 숙신국이며 부여의 동북 천여 리 되는 곳에 있는데 동쪽은 동해와 인접해 있고"라는 구절을 통해 한국 《삼국사기》와 비슷한 시기에 '동해'라는 명칭이 이미 존재했음을 밝힌다.

또한 구렌허 역시 선진(先秦) 시대의 지리학백과사전인 《산해경(山海經)》의 〈해내경(海內經)〉에 적힌 "동해안 북해 모퉁이에 있는 나라의 이름을 조선이라고 한다",[52] "조선은 동해의 북쪽, 장백

51_ Gu Renhe, The 7th International Seminar on Sea Names, The Society for East Sea.

52_ Gu Renhe, The 7th International Seminar on Sea Names, The Society for East Sea.

산의 남쪽에 있고 열양은 연나라에 속한다", "조선은 동해의 품
에 안겨 있다"[53]는 구절을 통해, 일반적으로 수당 이전에는 동해
의 명칭이 없었다고 알려져 있으나 그것은 동해 명칭 사용의 공
백기만을 보고 말하는 것이고 사실 동해 명칭은 2,000여 년 전에
이미 존재하였음을 밝힌다. 주시광(Zhu Shiguang)과 징티엔(Jing
Tian)도 《산해경》에서 동해가 언급되었음을 지적한 바 있다.[54] 중
요한 것은 전한과 후한 시대에 나타난 동해 명칭이 역사적 자료
에 등장하지 않는 시기에도 계속해서 중국 동북방 만주 쪽에 거
주하는 여진족을 통하여 '동해'가 존재하였다는 사실이다.

　한무제 때 사용된 '창해'라는 명칭이 동해를 지칭한다는 것, 그
리고 요와 금에서도 '동해'라는 명칭이 사용되었다는 사실에는
대부분의 학자들이 동의한다. 일부 학자들이 《명태조실록(明太祖
實錄)》,《원일통지(元一統志)》,《환우통지(寰宇通志)》,《원대만주강
역(元代滿洲疆域)》,《중국역사지도첩》,《중국고대사지도첩》을 예
로 들면서 원과 명, 특히 명 초기에는 동해에서 고래가 잡힌다고
하여 동해를 '경해(鯨海)'로 불렀다고 주장하는데 그 시기에도 여
진 쪽에서는 동해라는 명칭을 계속 사용하였다. 그럼에도 원·명
시기에 동해를 '경해'라고 부른 것은 그 나름대로 이유가 있다는
설명이다. 쳉롱(Cheng Long)에 따르면 중국 북부에서 유목민 생활
을 하던 몽고족이 세운 원나라는 동해에 별 관심이 없는 상태에
서 고래가 잡힌다고 하여 '경해'라고 불렀다. 반면 농민 봉기에
의하여 한족(漢族)이 중원에 세운 명나라는 동해를 지나치게 멀다
고 보고 명 초기까지 원의 명칭을 그대로 사용하다 보니 그 시기

53_ Gu Renhe, The 7th
International Seminar
on Sea Names, The
Society for East Sea.

54_ Zhu Shiguang, The
15th International Semi
nar on Sea Names,
The Society for East
Sea; Jing Tian, The
8th International Semi
nar on Sea Names,
The Society for East
Sea.

55_ Cheng Long, The 11st International Se minar on Sea Names, The Society for East Sea.

에 동해가 '경해'가 되었다.[55] 우송디는 10세기경부터 16세기, 즉 요·금·원·명의 시기에 '동해'라는 명칭이 계속 존재했다고 보는데 이에 대해서 구렌허 역시 같은 의견이다. 그리고 쳉룽과 한 마올리(Han Maoli)도 〈제동해축문〉을 예로 들면서 요·금에서 청 나라 말기까지 동해 명칭이 계속 사용되었음을 강조한다. 이처럼 대부분의 중국 학자들은 청 초기에서 19세기 말경까지 동해 명칭 이 중단 없이 사용되었다는 데 공감한다. 그러나 그것을 입증하는 자료는 학자에 따라 약간의 차이가 있고 시대적으로도 차이가 있다. 예컨대 첸카이(Chen Cai)와 안후센(An Hu Sen)은 동해 명칭의 지칭이 동해 해역의 일부에 한정되었다고 하면서 오호츠크 해는 북해를, 동해는 동해의 북쪽 부분만을 가리켰고 남쪽은 남해라고 하였음을 밝혔다.[56]

56_ Chen Cai, An Hu Sen, The 1st Interna tional Seminar on Sea Names, The Society for East Sea.

그러나 역사적 자료에는 대부분 그러한 구분 없이 동해를 일반적인 고유 지명으로 사용하는 경우가 많이 있다. 예를 들면 1609년 《청태조무제실록(淸太祖武帝實錄)》 권3에는 "노이합적(努爾哈赤)이 군대를 출동시켜 동해 와집부의 호형로를 수복하였다"고 쓰여 있고 1616년 권5에서는 "동해안에 흩어져 사는 백성들을 (청나라 백성으로) 받아들였다"고 기록되어 있다. 또한 청 중기 《유변기략(柳邊紀略)》에는 "영고탑(寧古塔) 장군의 (통치) 범위는 동쪽으로는 동해까지이다"라고 적혀 있다.

유안슈렌(Yuan Shuren)과 황양준(Huang Yangun)은 17세기에서 19세기 말까지 청에서 동해 명칭이 사용되었다고 하면서 《개국용흥기(開國龍興記)》, 《성경통지(盛京通志)》, 《삼성지(三姓志)》, 《소방

호제여지총초(小方壺齋輿地叢鈔)》,《조선여지설(朝鮮輿地說)》,《동국명승기(東國名僧記)》,《해국도지(海國圖志)》,《취번사이시말기(取番事爾始末記)》,《길림외기(吉林外紀)》,《중국역사지도첩》,《중국고대사지도》 등에 북쪽은 '동해', 남쪽은 '남해'라고 나온다고 소개하였으나 자세한 내용 제시는 생략하고 있다.[57] 그러나 19세기 말 《중외지여도설집성(中外地與圖說集成)》,《고공도지략(庫貢島志略)》,《중화민국신지도(中華民國新地圖)》,《동남해도도경(東南海道圖經)》,《아라사수도고(我羅斯水道考)》,《일본국지(日本國誌)》 등에는 동해가 '일본해'로 표기되어 있다.

시궈진(Xi Guojin)은 《성경통지》에 "영고탑 장군의 관할 통치 구역은 남해까지이다"라고 언급하였는데 남해는 동해의 남쪽 해역을 지칭한다고 설명한다.[58] 또 《일통지(一統志)》 권68에서 "영고탑 장군의 통치 구역은 동으로 동해 삼천 리"라고 쓰여 있음을 밝힌다. 《청태조무제실록》에서는 "군사 오백을 파견하여 동해 각 부를 정벌하였다"고 기록되어 있는데 그것은 청의 건국 이전에 만주 일대의 부족을 통합하는 과정을 기술한 것이고 여진족은 오랫동안 동해와 가까운 데 거주하였음을 방증하는 것이라고 설명한다.

그러나 황준헌(黃遵憲)은 청조 말경의 《일본국지리지(日本國地理志)》에서 동해를 '일본해'라고 표기하였고 완선겸(王先課)도 선통 2년 《아주지리지략(亞洲地理志略)》 권1에서 '일본해'를 언급하였다. 그리고 왕국유(王國維)는 '좁은 일본해'라는 표현을 사용하였는데 이와 같은 일본해 지칭은 19세기 말에서 20세기로 들어서면서부터 일반화되는 경향을 보여준다.

57_ Yuan Shuren & Huang Yangun, The 2nd International Seminar on Sea Names, The Society for East Sea.

58_ Xi Guojin, The 1st International Seminar on Sea Names, The Society for East Sea.

주시광은 청대에 '동해' 명칭이 대세를 이루지만 함풍제에서 선통제에 이르는 동안 일부 자료에서 동해를 '태평양' 혹은 '동조선만'이라고 기재한 것도 있다고 상기시킨다. 그리고 1854년(함풍제 4년) 길림장군(吉林將軍)의 상주문에 동해가 두 번 나타나고 같은 해 경순(景淳)이 올린 상주문에서도 동해가 언급되었으며 황제가 내린 답서에도 동해가 기재되었다고 밝힌다. 또한 광서제 17년인 1891년에는 러시아 주재 대사를 지낸 허경증의 상소문에서도 동해 명칭이 사용되었음을 말해준다. 그러나 선통제 원년에 외교부가 받은 공문 중에는 동해 명칭 대신 '입태평양(入太平洋)'이라고 기재된 것도 있고 정부 문건 두 건도 '동조선만', '태평양'으로 기재되어 있다고 지적하나 그 정확한 위치가 어디인지는 밝히지 못하고 있다.[59] 조정걸(曺廷杰)의 1887년 《일본국지(日本國誌)》에는 동해 대신 '일본해'가 표기되었으나 같은 책에서도 저자는 오랜 습관 탓인지 '일본해'와 '동해'를 혼용하고 있다. 황준헌 역시 1887에 편찬한 《일본국지》 권10에서 일본해 명칭을 사용하고 있으나 "그것은 저서의 테마와 관계되는 현상이고 어디까지나 저자 개인적인 사용일 뿐"이라고 하는 것이 주시광과 다른 학자들의 견해이다. 러시아 공관도 공문서에서 번번이 동해 명칭을 사용하였으나 19세기 말에서 20세기로 넘어가면서 일본해 명칭 사용이 증가하는 것이 목격된다고 한다.

쳉룽은 중국 동북부의 주민들이 동해와 가장 밀접하게 관계되어 있음에 주목하면서 여진이 주축이 되어 세워진 청의 건국 이후 각종 역사 자료에서 동해 명칭이 폭넓게 사용되고 있음에 주

59_ Zhu Shiguang, The 3rd International Seminar on Sea Names, The Society for East Sea.

목한다. 예컨대 그는 청의 건국과 관계되는 이야기 모음집인《개
국용흥기》가 동해 명칭이 여진과 관계있고 여진족이 역사적으로
매우 오래전부터 동해 명칭을 계속 사용하였음을 보여준다고 지
적한다.[60] 또한 그는《삭방비승(朔方備乘)》권1의 "만주의 훈통강
은 …… 동해로 흘러 들어간다"는 구절을 인용하면서 훈통강과
동해의 관계를 분명히 하였고《동북변방집요(東北邊防輯要)》에서
는 쿠릴 섬의 명칭인 쿠이(Kuye) 섬의 본래 이름이 '동해섬'이었
음을 밝혀준다. 쳉롱은 특히 위원(魏源)의 업적에 주목하면서 그

60_ Cheng Long, The
11th and 16th Inter
national Seminar on
Sea Names, The
Society for East Sea.

의 지도첩《해국도지》에서 동해가
조선의 동북쪽에 존재하는 바다임을
지도를 통해 보여준다. 또한 쳉롱은
위원의 생애를 추적하면서 그가 비
록 늦은 나이에 관리가 되어 지방에
서 별다른 희망이 없는 하급 관리로
지냈으나 중국의 역사와 지리를 연
구하여 중요한 업적을 남긴 학자였
음을 강조한다. 예컨대 그의《성무지
(聖武志)》는 만주 지방의 부족들을 연
구한 것으로, 이 책에 따르면 그 지
역의 강력한 부족으로는 '만주 부
족', '동해 부족', '장백산 부족' 등이
있었다고 한다. 그런데 여진 계통 부
족의 힘이 강력해져 청나라를 세우

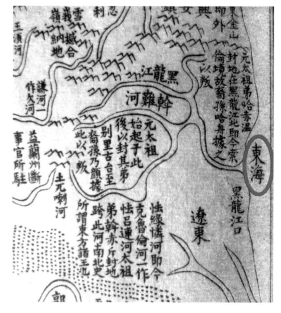

1850년경, 근대의 중국 역사와 지리를 연구한 위원은 그의 저
서《성무지(聖武志)》에 만주 쪽 지도와 함께 그에 대한 해설을
수록했다. 동해는 '東海'로 표기했다.

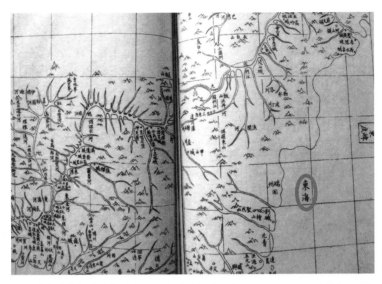

1850년경 위원은 원나라 시대의 역사 지도 〈조선국북계도(朝鮮國北界圖)〉에서 동해를 '東海'로 표기했다.

게 되면서 예상치 못했던 사건이 발생했다. 같은 지역에 살던 웰카 부족이 조선으로 도피하면서 중원의 명에게 구원을 요청하였고 조선이 그 둘을 도와주자 분노한 신흥 세력 청이 조선을 징벌하기 위하여 군사를 대거 동원해 1627년 정묘호란을 일으킨 것이다. 청이 강력한 국가였음을 상기시키고 그 전통을 되살리기 위하여 저자가 《성무지》를 저술한 것이라고 쳉롱은 설명한다.[61]

한마올리도 동해 명칭이 요·송 시대부터 많이 쓰이다가 원나라 때 일부 '경해'라고 불리면서 공공 문서에서는 찾아보기 힘들게 되었지만, '동해'는 본래 여진족들이 사용하던 명칭이고 만주

61_ Chen Long, The 16th International Seminar on Sea Names, The Society for East Sea.

족도 여진족의 후예이기 때문에 동해 명칭은 사실상 요·송 이후 금·원·명·청에 이르기까지 중단 없이 사용되었음을 주장한다. 발해 시대에 동해를 '발해(渤海)'라고 했다는 설이 있으나 그 것은 동해를 지칭한 것이 아니라 오늘날의 발해만을 지칭한 것이라고 밝히면서 발해인들이 동해를 '남해'라 했다는 것에는 동의한다. 그는 《대금집례》에 들어 있는 〈제동해축문〉에 특히 주목하면서 동해와 여진족과의 관계를 강조하였다. 또 왕재진(王在晉)의 《해방찬요(海防纂要)》는 임진왜란의 양상과 그 전개에 대해 기술한 책으로 만력제의 3대 해외 정벌을 서술한 그의 또다른 저서 《만력삼대정(萬曆三大征)》과 함께 동해를 '조선 동해'로 표기하여 조선에 대해 보다 구체적인 지식을 갖게 해주었다고 주장한다.[62]

징티엔은 한국의 동해 명칭이 약 2,200여 년 전 《산해경》에서 두 번 언급된 후 춘추전국시대 때부터 청 말엽까지 계속 사용된 데 반해 일본해라는 명칭은 1905년 러일 간의 포츠머스조약 체결 이후 일반화되어 쓰인 명칭으로 약 100여 년의 역사밖에 없는 최근 명칭임을 지적한다. 따라서 동해 명칭은 사용 역사가 훨씬 오래되었을 뿐만 아니라 전통적으로 폭넓은 관용과 행복, 자기 탈피의 무욕을 상징하는 데 비해, 일본해는 일본의 내해가 아닌 공유의 바다에 붙여진 이름일뿐더러 제국주의의 산물이므로, 동해 명칭은 그 정당한 위치를 회복해야 한다고 주장하며 일본해 명칭의 부당성에 대해서는 1940년대 중국에서 일본해 명칭 사용 반대 운동이 있었음을 상기시켜준다.[63]

우송디는 특히 고대 역사적 기록을 폭넓게 연구하면서 일부 학

62_ Han Maoli, The 14th International Seminar on Sea Names, The Society for East Sea.

63_ Jing Tian, The 8th International Seminar on Sea Names, The Society for East Sea.

자들이 단편적으로 기술한 것을 심층적으로 파헤쳐 새로운 사실
을 드러낸다. 그 좋은 예가 《후한서》 연구이다. 약 2,000여 년 전
에 쓰인 《후한서》를 훑어보면 바다는 고유 지명 없이 '바다', '해'
등으로 표기되었다. 우송디는 《후한서》 권85 〈동이열전〉 편에서
읍루와 동해의 인접성을 기술하였음을 밝혔고 《진서》 권97 〈사이
전(四夷傳)〉, 《위서》 권100 〈두막루전(豆莫婁傳)〉, 《북사(北史)》 권
94 등에서 동해와 관련된 구절을 찾아내었다.

　그러나 조정걸은 광서 11년인 1885년 《서백리동편기요(西伯利
東偏記要)》에서 "기선이 일본해로부터 훈통강으로 들어감에 따
라"라고 하면서 동해 대신 일본해 명칭을 사용했으나 동북 민족
을 서술할 때에는 동해 명칭을 사용하여 표기에 일관성을 잃었
다. 반면 조정걸의 상급자인 승림(勝林)은 같은 해에 발간한 《담
중아교계도(談中俄交界圖)》에서 모두 동해 명칭을 썼다. 그러나 광
서 16년인 1890년에 홍균(洪鈞)이 제작한 〈중아교계전도(中俄交界
全圖)〉, 광서제 32년인 1906년에 주세당(周世棠)과 손해환(孫海環)
이 저술한 《20세기 중외대지도(中外大地圖)》, 중화민국 2년인
1913년에 제작된 〈중국신여지도(中國新輿地圖)〉 등에서는 동해 대
신 일본해 명칭이 쓰였다.[64]

　순동후(Sun Dong Hu)는 1940년대 일어난 일본해 명칭 개정 운
동을 연구하였다.[65] 청 말기부터 개인과 정부는 보편적으로 쓰이
던 동해 명칭에서 일본해 명칭으로 옮겨갔다. 그러나 제2차 세계
대전의 발발과 일본의 중국 침략은 일본해 명칭의 개정 운동을
야기했다. 처음으로 일본해 개정 문제를 제기한 것은 국민당 원

64_ Wu Songdi, The 11th International Seminar on Sea Names, The Society for East Sea.

65_ Sun Dong Hu, The 5th International Seminar on Sea Names, The Society for East Sea.

로로, 저명한 서예가이자 학자인 위유런(Wi Yulun)이다. 그는
1930년 국민당 정부의 감찰원 원장으로 임명된 정치인이기도 하
다. 그는 1943년 3월 15일 충칭의 〈중앙일보(中央日報)〉, 〈대공보
(大公報)〉 등 주요 신문에 "취소 일본해, 정명 태평해, 위만세개태
평(取消 日本海, 正名 太平海, 为万世开太平)"할 것을 제안하였다. 그
의 주장은 급속도로 확산되어 학술계의 적극적인 호응을 얻게 되
었다. 그리하여 중국과학사학회, 중국식물학회, 중국지리학회,
중국동물학회, 중국수학회, 중국기상학회 등의 대표자 300여 명
은 1943년 7월 18일~21일까지 충칭에 모여 이에 대해 논의하였
고 〈중앙일보〉는 7월 20일 "여섯 단체가 일본해 명칭을 바로잡는
데 대하여 일치 찬성하였다"는 기사를 실었다. 내용의 일부는 다
음과 같다.

　중국지리학회는 위유런 원장의 '일본해'라는 명칭을 '태평해'로 개
　칭하는 건에 대하여 논의하였다. 참석자들은 정부에 하나의 기구를
　설치해 이 문제를 제기할 것을 일제히 찬성하였다. 발언자들은 극히
　열정적이었고 일본해 명칭 이외에 다른 명칭도 다루어야 한다고도
　하였다. 일본해 대신 '화평해', '락평해'로 개칭하자는 건의도 나왔
　다. 일본해 명칭은 제2차 세계대전의 원천이라 하여도 지나치지 않
　으므로 모두 명칭을 개정하는 것에 확실히 의의가 있다고 보았다.

　위유런은 1947년 《지리학보》 14권 2호에 영문으로 〈남중국과
태평해. 지리적 명칭에 관한 연구(South China and Taiping Sea. A

study of Geographical Nomenclature)〉라는 논문을 실었는데 그중 한 부분만 인용해보자.

> The name (Sea of Japan) ······ is most misleading for only a part of the sea is bordered by Japan. ······ this inappropriate name had directly or indirectly seconded Japanese imperialistic claims which aimed at converting the sea into an inland lake of Japan. It is proposed that in the interest of world peace the name of sea of Japan be eliminated forever from the publication of all peace loving countries.
>
> (일본해) 명칭은 이 바다가 오직 일본하고만 접해 있다는 대단히 그릇된 인상을 준다. 이 부적절한 명칭은 직접적으로 혹은 간접적으로 이 바다를 일본의 내해로 만들려는 일본의 또 하나의 제국주의적인 주장에서 비롯되었다. 따라서 세계 평화에 대한 관심의 일환으로 일본해라는 명칭은 평화를 사랑하는 모든 국가의 출판물에서 영원히 사라져야 하는 것이 맞다.

일본해 개칭 운동과 위유런의 논문은 중국인의 평화에 대한 갈망을 나타냈던 것이다. 공자는 "명부정칙언불순(名不正則言不順, 잘못된 이름은 잘못된 사고, 언어, 행동을 야기한다)"이라고 하였다. 1948년 7월 중화서국에서 출판한 《최신 중외지명사전》에는 일본해 명칭이 '태평해'로 개칭되었음을 기록하고 있다.

이 운동이 최종 결실을 보지 못한 것에 대해 순동후는 그 당시 중국 정국이 심히 동요하여 정부가 학술 토론 후의 입법화 추진에 미처 신경 쓸 여유가 없었기 때문이라고 보면서 그럼에도 이 개칭 운동은 상당히 중요한 교훈을 남겼다고 평가한다.[66]

중국 학자들의 결론 역시 경청할 필요가 있다. 우송디는 "청조 광서 10년(1884) 전후에 이르러서야 '일본해'라는 명칭을 사용하기 시작하였다. 그러므로 일본해란 명칭이 중국에서 나타난 기간은 110년 내외밖에 안 된다"[67]라고 하면서 일본해의 역사가 동해의 2,000여 년의 역사에 비해 무척 짧은 기간임을 강조하였다. 첸카이와 안후센은 같은 책에서 "'일본해'란 명칭의 사용은 외국의 침략으로 인한 것이었는데, 즉 중국이 관문을 닫고 쇄국함으로써 반식민지 길에 들어서게 되자 당시 국제적으로 통용되기 시작했던 일본해라는 명칭이 지금까지 사용되어온 것이다. 따라서 일본해에 대한 명칭을 이후 어떻게 정할 것인가 하는 문제에 대해서 두 저자는 국제 공인 원칙을 존중하는 것을 기본으로 하여야 한다는 생각임을 밝힌다"라고 하면서 향후 일본해 명칭 개정에 있어서는 국제적으로 공감을 얻을 수 있는 명칭으로 정한다는 것을 원칙으로 삼아야 한다고 강조하였다.

유안슈렌과 황양준은 "세계 여러 곳에서 동일 바다에 대해 각각 자기 나라의 이름을 붙인다면 일련의 바다들이 다시 이름을 갖게 될 것이다"라고 하면서 여러 나라가 면하고 있는 바다에 한 나라의 이름을 붙인다는 것은 큰 모순이라고 지적하였다.[68]

주시광 역시 같은 맥락에서 "하나의 해역이 한 국가의 내해가 아닌 경우 그 해역에 접하고 있는 나머지 국가들을 존중하지 않

66_ Sun Dong Hu, The 15th International Seminar on Sea Names, The Society for East Sea.

67_ Wu Songdi, The 1st International Seminar on Sea Names, The Society for East Sea.

68_ Yuan Shuren & Huang Yangun, The 2nd International Seminar on Sea Names, The Society for East Sea.

69_ Zhu Shiguang, The 3rd International Seminar on Sea Names, The Society for East Sea.

70_ Zhang Lansheng, The 16th International Seminar on Sea Names, The Society for East Sea.

71_ Chen Long, The 11th International Seminar on Sea Names, The Society for East Sea.

72_ Chen Long, The 12th International Seminar on Sea Names, The Society for East Sea.

아 의견 불일치와 국제 분쟁이 일어나지 않도록 하기 위해서는 한 나라의 국가 명칭을 그 해역의 지명으로 사용해서는 안 된다. 그러므로 여러 나라 간에 위치해 있는 해역에 대하여 명명할 때는 반드시 그 해역 주변 국가의 민족 감정과 국가들의 이익을 고루 돌보아야 한다. 오직 이렇게 해야만 지칭된 명칭이 그 해역과 밀접한 관계에 있는 각국의 공통적인 승인을 얻을 수 있다"[69]고 하면서 그 해역에 함께 접하고 있는 이웃 나라들의 동의를 얻어야 한다는 것을 중요하게 보았다.

장란쉥(Zhang Lansheng)은 짤막한 논문에서 "분쟁 혹은 잠재적 분쟁이 동해를 중심으로 끊이지 않고 있고 동북아시아는 세계에서 가장 긴장이 과열된 지역이다. 우리는 분쟁이 해소되고 과거와 같이 평화스러운 지역을 이룩하는 지혜가 우리에게 있기를 바란다"[70]고 하면서 분쟁이 화평으로 변할 것을 염원하였다. 쳉롱은 역사적으로 "동해 해역은 여러 명칭으로 불렸지만 현재의 기록으로 보았을 때 동해라고 부르는 것이 가장 적합하다"[71]고 말하며 동해 명칭의 합당성을 강조하였다. 또한 그는 "한반도 동부 해역의 명칭을 정하는 것은 그 바다와 접하고 있는 나라로부터 나와야 하고 역사적인 기록을 주의 깊게 고려해야 한다"[72]고 하면서 동해안을 접하고 있는 국가들의 의견과 역사성을 고려해야 한다고 지적하였다.

리우씬쥰(Liu Xin Jun)은 일본해 해역을 다시 명명하는 데 대한 의견으로 일본해 명칭은 불과 100여 년의 일이므로 역사적인 사실을 존중하여 마땅히 다시 명명하여야 한다고 주장하면서, "모든 공해에 특정된 나라의 이름이 붙는 것은 옳지 않다. …… 지금의 '일본해' 주변 나라들의 감정을 존중하여 다시 명명하는 것이 바람직하다"고 결론 내린다.[73] 다시 말해 공해에 특정 국가명을 사용하는 것은 옳지 않기 때문에 역사성과 주변 국가들과의 협의를 통하여 명명할 것을 주문한다. 한마올리 역시 "'일본해' 라는 명칭은 최근세사에서 서구 식민주의자들에 의한 것으로 역사적인 기초가 없다. 동해와 같이 중국과 한국에서 기록된 명칭들이 보다 최선의 선택일 것이다"라고 하였다.[74]

73_ Liu Xin Jun, The 12th International Seminar on Sea Names, The Society for East Sea.

74_ Han Maoli, The 13th International Seminar on Sea Names, The Society for East Sea.

12 한국의 역사 문화적 문헌과 고지도에서의 동해 명칭 표기

한중일 동양 3국은 바다 명칭 표기에서 상당한 차이를 보인다. 일본의 아오야마 히루와 지명 연구가들은 고대부터 일본에서는 바다에 특별한 고유 명칭을 붙이지 않고 그저 '바다'라고만 불렀고 그것은 동양의 다른 나라에서도 마찬가지였다고 말한다. 중국의 덩휘는 중국에서 동해, 서해, 남해, 북해는 바다 명칭이 아니고 동쪽의 지역, 서쪽의 지역과 같이 방향과 지역을 나타낸다고 설명한다.[75] 그러나 동해의 경우 보다 심도 있는 연구에서는 다른 견해들이 나온다. 예컨대 우송디는 약 2,000여 년 전의 《후한서》 권85 〈동이열전〉에서 '동해'가 여진족과의 관계에서 한국의 동해를 지칭한다고 밝힌 바 있다.

75_ Deng Hui, 〈From the four seas to the four Oceans〉, The 1st International Seminar on Sea Names, The Society for East Sea.

　　일본에서 바다 명칭이 쓰였다는 보고는 아직 없고 고지도에도 방위 표시만 있지만, 이상태 박사가 찾아낸 자료에 의하면 성종 19년인 1488년 한국이 일본에 대장경을 보내준 것에 대한 감사 편지에서 일본 측은 "동해의 물을 다 퍼내고 남산의 대나무를 다 검게 한다 하더라도 어찌 감사의 말씀을 다 드릴 수 있겠습니까?"[76]라고 하였다. 이것은 일본에서도 동해 명칭이 어느 바다를 지칭하는지 알고 있었다는 증거라고 하겠다. 또 한반도에서 납치해간 조선인들을 통해서도 동해의 이름이 알려졌을 수도 있다고 본다.

　　10세기 말에서 11세기 초에 거란, 13세기에 원나라, 16세기 말에 일본, 17세기 전반 두 차례 청나라 침입으로 한국에서는 17세기 중엽 이전의 지도들이 대부분 소실되어 현존하는 고지도의 대부분은 17세기 이후의 것들이다. 그러나 우리의 역사 문화 자료에는 오래전부터 동해 표기가 나왔기 때문에 고지도에서의 동해 표기에 앞서 우선 역사 문화적 자료에서의 동해 표기를 먼저 살펴보고자 한다.

　　한국에서 동해 표기를 역사적으로 연구하기 시작한 것은 1990년대부터이고 소수의 학자들이 그 문제를 다루었다. 그중에서 우리는 이상태 박사의 연구를 중심으로 이 문제를 다루고자 한다.[77]

76_ 이상태, 〈한국인의 동해 인식에 관한 연구〉, The 8th International Seminar on Sea Names, The Society for East Sea.

77_이상태, 〈동해 명칭에 대한 학술 세미나〉, 조선일보, 경희대학교, 2002년.

1) 역사 문화적 문헌에서의 동해 표기

(1) 삼국시대와 통일신라 때의 동해

《삼국사기》권13 〈고구려본기〉의 동명성왕에 대한 부분을 보면, 북부여 재상의 딸 아란의 꿈에 천자가 나타나 북부여는 동해가의 가섭원으로 도읍을 옮기라는 계시를 내리는데 이때가 B.C. 59년이었다고 한다. 이는 한국인이 동해 명칭을 사용하기 시작한 지 2,000년도 더 되었음을 증명한다. 그리고 414년에 세운 광개토대왕비의 제3면 8행에 묘지기의 숫자를 기록하면서 함께 적은 '동해매(東海買)'라는 구절은 '동해의 물가'라는 뜻이다.《삼국사기》에는 모두 15번 동해 명칭이 언급되고《삼국유사》에서는 14회 언급된다. 그것은 삼국시대에 동해 명칭이 빈번하게 사용되었다는 것을 의미하는데, 당시 동해는 주로 호국 사상 그리고 동해의 자연재해와 관련해서 거론되었다.

신라는 건국 초부터 동해를 통하여 왜구의 노략과 침략을 받았기 때문에 동해 쪽의 방어가 중요한 관건이었고 국가적인 문제였다. 그래서 삼국을 통일한 문무왕은 죽은 후 동해에 묻혀 호국대룡(護國大龍)이 되어 국가를 수호하고 싶다는 유언을 남겼고 신하들은 그를 대왕암이라고 하는 바위 아래 묻었다. 그 후 동해는 호국 신앙과 깊은 관계가 있는 바다가 된다. 문무왕 외에도 신라 왕들은 죽은 후 화장하여 그 재를 동해에 뿌려달라는 유언을 하였는데 그것은 죽은 후에도 동해를 지키겠다고 하는 호국 의지를 보여준다. 문무왕을 이은 신문왕은 동해에 떠다니는 섬에서 취한 대나무로 피리를 만든다. 그리고 그 피리를 불어 적병을 물리쳤으며 가뭄에는 비를 내리게 하고 장마를 그치게 하였다고 하여 그 피리를 '만파식적(萬波息笛)'이라고 명명하였다. 이 피리는 천존고(天尊庫)에 보관되었다고 전해진다.

동해는 또한 가끔 이상한 자연현상이 일어나는 무대가 된다. 예컨대 첨해니사금 10년(256)에는 동해에 길이가 30척, 높이가 12척이나 되는 물고기가 나타났으며 실성니사금 15년(416)에는 동해에서 엄청나게 큰 고기를 잡았는데 그 물고기에는 뿔이 나 있었다고 한다. 보는 사람들에게 놀라움을 안긴 그 고기들은 고래나 고래의 일종이었을 가능성이 있는 것으로 판단된다.

그런가 하면 선덕여왕 8년(639)과 효소왕 8년(699)에는 동해물이 붉은 혈색으로 변하는 자연재해가 발생하였다고 한다. 이러한 재해 현상은 신라인들에게는 자연에 대한 경외심을 일으켰고 임금에게는 혹시 본인이 부덕한 정치를 하는 것이 아닌지 반성하게 하는 기회가 되었다고 하는데 동해의 물이 적색이 된 것은 일시적인 적조 현상이 아니었나 생각된다.

(2) 고려시대와 동해

수도를 송악으로 옮긴 고려는 보다 가까운 서해에 관심을 가졌으나 한편으로 동해를 신성시하며 경외심을 품었던 신라인들의 사고방식도 그대로 물려받는다. 따라서 고려시대에 동해는 봄가

을을 맞아 국가가 제사를 모시는 대상이 된다. 태조 왕건은 견훤에게 보낸 답서에서 그에게 "공손히 예지를 받들어 …… 동해의 끊어진 왕통을 이어나가게 하라"고 권한다. 여기서 동해는 삼한, 해동과 마찬가지로 우리나라를 지칭하는 환유의 일종으로 쓰인 것이다.

신종 즉위년(1197)에 원나라에 보낸 국서에서도 신종은 "제가 외람되이 …… 동해의 기슭에 모범이 되었나이다"라고 하였는데 이 경우 중국을 중심으로 볼 때 동해가 '서해'를 지칭한다고 해석할 수도 있으나 여하튼 동해는 고려 대신으로 쓰인 환유임이 확실하다.

고려시대에는 자연재해를 예방하고 이에 잘 대처하는 것이 국리민복(國利民福)의 으뜸이라는 사상이 확고히 자리 잡아 그 일환으로 산천에 제사를 지내는 것이 제도화되었다. 그리하여 동해를 비롯한 서해와 남해에 신사가 지어졌는데,《고려사지리지(高麗史地理志)》에 의하면 동해 신사는 오늘의 양양에 있었다고 한다.《동국여지승람(東國輿地勝覽)》,《여지도서(輿地圖書)》,《대동지지(大東地志)》 등에서도 양양 도호부에 동해 신사가 있다는 기록을 찾아볼 수 있다.

(3) 조선시대와 동해

조선시대에도 동해는 자연재해와 어민들의 안전에 관련하여 논의된다. 또한 일본의 울릉도에 대한 야욕이 노골화되면서 울릉

도의 영토 수호권 차원에서도 동해가 거론되고 외교적 관계의 의
제가 된다. 일상적인 삶에서 농사를 좌우하고 가뭄을 극복하는
것은 동해에 달렸다고 생각하여 동해는 신앙과 찬양의 대상이 되
고 오욕을 씻어주는 신성한 원천으로 여겨진다. 이러한 여러 가지
이유 때문에 동해에 대한 제사 제도는 계속된다.《세종실록》〈오례
지(五禮志)〉에 따르면 남해 신사는 전라도 나주에, 서해 신사는 황
해도 풍천에, 그리고 그중에서도 제일 중요한 동해 신사는 강원
도 양양에 있었다고 한다.

　농번 국가인 조선에서 가뭄은 하늘의 노여움에서 비롯된다고
여겨졌기 때문에 이를 피하기 위해서는 억울한 옥살이를 하는 사
람이 없게 하고 재판을 공정하고 신속하게 처리해야 한다고 믿었
다. 한편 기상 이변과 자연재해는 여러 차례 계속된다. 태종 5년
(1405)에는 동해물이 범람하였고 명종 20년(1565)에는 봄에 동해
가 결빙하였으며 선조 38년(1605)에는 동해물이 붉어지고 압록강
물이 자줏빛으로 변하였다고 한다. 또한 인조 25년(1647)에는 동
해물이 역류하였고 효종 6년(1655)에는 동해에 또다시 얼음이 어
는 현상이 일어났으며 숙종 28년(1702)에는 동해의 물 흐름이 바
뀌어 물고기들이 서해 쪽으로 옮겨가는 이변이 있었다고 한다.
그리고 영조 13년(1737)에는 동해에 또다시 적조 현상이 일어나
조정을 긴장케 한다.[78]

　한편 미수문학회 양태진 회장은 한민족의 원천적 정서를 반영
하고 있는 한국의 구비문학, 민요, 시가 등에서 동해가 어떻게 나
타나는가를 연구하였다. 양 회장은 1980년 한국정신문화연구원

78_ 이상태, 〈한국인의 동해 인식에 관한 연구〉, The 8th International Seminar on Sea Names, The Society for East Sea.

이 발간한《한국구비문학대계》속에 동해 관련 작품 830편을 수록했고, 1995년 관동대 관동민속학회가 수집한 동해 관련 설화 130편을 다른 저서에 수록하였다. 만약 북한 지역의 동해안 관련 설화가 추가될 수 있다면 그 수는 더욱 증가할 것으로 예상된다. 그런데 여기서 중요한 점은 동해 관련 설화가 조선 태조와 같은 최상 계층과 최하 기층민 모두를 아우르면서 동해에 대한 경외심, 동해의 신비성 등을 폭넓게 보여준다는 것이다.[79]

79_ 양태진, 〈민족 정서 측면에서 본 동해〉, The 8th International Seminar on Sea Names, The Society for East Sea.

양 회장은 한국인의 정서를 담은 문학이자 노래인 민요를 추적하면서 동해 관련 민요 가락으로 '동해 뱃소리'를 찾아내었다. 이 뱃소리에는 동해 바다를 노 저어 나갈 때와 돌아올 때 부르는 '지어이 소리', 그물을 당길 때 부르는 '다리너 소리', 대나무나 쇠로 된 산대라고 하는 그물에 고기를 퍼 담을 때 부르는 '산대 소리', 그리고 고기를 낚아낼 때 부르는 '베기 소리' 등이 있다. 이 동해 뱃소리는 동해를 삶의 터전으로 삼고 있는 어민들의 애환을 여과 없이 드러내는 진솔한 가락이었다. 또한 동해안 거릿굿은 신들을 따라오는 원귀들을 위한 굿으로 인간 생활의 다양하고 특이한 모습을 보여준다. 마을 단위로 이루어지는 '동해별신굿'은 '풍어굿', '골매기당제' 등으로 세분화된다. '골매기당제'는 동해 수호신과 마을 수호신을 모신 당집에서 주민들의 안녕과 다산, 풍요를 기원하는 의식이다.

시조와 가사에서도 동해가 빠지지 않는데, 조선시대 박순우(朴淳愚)는 "동해 넓다 하더니 이제 보니 과연 넓도다"라고 하였고 조황(趙榥)은 "동해 위 오봉산이 몽룡실에 강신하여"라고 하였

다. 이 밖에도 우리에게 이미 잘 알려져 있는 정철의 〈관동별곡
(關東別曲)〉을 포함하여 고려 안축(安軸)의 《관동와주(關東瓦注)》
와 〈관동별곡(關東別曲)〉, 저자 미상의 〈관동장유가(關東壯遊歌)〉,
〈일동장유가(日東壯遊歌)〉, 내방가사(內房歌辭) 등에서도 동해가
등장한다.

　시조와 동해에 관한 연구에서 김흥규 교수는 우리의 옛 시조
중 바다에 관한 시조가 150여 수에 달한다고 밝히면서 바다는 첫
째 광활하고 심원한 공간, 둘째 무한과 선계(仙界)의 이미지, 셋째
풍파와 시련의 세계, 넷째 한거(閑居)와 자족의 공간 등으로 나타
난다고 설명한다. 그리고 무엇보다 동해의 경우 이러한 특징들과
함께 풍광으로서의 이미지도 함께 지닌다고 지적한다. 달리 말하
자면 동해는 다른 바다들과 같은 성격을 지니면서도 금강산, 해
금강, 설악산, 경포대, 명사십리 등의 뛰어난 경관까지 갖추고 있
는 것이다. 옛날 글 쓰는 선비들이나 화가들은 자연이라고 하면
자연히 글을 통하여 익힌 대로 중국의 소상강, 동정호, 황산 등
관념적으로 알고 있는 자연을 읊고 그렸으나 조선 후기에 들어서
는 우리나라 자연의 아름다움을 발견하고 이에 매료되어 송강 정
철이나 겸재 정선과 같은 인물이 나오게 되었다.[80]

　이상태 박사도 동해 찬양 시를 몇 편 소개한다. 세종 때 지어진
〈헌남산(獻南山)의 곡(曲)〉을 보면 "동해는 물결이 잔잔하고 ……
공손히 남산의 수(壽)를 드리니"라는 구절이 있는데, 남산을 장수
와 연관시키고 동해는 평온과 평화로운 모습으로 그려지고 있음
을 알 수 있다. 또한 세조 때 지어진 〈총완(寵綏)의 곡〉의 "더러운

80_ 김흥규, 〈우리 옛 시조
에서의 바다와 동해〉, The
3rd International Se
minar on Sea Names,
The Society for East
Sea.

묵은 인심 깨끗이 씻사오니 동해의 물은 길이 맑도다"라는 구절을 통해 동해를 세속에 찌든 마음을 깨끗이 정화시키는 권능을 가진 성스러운 물로 예찬하고 있음을 확인할 수 있다. 그리고 성종 때 유양춘(柳陽春)은 〈보추가(報秋歌)〉를 통해 "서즌들 동해의 물만큼이나 복 받기를 축원하고 남산처럼 무궁하도록 장수를 빌어"라고 하면서 남산은 장수의 상징으로, 동해는 무한한 복의 원천으로 삼는다.[81]

81_ 이상태, 〈조선시대의 동해 인식에 관한 연구〉, The 8th International Seminar on Sea Names, The Society for East Sea.

(4) 비명에 새겨진 동해 명칭

한편 이상태 박사는 우리 과거 역사의 증인과 같은 많은 비명에서 동해가 어떻게 나타나는지도 연구하였다. 비명이란 돌 혹은 금속에 새겨진 명문으로 이 박사에 의하면 우리나라에는 이러한 비명이 수천 점 있는데 그는 그중에서 동해를 언급한 비명 122점을 발굴하였다. 그러나 여러 가지 제약 때문에 실제 검토 분석한 것은 43점이고 그 일부를 논문에서 다루고 있다.

그러면 동해와 관계되는 주요 비명을 연대순으로 살펴보자.

광개토대왕비   현재 길림성에 소재하고 있는 높이 7m의 이 거대한 기념비는 광개토대왕의 아들 장수왕이 414년에 건립한 것이다. 이 기념비에는 약 1,775자가 예서로 새겨져 있다. 비문은 모두 3부로 나뉘는데, 제1부에서는 고구려 건국과 광개토대왕을 소개하고 제2부에서는 광개토대왕의 영토 확장 과정과 업적을, 그리고 제3부에

414년에 건립된 '광개토대왕비'의 제3부 비문에 '東海'가 언급되어 있다.

서는 묘역 보존자들이 지켜야 할 규정 등을 명문화하였다. 동해는
바로 제3부에서 언급된다. 이 기념비는 5세기 당시 고구려가 신라,
백제, 일본 등과 맺은 관계뿐만 아니라 한국 고대사 연구를 위한 가
장 중요한 자료 중 하나이다.

성덕왕의 신종   신라 성덕왕의 신종은 종이 위치한 절의 이름에 따
라 '봉덕사의 종'이라고 하기도 하고 전설과 울림의 인상에 따라 '에
밀레종'이라고도 알려졌다. 성덕왕의 치적을 기념하기 위하여 8세
기에 제작된 이 종은 예술적 형태나 음향의 품질로 보아 가히 신라
시대에 제작된 종 중에서 대표적인 종으로 꼽히는데 그렇기 때문에

국보 제29호로 등록되어 있다. 이 종은 높이가 3.33m이고 직경이 2.27m이며 서문에 630자 그리고 본문에 200자가 양각되어 있다. 본문에서 동해는 신라의 성스러운 터전으로 명시되어 있다.

감산사 석조미륵불입상　화강석으로 된 이 아미타여래입상은 신라 김지성(金志誠)이 임금의 만수무강과 가족의 복을 빌기 위하여 감산사와 함께 세운 것이다. 석불은 반라형으로 천의(天衣)가 아름답게 드리워져 있다. 여기서 김지성은 어머니의 화장 유해를 동해에 뿌렸다고 밝히고 있다. 이 입상은 1915년에 발굴되어 바로 국립박물관으로 옮겨져 보관되었다.

성주사 낭혜대사비명(郞慧和尙碑銘)　보령 성주사에 위치한 이 비명은 높이 2.51m, 너비 1.81m이다. 5,120자로 된 이 비문은 본래 신라 왕자였던 낭혜대사가 왕위 계승권 경쟁 이후 불가에 귀의하여 대사가 되었고 많은 제자들에게 큰 영향을 주었다고 기록하고 있다. 이 비문에서 동해는 신라의 환유로 사용되었다.

봉암사 지증대사비명(智證大師碑銘)　선종(禪宗) 구산(九山)의 하나로 문경 봉암사에 위치한 이 적조탑비(寂照塔碑)는 9세기경에 제작되었으며 국보 제138호이다. 높이는 2.73m이고 너비는 1.64m이다. 지증대사는 본래 신라 진골로 비문은 신라 선불교의 역사를 연구하는 데 중요한 자료로 평가된다. 동해는 신라 동쪽에 있는 바다로 언급되었다.

명봉사 자적대사비명(慈寂大師碑銘)   선(禪)의 발전에 크게 기여한 자적대사의 삶을 기리기 위하여 10세기경에 건립된 이 비명은 한 줄이 59자로 된 세 줄의 글로 이루어져 있다. 자적대사는 지경대사의 제자로 비문은 이두 문자로 쓰여 고려시대 이두 문자와 그 시대의 언어 사용 연구에 귀중한 자료로 활용되고 있다. 비문은 지경대사가 당에서 귀국한 후 동해 지역의 제자들을 어떻게 가르쳤는지 설명한다.

보광사 대보광대사비명(大普光大師碑銘)   14세기에 건립된 이 비명은 원명국사(圓明國師)의 생애와 보광사의 재건 과정을 기술하고 있다. 이 비문은 서역에서 시작된 불교가 수만 리 떨어진 동해변까지 전파된 것을 기적으로 보고 경탄하는 원명국사의 심경을 자세히 묘사하고 있다.

승려 유석의 묘비   이 비석은 14세기 고려 말엽 공민왕을 도와 국정 개혁의 공을 세운 유석의 생애와 그가 금강산과 동해변을 여행하면서 보고 느낀 것을 표현하였다. 묘비는 아들 이색(李穡)이 쓰고 건립하였다.

목서흠의 묘비   17세기에 관리였던 목서흠(睦叙欽)은 1636년 제2차 호란 당시 혁혁한 공을 세우고 양양부사로 임명된다. 이 묘비는 동해변의 이 외진 양양에 와서 목서흠이 이룬 업적을 기리기 위하여 건립된 송덕비이다.

이방번의 묘비　　태조의 일곱 번째 아들 이방번(李芳蕃)은 1398년 왕
자의 난 때 이방원에게 척살되나 사후에 왕자 지위를 회복하여 무안
대군으로 추대된다. 비문은 그가 만약 살았다면 동해의 왕과 같은
부귀를 누렸을 것이라고 적고 있다.

그 밖에도 동해를 숭앙하는 비석 두 점이 있다.

동해묘중수기사비(東海廟重修紀事碑)　　삼면이 바다로 둘러싸인 한국은
고려시대부터 바다에 사은(謝恩) 제사를 지내는 의식을 거행하고 있
었다. 동해변에는 묘(廟)라고 부르는 사당이 경북 풍천과 강원 양양
에 설치되었는데 양양의 사당은 동해 신묘(神廟)로 격상되었고 동해
는 광덕대왕이라는 벼슬을 제수받았다. 정부는 봄과 가을 두 차례
제례 의식을 행하기 위해 필요한 제수용품을 내려보냈다. 비문은 동
해 신에게 풍어와 풍년 그리고 풍요로운 삶을 허락해달라고 기원하
고 있다.

척주동해비(陟州東海碑)　　18세기에 건립된 이 비석은 높이 1.75m, 너
비 0.76m에 달한다. 당시 동해의 잦은 해일 때문에 주민들은 많은
물질적 손실과 정신적 고통을 받았는데 삼척부사 허목(許穆)이 훌륭
한 비문을 담은 이 비석을 세워 주민들에게 조금이나마 위로를 주고
절망을 극복할 수 있게 하고자 하였다. 그 후 어찌 된 일인지 동해
바다가 신비롭게도 잠잠해지고 주민들은 더 이상 바다를 두려워하
지 않게 되었다고 한다.

우리는 이와 같은 역사적 문헌을 통해 '동해'의 역사가 2,000여 년 전으로 거슬러 올라간다는 것을 확인할 수 있을 뿐만 아니라 동해를 노래한 다양한 전통문학 작품들을 통해 동해가 한민족의 정서와 심성에 깊이 자리하고 있음을 알 수 있다. 또한 동해를 숭앙하기 위해 정기적인 제사를 모시는 사당과 신묘가 있었다는 것도 확인할 수 있다.

2) 고지도에서의 동해 명칭 표기

지도에서의 동해 명칭 기재는 역사 문헌적 자료에서보다 뒤떨어지는데 한반도에 몰려와 침략 전쟁을 치른 거란, 원, 청, 일본 등이 침공할 때마다 많은 문화재를 불태우는 과정에서 지도들도 화를 당했기 때문이다. 그러나 왕실은 지도의 중요성을 인식하여 지도 제작을 명하였고 또 민간 주도의 지도에서도 동해의 존재가 확인되고 있다.

우리는 조선시대의 지도들에서 동해 명칭 표기를 심도 있게 연구한 양보경 교수의 연구를 통하여 이 문제를 다루고자 한다.[82] 양 교수는 동해에 대한 표기를 무표기된 것까지 포함하여 모두 여덟 가지 유형으로 분류하고 있다. 그러나 우리는 (1) 무표기 (2) 방위적 표기 (3) '동해'로 표기, 이렇게 세 가지로 나누고 '대한해', '일본해' 등의 표기는 전통적 고지도의 범주를 벗어나는 지도의 표기로 보고 제외시켰다.

82_ 양보경, 〈동해 명칭에 대한 학술 세미나〉, 조선일보사, 경희대학교, 2002년.

(1) 무표기

서양 지도에서와 마찬가지로 한국 지도에서도 동해를 무표기로 남긴 지도들이 많으나 그 이유는 다르다. 서양에서는 동해가 너무 멀고 또 동해의 명칭을 모르기 때문에 무표기로 했지만 한국 지도의 경우 그 바다의 존재를 누구나 잘 알고 있기 때문에 단순히 '해(海)' 또는 '대양(大洋)'으로 표시했던 것이다.

(2) 방위적 표기

무표기 지도를 제외하고 나면 많은 지도에서 동해는 '동(東)' 혹은 음양 이론으로 동을 의미하는 '묘(卯)' 등의 방위 개념으로 표기되었다. 그중에서 '동저대해(東抵大海)', '동대해(東大海)', '동대양(東大洋)'의 표기는 모두 '동쪽으로 큰 바다에 이른다'는 뜻이다.

조선 후기 지도학의 발전을 보여주는 대표적인 지도는 조선 초기의 대학자 정인지의 후손인 정상기(鄭尙驥)가 만든 〈동국지도(東國地圖)〉(18세기 전반 추정)이다. 이는 고산자(古山子) 김정호보다 100여 년 앞서 만든 대축척지도로 목판본인 〈동람도(東覽圖)〉를 필사한 것인데, 팔도 분도들은 목판본 지도로 다루기 힘든 정교함이 뛰어나다는 평가를 받고 있다. 그의 지도는 아들, 손자, 종손자에 이르기까지 가계 후손들에 의해 계속 수정·보완되어 한층 정교하고 훌륭하게 발전한다. 그 후에도 이 지도는 많은 사람들이 모사하여 모사본만 수십여 종에 이른다. 이 외에도 정상기

유형의 도별 지도에는 동해가 '동저대해', '동남저대해(東南抵大海)', '남저대해(南抵大海)' 등으로 표기되어 있다.

(3) '동해'로 표기

〈동람도〉의 〈한국전도〉(1531) 이후 '동해'가 표기된 지도 중에서 신뢰도가 높은 지도는 비변사에서 편찬한 관찬 지도인 〈영남지도〉(1747~1750년 추정, 서울대 소장)이다. 각 지방의 방위를 맡고 있던 비변사는 대부분 그 지방의 가장 정확한 지도를 '대외비'로 간직하고 있었는데 〈영남지도〉도 그중 하나이다. 이른바 방안(方

1530년 제작된 〈동람도〉 속의 〈팔도총도〉에는 강원도 동해변에 있는 동해사당에 '東海' 명칭이 표기되었다.

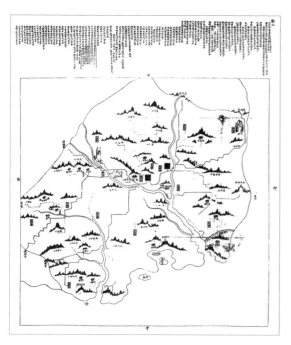

1740년 비변사의 〈영남지도〉에 東海 명칭이 표기되었다.

眼)으로 축척을 나타낸 이 지도는 약 1:53,000～1:64,000의 대축척지도로 〈울산지도〉의 동쪽 바다에 '동해'가 표기되어 있다. 18세기 중엽에 편찬된 군현 지도인 《여지도(輿地圖)》에도 '동해'가 표시된 군현 지도들이 포함되어 있는데, 경남 흥해군의 동쪽 바다에 동해가 표기되어 있는 것을 예로 들 수 있다. 이 밖에 규장각 소장의 지도책이었던 《광여도(廣輿圖)》의 〈울산부지도〉에도 동쪽에 '동해'가 표기되어 있다. 또한 1750년경에 편찬된 《해동지도(海東地圖)》의 〈흥해군지도〉, 《경주도회좌통지도(慶州都會左通地圖)》의 〈흥해

지도〉, 《관동승람(關東勝覽)》의 강원도 〈통천지도〉 등 다수의 군현 지도에도 '동해'가 표기되었고 영남대 소장의 《영남지도》 중 〈울산부지도〉에도 동해가 표기되어 있다.

18세기 중엽에 편찬된 것으로 추정되는 〈서북계도(西北界圖)〉(규장각 소장)에도 '동해'가 표기되어 있고 규장각 소장의 지도책 《여지도》의 지도 중 한국 전도인 〈아국총도(我國總圖)〉, 〈조선·일본·유구국도〉 그리고 팔도의 각도별 지도 등에도 '동해'라고 뚜렷이 표기되어 있다. 〈천하도지도(天下都地圖)〉에는 '소동

18세기의 지도첩 《여지도(輿地圖)》 속의 〈아국총도(我國總圖)〉. 조선 전
도에서 동해 바다를 '東海'로 표기했다.

해'라고 되어 있는데 그 이름은 동해가 세계의 다른 바다에 비해 작은 바다에 지나지 않는다는 생각에서 비롯된 것 같다.

외세의 공격이 있은 후 1789~1793년에 정부는 전 군현에 명하여 해당 지방의 지도를 만들어 바치도록 한다. 그중 460여 장이 규장각에 소장되었는데 함경도 지도 중 〈단천부지도〉, 〈무산지도〉, 강원도 지도 중 〈삼척부지도〉, 〈평해군지도〉, 경상도 지도 중 〈울산지도〉 등에 '동해'가 표기되었다. 19세기 말에서 20세기 초의 지도들에서도 이러한 표기가 보이는데, 예컨대 영남대가 소장한 〈대조선전도(大朝鮮全圖)〉의 〈경상도도〉에 "동해의 밖에 일본의 여러 섬이 있다"고 기록하여 동해의 명칭을 명기하고 있다. 이 지도는 학당에서 편집한 지도이기 때문에 교육 자료로 쓰였다고 추정된다. 또 영남대가 소장하고 있는 〈대한신지지부지도(大韓新地志附地圖)〉의 경상북도 지도에도 '동해안'이라는 명칭이 적혀 있다.[83]

'동해' 표기에서 유의할 점은 동해라는 명칭이 이 동해 바다에만 붙여진 것이 아니라는 것이다. 1531년 《신증동국여지승람(新增東國輿地勝覽)》의 〈팔도총도(八道總圖)〉를 보면 양양 부근의 육지에 쓰인 '동해'는 신라시대, 아니 어쩌면 그 이전부터 동해 신에게 제사를 지내던 곳을 표시한 것이다. 그렇기 때문에 이처럼 육지에 표시된 '동해'는 직접적으로 동해를 명명하기보다 가까이 있는 바다가 '동해'임을 알려주는 보충적인 증거로 보는 것이 더 적절하겠다.

'동해'를 표기한 현존하는 한국 고지도들 중에 가장 이른 것은

83_ 양보경, 〈한국 고지도에 표현된 '동해 지명'〉, 조선일보사, 경희대학교, 2002년.

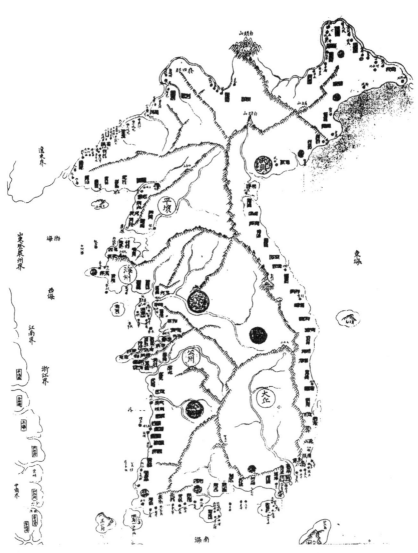

18세기의 지도첩《여지도》속의〈조선·일본·유구국도〉. 한반도 동쪽 바다를 '東海'로
표기했다.

1846년 김대건 신부의 〈조선전도〉. 동해 명칭이 누락되었으나 울릉도, 우산도가 분명히 표시되어 있고 우리의 북쪽 영토 연구에 귀중한 자료가 된다.

16세기 초반 〈동람도〉이고 그 후 18세기 초반, 18세기 중반 그리고 19세기 말경에 만든 지도들에서 '동해'가 표기되었음을 확인할 수 있었다. 이러한 지도들은 조선 전도이든 군현 전도이든 대부분 관찬 지도이거나 관찬 지도를 모사한 필사본이기 때문에 동해의 명칭이 공식적이고 일반화된 토착명(endonym)임을 증명한다. 19세기 후반으로 오면서 군현 지도 등에서 '동해'로 표기된 지도가 증가하는 것은 아무리 그 명칭을 국민들이 알고 있다고 하더라도 그 이름을 확실히 해야 한다는 원칙을 보여주는 것이라고 생각된다.

'동해' 명칭은 고지도에 표기되기 오래전부터 역사적 기록에 나오고 한국인의 삶 속에서 변함없이 존재하고 있는 성스러운 이름이기 때문에 우리에게는 그것을 되찾아 후손에게 전해야 할 의무가 있다.

동해 명칭 관련 논문

3

1

'지명의 발생과 기능'을 중심으로 본 일본의 서양 고지도 연구와 그 문제점

서정철
(한국외대 명예교수)

1. 서론

일본 경도제대 출신들의 모임 '제경대학 지명 연구회'의 네 명의 학자는 2010년《지명의 발생과 기능》이라는 이름의 일본해 옹호를 위한 저서를 출간하였다. 네 학자 중 야지 마사타카(Yaji Masataka)와 와타나베 코헤이(Watanabe Kohei) 교수는 동해연구회의 세미나에서 몇 차례 합동 논문을 발표하였다. 역할의 분담은 알 수 없으나 연령이나 학자적 인품으로 보아 야지 교수가 차례〔序〕와 전체 구성을 맡은 듯하다. 저명한 학자들이 동해 명칭 결정의 중요 시기에 그동안 일본 학자들의 연구를 종합하고 저서를 일본어 텍스트와 영어 텍스트로 함께 낸 것은 외국의 전문가들, 특히 국제수로기구(IHO)와 유엔 관련 기관 담당자들을 겨냥해 일본 측의 주장을 홍보하기 위한 것이라고 생각된다.

본론에 앞선 차례(序)는 간략하나 원론적인 학자적 자세를 강조한다. 지명 연구는 정치적인 시각을 탈피하여 지리학적으로 접근하여야 하고 궁극적으로 한국과 일본은 물론 국제적인 평화를 증진하는 데 기여해야 한다는 고결한 이상을 피력하고 있어 인상적이다.

저서는 크게 세 장으로 나뉜다. 제1장은 지명에 대한 일반적 고찰, 제2장은 고지도를 중심으로 한 일본해 명칭의 역사와 일본해 명칭의 정착 과정을 기술하면서 본서의 핵심을 보여준다. 제3장은 일본해와 동해 표기를 비교하면서 일본해 명칭과 지리 교육의 중요성을 강조하고 있어 본 논문의 분석에서는 다루지 않기로 한다.

우선 본 저서는 매우 치밀한 내용의 구성을 통하여 일본해 명칭의 움직일 수 없는 정당성을 확산시키기 위한 전략에서 출발한다. 지명에 관한 일반적 논의에서 보통명사를 사용하여 사물을 지칭하면 명확한 지칭이 이루어질 수 없다고 설명한다. 이러한 주장은 보통명사를 지명으로 사용할 경우 일어날 수 있는 문제점을 암시하면서 순수한 고유명사를 이용한 지명의 장점을 자동적으로 이해시키기 위한 것이다. 동해라는 명칭은 보통명사를 이용한 지명으로 혼동을 줄 수 있지만 일본해라는 명칭은 시공을 초월한 명칭임을 설득하기 위한 포석으로 추측된다. 그러나 그러한 주장은 언어학적으로 볼 때 여러 가지 문제가 있다.

언어와 명칭에 관한 논의는 소크라테스 시대에 퓨세이(Phusei),
티세이(Thusei) 논의에서부터 시작된다. 언어는 인간에게 연속체
로 제시되며 그 연속체는 비연속체(discontinue)로 분절(articulation)
을 할 때 명칭이 발생한다고 설명한다. 풀이하면 우리가 태백산
맥을 보고 있으면 자연은 하나의 총체로 제시되지만 그것을 보다
작은 단위의 비연속체로 분할할 경우 그 산맥은 태백산을 비롯한
다른 산들로 나뉘고 그 산은 다시 계곡과 냇물, 바위 등의 이름을
낳는다는 것이다. 그것은 마치 자연과학에서 세포가 분자로 나뉘
고 그것이 원자, 전자, 양성자 등으로 계속 분절 명명된다는 것과
같은 원리이다.

보통명사와 고유명사는 서로 밀접한 연관관계에 있고 그것은
명사론의 층위(semasiologic level)와 고유명사론의 층위(onomastic
level)에서 다루어진다. 대부분의 명사는 명사론적 층위에서 수식
어와 결합하여 고유명사를 구성하면 고유명사 층위로 승격되고
아울러 고유명사는 명사와 그 수식어로 환원되어 명사론적 층위
로 하강하기도 한다. 예컨대 북쪽에서 남쪽에 있는 산을 남 산이
라고 할 때 그것이 고유명사가 되면 그대로 '남산'이 된다. 그러
나 그것이 일단 고유명사가 되면 그 산을 남쪽에서 보든, 북쪽에
서 보든, 동쪽에서 보든, 서쪽에서 보든 남산이라는 고유명사로
불리게 된다. 만약 서울에도 남산이 있고 평양에도 있고 경주에
도 있어서 혼동이 생길 경우 우리는 대화 상황 혹은 문맥에서 '서
울의 남산', '평양의 남산', '경주의 남산' 등으로 특화시킴으로써
그런 혼동을 피할 수 있다. '동해' 역시 마찬가지이다. 동해라는

명칭의 바다가 한국에도 있고 중국에도 있고 베트남에도 있어 혼
동이 생긴다면 '한국의 동해'는 언제나 '한반도의 동쪽에 있는 동
해 바다'를 지칭하게 된다.

　기호학적으로 설명하면,

　기호(sign)는 기표(signifier), 기의(signified), 지시 대상(referent)으
로 구성된다.

명사론적 층위에서 기호가 기표와 기의의 결합으로 구성되면
그것은 자동으로 지시 대상을 지칭한다. 그러나 고유명사론 층위
에서는 기표와 지시 대상의 결합으로 기호가 구성되고 기의는 의
미가 없게 된다. 그러나 이러한 것은 일반명사에 해당하고 만약
명사론적 층위에서 수식어로 기능하는 명칭이 고유명사가 된다
면 문제는 달라진다. 명사론적 층위의 '일본 해'가 고유명사의 층
위에서 '일본해'가 된다면 고유명사의 층위에서도 '일본'은 명사
론적 층위의 기의의 성격을 그대로 유지함으로써 그 바다는 일본
의 소유이거나 일본과 특수한 관계에 있는 바다가 되는 것이다.
그런데 동해는 일본뿐 아니라 남한, 북한, 러시아와 공동으로 면
한 바다이고 중국과도 밀접한 관계가 있는 바다인데 어떻게 '일

본의 바다'가 될 수 있겠는가. 그러한 사실을 감안하지 않고 제1
장 '지명의 기초'에서 '동해'라는 명칭을 고유명사로서 부적합한
이름으로 몰아가고 제2장 '일본해 지명의 역사와 정착 과정'의 도
판 1에서 동해 명칭을 희화하려는 의도를 보이는 것은 본서의 차
례[序]에서 언급한 엄숙한 약속과는 거리가 먼 일종의 책략에서
나왔다고 할 수밖에 없다.

2. 본론: 고지도 속의 동해 논의

　제2장은 제목부터 일본해에는 다양한 지명들이 있었으나 그것
들이 점차 일본해라는 명칭으로 정착하였기 때문에 일본해라는
명칭이 자연스러우면서도 필연적인 정착 과정을 거친 이름임을
합리화하고자 한다.

　저자들은 제2장의 서론에 해당하는 2.1.1.에서 전통적으로 동양
에서는 바다에 이름이 없었고 중국을 세계의 중심으로 보는 중국
에서 일컫는 동해, 서해, 남해, 북해 등 4해는 네 가지 방향에 있
는 육지에 붙여진 이름이며 특히 동해는 '동중국해'로 알려진 중
국의 동남쪽 바다를 지칭한다고 주장한다. 그것은 부분적으로 알
려진 사실이다. 중국에서 사해(四海)는 각 방위의 변방에 붙여진
이름이다. 그러나 그것은 일본 자체 내에서 동해를 '일본의 북쪽
에 있는 바다'라는 의미에서 북해라고 오랫동안 불렀다는 사실을
은폐하고 있고 무엇보다 중국의 고전에서 동해가 '한반도 동쪽의

바다'임을 분명히 한다는 사실을 전혀 모르고 하는 말이다. 예컨대 중국의 우송디(Wu Songdi), 구렌허(Gu Renhe), 쳉롱(Cheng Long) 등의 학자는 동해연구회의 세미나에서 약 2,000년 전의《후한서(後漢書)》와《산해경(山海經)》등에서 여진족이 동해를 한반도의 동쪽 바다라고 하였고 역사서에 동해라는 이름이 거론되지 않는 기간에도 여진족이 존재하는 한 동해라는 바다 명칭을 썼다고 밝히고 있다.

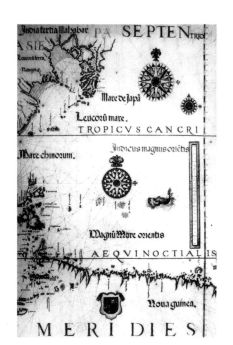

〔도판 2〕 디에고 호멤의 1568년 동아시아 지도. 마테오 리치 이전에 중국, 일본, 한국 등을 그렸다고 하나 신화적인 나라 이름만 등장할 뿐 중국, 일본, 한국 등은 표시되지 않았고 '일본해'라는 이름은 있으나 어느 바다를 지칭하는지 전혀 알 수 없다.

제2장에 제시된 50장의 지도를 모두 분석하는 대신 그중 특징적인 일부 지도만 살펴보고자 한다.

도판 2 디오고 호멤(Diogo Homem)의 1568년 동아시아 지도는《포르투갈 지도의 금자탑 (Portugaliae Monumenta Cartographica)》에 실린 지도로, 1602년 마테오 리치(Matteo Ricci)의 지도가 나오기 훨씬 이전에 '일본해' 명칭이 등장한다는 것을 보여주기 위하여 선정된 지도이다. 해설자는 그 지도에 중국, 일본, 한국뿐 아니라 오키나와와 일본해, 오키나와 해를 잘못 표기한 'Leucoru Mare'도 나온다고 지적한다.

물론 그 지도의 서쪽 대륙은 중국으로 추정되지만 남경(Nanguil, Nanjing)의 남동쪽에 한반도가 있다고 해석하고 아시아 대륙의 반도 형태의 섬나라들이 일본이라고 주장하는 것은 하나의 허구적 가설일 뿐이다. 왜냐하면 남경의 동남쪽으로 나온 부분을 산동성이라고 해석한다면 몰라도 그것을 한국이라고 보는 것은 무리이고 일본이 대륙에 붙어 있는 섬 형태의 반도라는 것도 이해하기 힘들지만, 'Leucoru Mare'가 'Ryukyu Sea'라고 해석할 수 없는 것은 중국 대륙에 'Leucoru Terra' 즉, '류코르 영토'가 있다고 기록된 사실만 보아도 그 사실 여부를 분간할 수 있다. 또 일본으로 추정되는 나라가 보이지 않는데 한반도와 일본의 사이가 아니라 Leucoru Mare의 위쪽에 있는 바다를 '일본해'라고 보는 것은 너무 아전인수식 해석이다.

도판 5 테이셰이라(Luís Teixeira)의 1595년 〈일본제도〉는 해설

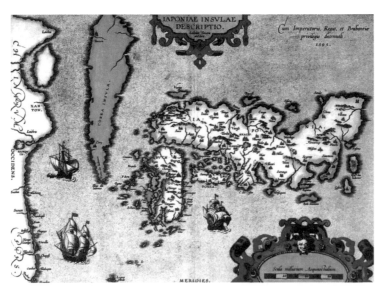

〔도판 5〕루이스 테이셰이라의 1595년 〈일본제도〉. 루이스 테이셰이라는 포르투갈에서 지도 제작 가문을 일으킨 인물이고 마카오에 다녀간 것은 예수회 신부 마뉴엘 테이셰이라이다.

자의 설명대로 교기형 지도의 영향을 받은 것이 확실해 보인다. 그러나 해설자는 일부 유럽 지도학자들과 같이 테이셰이라가 극동에 다녀간 예수회 신부라고 하는데 포르투갈 문화원이 배포한 자료에 따르면 마누엘 테이셰이라(Manuel Teixeira)가 마카오에 왔던 예수회 선교사이고 루이스 테이셰이라는 포르투갈에서 지도 제작 가문을 일으킨 인물이다. 한반도가 섬으로 그려져 있으나 한반도 남부에 Cory라는 표기는 그 지도가 아랍 계통의 지도와 관계가 있음을 보여준다.

도판 6 마테오 리치의 1602년 〈곤여만국전도(坤輿萬國全圖)〉는 일본해 명칭이 처음으로 동해에 표기된 지도로 일본 측이 일본해 명칭의 정당화를 내세우는 데 항상 제일 먼저 내놓는 '메뉴'이다. 그러나 마테오 리치의 지도는 중국 황실을 위하여 중국어로 만든 지도이고 그 지도가 일본에 많은 영향을 주었으나 정작 일본은 '일본해'라는 명칭에 관심이 없었다. 일본에서 그 명칭이 표기된 것은 200년 후인 1802년 이네 다카고(Ine Takago)의 지도에서였지만 다카고의 지도는 리치의 지도보다는 프랑스나 네덜란드 지도와 관련이 있는 듯하다.

도판 9의 설명 도중에는 난데없이 《금자탑》 4권에 실린 고디뉴 데 에레디아(Manuel Godinho de Erédia)의 1615년 동아시아 지도에 동해가 '한국해(Mar Coria)'라고 표기되어 있다면서 그것은 일본 혼슈 남쪽 태평양에 '일본해'라고 표기하였기 때문에 그렇게 한 것이라고 해석한다. 그러면서 같은 《금자탑》 4권 419A의 도판 지도에서는 '일본해'를 'Mar de Syapon'이라고 표기하여 같은 저자

〔도판 6〕마테오 리치의 1602년 〈곤여만국전도(坤輿萬國全圖)〉. 중국 황실을 위하여 중국어로 만든 지도로서, 일본에 많은 영향을 주었으나 정작 일본은 리치의 '일본해' 명칭을 무시하다가 200여 년이 지나 유럽 지도의 영향을 받은 이네 타카고가 1802년 처음 사용했다.

가 지도에 따라 표기를 달리한다고 지적한다.

　그러나 문제의 지도를 자세히 보면 일본의 국명은 Iapon이라고 적었고 일본 위쪽의 해역에는 분명히 Mar de S. Vapon이라고 표기하였는데 그것을 해설자는 'Mar de Yapon'이라고 주장한다. 그러나 우리는 그것이 '일본해'의 표기라는 주장에 쉽사리 공감이 가지 않는다. 그리고 그것을 다른 지도 설명 도중에 실물 지도를 보여주지 않은 상태에서 설명한다는 것은 더 납득하기 힘들다.

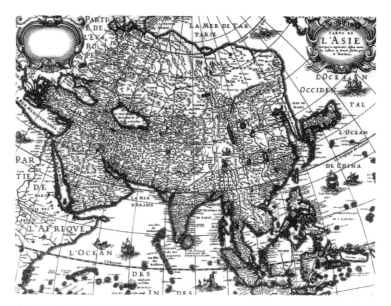

〔도판 9〕 고디뉴 데 에레디아의 1615년 동아시아 지도. 한국을 'Coria'로, 동해를 'Mar Coria'로 표기했는데, 같은 해 동일 제작자의 다른 미완성 지도에서는 일본을 'Iapon'이라고 하면서 동해를 'Mar de S. Vapon'으로 표기했다. 일본 저자들은 그것이 'Mar de Syapon'으로 표기한 것이라는 엉뚱한 주장을 한다.

더들리(Robert Dudley)는 본래 영국 태생이나 개인적인 동기가 있어 이탈리아로 귀화하여 피렌체에 정착한 해양 전문가로 1646년 세계 최초로 6권으로 된《바다의 비밀(Dell' Arcano del Mare)》을 발간한다. 그리고 그것을 약간 수정하여 사후인 1661년 본인이 준비한 제2판을 발간한다. 일본 측은 나름대로의 계산 끝에 제2판의 〈대일본과 이에조 및 한국왕국과 인근 섬〉을 도판 12에서 보여준다. 그의 제1판과 제2판의 지도는 크게 보면 근본적인 차이가 없다고 하겠지만 약간의 차이는 있다. 눈에 띄는 차이 중 한 가지는 제1판에서는 동해를 '한국해(Mare di Corai)'라고 한 표기가 지도 중앙에 가깝게 되었으나 제2판에서는 중앙에 긴 제목을 담은 카르투슈를 놓고 보니 그 표기가 한반도에 보다 가까이 위치한다. 해설자는 한국해가 한국 가까이 표기되었다고 하면서

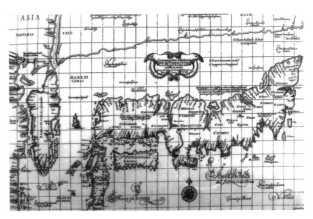

[도판 12] 세계 최초의 해도집《바다의 비밀》(제2판 1661년) 한일 양국도. 정자로 표시된 '한국해'는 한국에 가까이 표시되었으나 함께 병기된 '일본북해'와 '북해도해'는 흘림체로 표시되었다.

그것이 작은 글씨이고 동해에는 다른 명칭의 표기들도 있음을 강조한다. 그러나 우리가 아무리 보아도 'Mare di Corai'라는 표기가 가장 큰 정자체로 되어 있고 그 지도의 동북쪽 일본 가까이에는 그보다 작은 글씨로 'Mare Settentrionale di Iappone o Giappone' 즉 '일본북해'라고 되어 있고 보다 북동쪽에 'Mare di Iezo', 즉 '북해도해'라는 표기가 있는데 그 두 표기는 'Mare di Corai'보다 작을 뿐 아니라 관사가 붙어 있고 한국해에는 관사가 없다. 어떻게 해석해야 할까. 우리의 판단으로는 관사가 없는 큰 활자는 해역에 붙은 주 명칭이고 관사가 붙은 명칭은 부수적이고 설명적인 명칭이라고 판단된다.

   1600년대 지도에서 '동해'와 '한국해'라고 표기된 지도의 시초는 1650년 브리에(Pierre Briet) 신부가 〈일본왕국도〉에서 동해를

'Océan Orientale'이라고 한 것과 몬타누스(Arnoldus Montanus)가 1669년 네덜란드인들의 일본 여행 지도에서 '한국해(Mer de Corée)'라고 표기한 것인데 저자들은 그 두 지도를 빼고 타베르니에(Jean Baptiste Tavernier)의 1679년 〈일본제도〉만 도판 15로 실었다. 그 지도는 동해 정중앙에 'Ocean Oriental' 그리고 동남부에 'Mer de Coreer'라고 표기를 하여 우리가 보기에는 브리에와 몬타누스 두 사람의 영향을 동시에 표현한 듯하다. 그러나 유럽 전체의 독서계를 휩쓸었던 몬타누스 저서 속의 지도와 북경에 파견됐던 동료 선교사들로부터 얻은 정보를 프랑스어로 번역한 브리에의 지도는 중요성에 있어서 빼놓을 수 없는 지도들이다.

〔도판 15〕1679년 여행가이자 역사학자 타베르니에가 제작한 〈일본제도〉. 여기에서 동해는 '동대양'으로 표기되었고 동해 남쪽에 작은 활자로 '한국해'라고 병기되었다.

북경에 다녀왔는지의 여부는 분명치 않으나 코로넬리(V. M. Coronelli) 신부는 베네치아에서 지도 제작과 천문도 제작에 이름을 알렸다. 〈일본도와 한반도〉에서 한반도는 선배 마르티니(M. Martini)의 영향을 받은 듯하나 지방의 구분은 명확하지 않다. 동해와 일본 남부에는 큰 활자로 'Oceano Orientale(동대양)'이라고 표기하였고 한반도 남해안에서 동해안 북부에 걸쳐 'Mare China(중국해)'로 표기하여 17세기 말까지 동해 명칭에 다양한 이름들이 쓰였음을 보여주고 있다. '일본해'라는 명칭이 작은 활자로 일본 남부에 표기되었으나 한 가지 분명한 것은 해설자가 주장하는 것같이 일본해가 일본의 남쪽은 물론 일본의 북쪽도 포함하는 이름이라는 해석은 전혀 근거가 없다.

도판 20 네덜란드 셴크(Peter Schenk)의 1708년 〈아시아(L'Asie)〉는 프랑스어로 된 지도로 프랑스 니콜라 드 페르(Nicolas de Fer)의 1705년 동아시아 지도의 영향을 받은 것이 분명하다. 그럼에도 두 지도의 차이는 셴크의 지도에는 '동해(Mare Orientale)'라고만 표기되었지만 드 페르는 지도에는 "만주족들이 '동해'라고 부르기 때문에 그렇게 표기하였고 유럽에는 잘 알려지지 않았다"는 주석을 붙였다. 이처럼 동해 명칭 연구에서 빼놓을 수 없는 지도임에도 셴크의 지도로 드 페르의 지도를 대신한 것이다.

반 데르 아아(Pieter van der Aa)의 두 지도 중 〈네덜란드 대사들의 여행〉이라는 제목의 도판 21은 사실 몬타누스의 유명한 일본 관계 저서에 부착된 것으로 네덜란드 통상 대표들의 여정을 보여준다. 몬타누스의 지도는 동해에 '한국해(Mer de Corée)'라고 표기

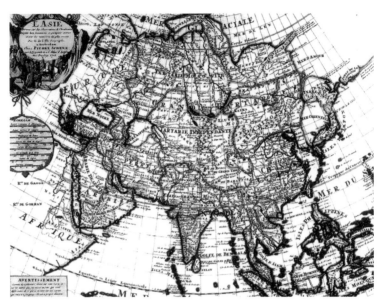

[도판 20] 셴크의 1708년 〈아시아〉 지도. 드 페르의 1705년 동아시아 지도의 영향을 받은 것이 분명하다. 프랑스어로 제작된 이 지도에서 셴크 또한 동해를 'Mer Orientale'로 표기했다.

하였으나 반 데르 아아의 이 지도는 그것이 동해의 이름임을 잘 보여주지는 못하는 것 같다. 그럼에도 반데르 아아의 지도로 대신한 것이다. 몬타누스의 '한국해'는 동향의 토마(Antoine Thomas) 신부의 지도를 거쳐 18세기 '한국해' 황금시대의 초석을 놓은 표기이다.

도판 12의 더들리, 도판 16의 비첸(Nicolaes Witsen), 도판 18의 팔크(Leonard Valk), 도판 22의 조이터(Matthäus Seutter), 도판 27, 28의 티리온(Isaak Tirion) 지도에서 모두 동해에 '일본북해'라고 표기

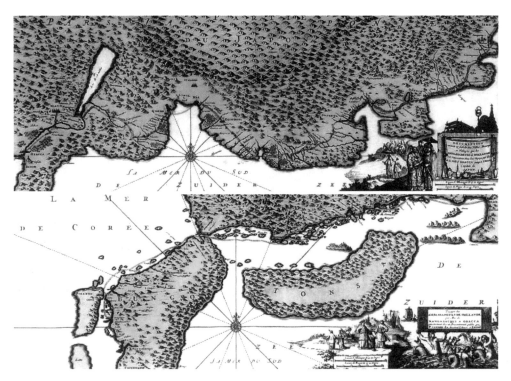

〔도판 21〕 반데르 아아의 지도. 1706년 일본 지도이나 본래 몬타누스의 1669년 일본관계 저서에 삽입된 지도를 그대로 복사한 것이다. 동해는 '한국해'로 표기되었다.

하고 있고 드 페르도 두 차례 그 이름을 표기하고 있는데, 그중에는 다른 제작자의 지도를 따른 경우도 있지만 대개는 일본을 잘 알고 있거나 정보를 통해 일본에서 '동해'를 '북해'라고 한다는 것을 알고 거기에 '일본의'라는 설명을 붙인 것이다. 그럼에도 저자들은 이 도판들에 대한 설명에서 그에 대해 납득할 만한 설명을 하지 않고 있어 이해하기 어렵다.

상송의 후손으로 18세기 중반 유럽에서 가장 돋보이는 로베르
드 보공디(Robert de Vaugondy) 가문을 연 질(Gilles)은 1750년의 〈일
본제국도〉(도판 29)에서 한반도 동해안에 '한국해', 일본의 위쪽
해안에 '일본해'라고 병기한 지도를 제작하여 공정성을 시도했다
는 인상을 주지만 다른 대부분의 지도에서는 동해를 '한국해'라
고만 표기하였다.

영국은 18세기 들어 프랑스 지도의 영향을 많이 받았으나 프랑

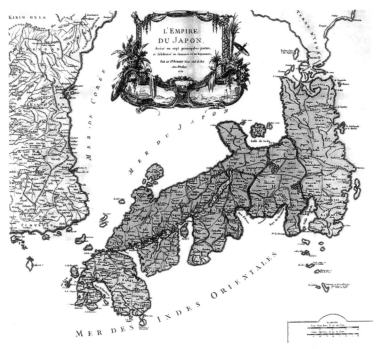

〔도판 29〕 질 로베르 드 보공디의 1750년 〈일본제국도〉. 동해안의 한국 쪽에 '한국해',
일본 쪽에 '일본해'로 병기했으나, 다른 지도에서는 '한국해'로만 단독 표기했다.

스와 함께 유럽에서 가장 활발한 제작 활동을 보여준 나라이다. 프랑스가 라페루즈(Jean-François de La Pérouse)의 세계 일주 항해와 동해 탐사로 영국 지도에 영향을 많이 끼쳤으나 영국은 근대에 많은 유명 탐사가들을 배출하여 발전된 세계 지도를 제작하는 데 크게 공헌하였고 영국 해군성의 조사 탐사선도 19세기에 몇 차례 동해를 탐사하여 해도 작성에 기여하였다. 그럼에도 18세기 영국의 많은 지도 중에서 1747년의 보엔(Emanuel Bowen) 지도(도판 30)만 다룬다는 것은 지도학적인 일반 상식에서 너무 동떨어진 선택이다. 특히 그들의 명성에도 불구하고 시넥스(John Senex), 몰(Herman Moll), 키친(Thomas Kitchin) 등의 지도가 빠진 것은 그들이 동해의 명칭을 한국 위주로 표기했기 때문이라고 생각된다.

1797년 라페루즈의 《세계일주여행기》 부록 지도집의 지도(도판 32)는 함께 실린 몇 장과 함께 동해를 '일본해'라고 표기함으로써 크루젠슈테른(Adam Johann von Krusenstern)의 지도첩에 실린 지도(도판 36)와 함께 19세기 동해의 명칭을 '일본해' 쪽으로 이끌고 가는 데 크게 작용하였고 그중 라페루즈의 지도가 특히 큰 영향을 끼쳤다.

그러나 역설적으로 일본에서는 19세기의 중요한 지도들이 동해에 '조선해'라고 표기했다. 어떻게 된 영문일까.

제일 먼저 '조선해'라고 표기한 것은 막부의 천문방으로 지도 제작을 책임진 다카하시 가게야스(Takahashi Kageyas)였다. 그는 유럽 지도의 영향을 받은 1810년 〈신정만국전도(新訂萬國全圖)〉(도판 35)에서 동해를 '조선해'로, 그리고 일본의 북동에서 남서해안 쪽에

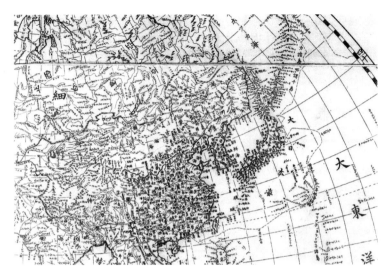

[도판 35] 일본 막부의 천문방 다카하시 가게야스의 1810년 〈신정만국전도(新訂萬國全圖)〉. 막부의 지시로 만든 그 지도에서 동해를 '조선해'로, 태평양 쪽을 '대일본해'로 표기했다.

걸쳐 '대일본해'라고 표기하였다. 그러니 동해를 '조선해'라고 한 것은 태평양 쪽을 '대일본해'라고 함으로써 세계로 뻗어나가고자 하는 일본의 기상을 보여주면서 동해까지 '일본해'라고 할 수 없어 그렇게 표기한 것이 아닌가 생각된다. 그는 이미 1809년 제작한 〈일본변계약도(日本邊界略圖)〉에서도 동해를 '조선해'라고 표기하였는데 두 지도의 차이는 1809년의 〈일본변계약도〉에는 '대일본해'라는 표기가 없다는 사실이다. 어째서일까. 두 가지 추리가 가능하다. 하나는 그가 참고한 18세기의 유럽 지도들이 동해를 'Sea of Korea' 혹은 'Mer de Corée'라고 한 것에서 영향을 받았

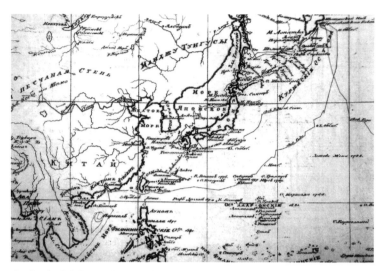

〔도판 36〕 러시아 크루젠슈테른 제독의 1808년 동북아시아 지도. 그는 《세계일주여행기》에서는 동해에 대해 '한국해'와 '일본해'로 병기하지만, 지도에서는 일본의 연안이 더 길다는 이유로 '일본해'라고 표기했다.

거나 아니면 그 자신이 판단해도 동북아 각국 지도의 형상으로 보아 동해를 '조선해'라고 하는 것이 옳다고 본 것이다. 어쨌든 정확한 이유는 알 수 없으나 다카하시와 그의 제자들은 동해를 '조선해'라고 표기했고 그러한 움직임은 약 20여 제작자들의 지도를 통하여 1870년대까지, 말하자면 유럽의 지도들 상당수가 동해를 '일본해'라고 하던 시기에 이루어졌고 그에 대해 저자들은 아무런 언급도 하지 않는다.

저자들은 영국의 19세기 지도들은 모두 '일본해'로 표기하여 그 명칭이 국제적으로 정착되었음을 보여주기 위함인지 그러한 목적에 부합하는 지도들만 19세기의 지도로 제시하고 있다. 18세기 후반에서 19세기 초반 영국의 중견 지도 제작자 애로스미스(Aaron Arrowsmith)가 출간한 지도들 중에서도 자기들의 의도에 부합하는 지도(도판 36)만 보여주지만 그가 18세기 후반에 제작한 지도들이 그 당시의 다른 영국 지도들에서처럼 동해를 '한국해'로 표기한 것은 완전히 묵살하고 있다. 또 저명한 제작자 제프리스(Thomas Jeffreys)의 지도 사업을 인수하였으며 왕실 지리학자로 임명되기도 한 페이든(Willam Faden)은 라페루즈 이후에도, 예컨대 1808년의 〈아시아〉 지도에서도 동해를 영국이 창안한 명칭 '한국만(Gulf of Korea)'이라고 하였다. 1820년 이탈리아에서도 보나티(Bonatti)와 피에트로(Pietro)가 영어로 만든 〈아시아〉에서 동해를 페이든과 같이 '한국만'이라고 하였으며 와일드(James Wyld) 역시 1827년 〈아시아지도〉에서 '한국만'이라고 표기하였으나 그러한 지도는 모두 제외되었다.

러시아 지도만 해도 같은 양상을 보여준다. 저서에 실린 러시아 지도는 크루젠슈테른의 1808년 동북아시아 지도(도판 36), 1826년 러시아 해군청 지도(도판 38), 1887년 하센슈타인(R. AS. Hassenstein)의 〈일본왕국도〉(도판 39) 등 세 편으로 모두 '일본해' 표기를 보여주고 있다.

한편 조제프 니콜라 드릴(J. N. Delisle)은 1730년에서야 시작된 러시아 지도 산업의 발달에 큰 영향을 끼쳤다. 그는 1726년 형 기욤 드릴의 사망 후 러시아 황제의 초청으로 1727년 상트페테르부르크 국립천문대장으로 임명되면서 지도 제작 전문가들을 양성

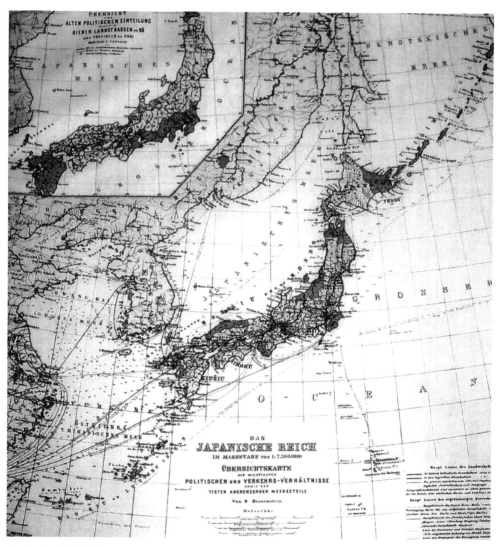

〔도판 39〕하센슈타인의 1887년 〈일본왕국도〉는 19세기 말경 일본 지도를 참고한 것으로 동해를 '일본해'로 표기했다.

하고 러시아 정부의 지도 제작을 총지휘한 인물이다. 우리가 우선적으로 관심을 둔 것은 그가 동해의 명칭 표기에 어떤 생각을 가지고 있었고 그와 러시아 제작자들이 동해 표기를 어떻게 하였는가 하는 것이다.

역사학자를 아버지로 하고 당대 저명한 지리학자이면서 지도학자였던 형 기욤의 영향을 받은 그는 본래 천문학자이면서도 지도 제작도 연구하게 되었다. 그러나 형이 자신의 정보들을 통하여 동해를 'Mer Orientale'이라고 한 데 비해 동생 조제프 니콜라는 '한국해'가 보다 합리적인 이름이라고 생각하여 형과 다른 견해를 보였다. 형 기욤도 사망하기 전에 만든 두 지도를 '한국해'라고 표기하였으나 그 외에 그는 줄곧 'Mer Orientale', 즉 동해 명칭을 고집하였다. 조제프 니콜라는 러시아에 건너가 자기가 지도하는 제자, 후배 들에게 한국해 명칭을 강조하였다. 그러나 해설자들은 러시아의 19세기 지도 중 막시보비치가 예외적으로 1826년 아시아 지도에서 동해를 '한국해'로 표기하였으나 같은 해의 〈세계도〉에서는 '일본해'라고 표기하였다. 러시아 해군성 또한 1844년 〈북극해와 동대양〉이라는 태평양 동북쪽의 지도에서 동해를 '한국해'로 표기하고 1860년, 1864년, 1871년 재간에서도 동해 바다 명칭을 '한국해'로 표기하고 있지만 1879년 발간된 지도에서는 '일본해'로 수정 표기하였다.

러시아는 서유럽과 달리 개인적인 제작자가 지도를 제작하는 경우는 드물고 일부 외국인 제작자들을 제외하면 국가 또는 공공기관이 국가적 필요에 의해서 지도를 제작한다. 왜냐하면 지도 제작이 시장의 일반 고객을 상대로 하지 않기 때문이다. 그리고 제작된 고지도의 숫자도 20여 종 남짓으로 매우 제한적이다. 그런 가운데서 키릴로프(V. Kirilov)는 정식 지도 제작법을 익힌 러시아 지도 제작 초기의 지도학자로 1734년 〈최신 아시아지도(Asiae Recentissa Deliniatio)〉에서 동해를 '한국해'로 표기하였고 러시아국립문서보관소가 소장하는 1737년의 〈중국, 한국 그리고 일본〉 지도 역시 동해를 '한국해'로 표기하고 있으며 같은 해에 제작되어 국립도서관에 소장된 〈중국, 한국과 일본〉은 동해를 'Eastern Sea', 즉 '동부해'라고 표기하고 있다. 러시아국립도서관이 소장하는 〈지구평면구형도〉 역시 동해를 '한국해'로 하고 있고 러시아국립문서보관소에 있는 1739년의 〈아시아도〉도 '한국해'로 표기하고 있으며 러시아국립도서관에 소장 중인 같은 해의 또 다른 〈아시아도〉 역시 같은 표기를 하였다. 같은 도서관에 소장된 1790년대에 제작된 것으로 추정되는 연대 미상의 〈아시아도〉도 같은 표기를 하고 있고 역시 함께 소장된 1810년의 〈아시아지도〉도 '한국해'로 표기하였으며 해군문서보관소에 소장된 1811년의 〈한반도전도〉 역시 '한국해'로 표기하였다.

러시아 한국대사관의 한국문화원이 2002년 러시아의 주요 기관과 도서관 등을 조사한 결과, 총 21개의 지도에서 무표기 3, 동해 2, 한국해 8, 일본해 5, 한국해/일본해 병기 2, 태평양 1 등으로 기재되어 한국 관련 표기가 12점에서 발견되고 일본해 표기가 7점에서 나타났다고 한다. 이러한 통계는 동해 명칭 연구에 중요한 정보를 제공해준다.

또 한 가지 눈에 띄는 것은 19세기에 동해를 '한국해'에서 '일본해'로 전환한 지도 중 여러 지도는 동해를 '일본해'로 표기하는데 대한 보상(?)으로 제주도 남쪽에서 동중국해에 이르는 영역을 'Mer de Corée', 즉 한국해로 표기했다는 사실이다. 특히 프랑스에서 브뤼에(Brué)의 1821년 〈아시아총도〉, 르바쇠르(Levasseur)의 1847년 〈대양주역사지도〉, 라피(Lapie)의 1832년 〈아시아지도〉, 뒤푸르(Guillaume-Henri Dufour)가 1836년 제작한 아시아 지도에 큰 글씨로 'Mer Orientale', 작은 글씨로 'Mer de Corée'라고 표기되는 등 여러 지도에서 나타난다.

3. 결론

저자들은 한일 양국의 지도를 같은 수로 선정하여 제시하며 16세기에서 18세기 말까지 양국의 완벽한 균형을 보여준다. 그것은 치밀한 계산에 의하여 양국의 숫자를 인위적으로 동수로 준비했다는 인상을 강하게 풍긴다. 왜냐하면 발간된 고지도는 엄청나게 많은데 그중에서 50여 장만 선정하였다는 것은 주관적인 판단이 크게 작용하였음을 보여준다고 생각되기 때문이고, 무엇보다 선정된 고지도 중 한국에 의미 있는 고지도는 다수 누락되었음을 확인할 수 있기 때문이다.

한국해와 동해 명칭이 도입되는 주요 계기가 되는 1650년 브리에의 동아시아 지도나 1669년 몬타누스의 저서에 담긴 〈일본전도〉 등은 다루어지지 않았다. 프랑스와 영국을 중심으로 하는 18세

기의 많은 지도들이 확실한 현지 정보를 중심으로 '동해'라고 표
기한 합리적인 판단에 대해서는 앞에서도 언급한 바 있다. 기욤
드릴과 그 동생 조제프 니콜라에 대해서 침묵하는 것은 고지도들
이 공정한 입장에서 선정되었다는 것을 부정하는 증거가 된다.

　기욤 드릴은 왕실 수석지리학자로 당대 유럽의 지리 · 지도학
계에서 가장 존경받는 학자였을 뿐만 아니라 다양한 루트에서 많
은 정보를 받았다. 그가 북경에 다녀온 선교사들로부터 받은 정
보를 토대로 '동해'가 현지 토착어임을 알게 되어 그 명칭을 평생
의 신념으로 보여주었는데 그에 대해서는 한 마디도 하지 않고
있고 영국의 주요 제작자들이 '한국해'라고 한 것도 보엔의 1747
년 지도 한 장에서만 보일 뿐이다.

　외국 학자들, 그리고 일본 학자들도 18세기가 한국의 '황금시
대'라고 서슴지 않고 말하는데 본서의 저자들이 18세기의 많은
지도들 중에서 15매 정도만 선정한 것은 한국의 비중을 축소한
것이라고 볼 수밖에 없다. 19세기의 일본에 유리한 지도들만 선
정하여 일본해 명칭이 표기된 지도들만 골라 보여주며 17~18세
기 명칭의 균형이 깨지면서 일본해 명칭이 19세기에 정착하게 된
것이라고 주장할 수 있는 근거를 구축한 것이다.

　우리는 고지도를 40여 년간 가까이하면서 동해 명칭을 검토한
결과 두 가지 사실을 깨달았다.

　첫째는 해역의 명칭을 연구하는 데 있어서 가장 중요한 역사적
자료는 고지도이며, 둘째는 고지도에서 어느 명칭이 우세하느냐
하는 것은 시대와 나라에 따라 다르기 때문에 어떤 명칭이 절대

적으로 우세하다든지 어떤 명칭이 고지도의 역사적 과정을 통하
여 어떤 명칭으로 진화, 정착되었다는 주장은 결국 허구에 불과
하다는 사실이다.

학자라면 명칭 연구를 통하여 진정한 공정성을 보여주어야 하
고 어느 일방적인 주장 대신 상대방의 입장을 겸허히 수용하면서
고지도가 불화의 씨앗이 아니라 두 나라의 우정과 평화를 여는
열쇠가 될 수 있음을 보여주어야 하지 않을까?

2
'일본해' 단독 표기에 반대하는 이유

서정철
(한국외대 명예교수)

1. 서론

오늘날 우리는 세계화의 시대를 살고 있다. 어느 지구촌 구석에서 일어나는 일도 그것이 충분한 존재 이유를 가지고 있다면 세계적으로 인정받고 통용되는 시대에 살고 있는 것이다. 그리하여 이제까지 국가 간, 지역 간의 자유로운 소통을 가로막던 장벽이 허물어지고 있다. 우리는 정치적, 경제적인 면에 특히 주목하고 있지만 다른 측면에서도 그러한 현상을 목격할 수 있다.

그러나 세계화는 무조건적인 단일화는 아니어서 현재 보편화된 사항이라도 그것이 정당한 근거로 이루어지지 않았거나 역사성이 충분하지 않거나 지역적인 불화를 일으킬 경우 그 보편화는 수정되고 보완되지 않으면 안 된다. 동해 명칭 문제도 그러한 범주에 속한다.

동해는 일본해라는 명칭으로 공인되어 통용되고 있고 동해라는 명칭을 일본해와 병기하는 비율이 1990년대 이후 상승하고는 있으나 아직은 일본해 단독 표기를 하는 국가가 다수이다. 그렇다면 일본해라는 명칭이 충분한 정당성이 있는 이름일까. 우리는 세 가지 관점에서 그 명칭의 정당성을 논의하고자 한다.

지명은 국가명이든 지역이나 도시의 명칭이든 해역의 명칭이든 고지도에 가장 먼저 표기되는 경우가 많다. 왜냐하면 같은 해에도 몇 번씩 같은 지역의 지도가 경쟁적으로 출판되기 때문이다. 그렇기 때문에 지명 연구에서 고지도는 우선 고려의 대상이 되고, 그런 이유에서 본 연구도 고지도를 중요한 기본 자료로 이용하고자 한다.

2. 본론

1) 지역적인 관점

동해는 일본뿐만 아니라 한국, 북한, 러시아 네 나라의 해안선에 의하여 형성된 바다이다. 중국 또한 1860년대까지 동해 연안 국가였고 현재도 동해와 근접하고 있다. 일본은 동해가 일본이 태평양을 가로막아 형성된 바다라고 주장하지만 만약 한국이 없

다고 해도 일본해 명칭이 인정받고 존재할 수 있을까. 명칭에 국
가 이름이 들어간다면 중국이 일본보다 수십 배 크고 역사적으로
오래전부터 알려졌기 때문에 '중국해'로 불렸을 가능성이 크다.

러시아와 중국은 동해에 큰 관심을 보이지 않는 듯했다. 그러
나 오래전부터 부동항을 갈망하던 러시아는 블라디보스토크 선
언 이후 동해를 물자와 자원 교류의 통로로 이용하기 위하여 극
동 지역 개발에 큰 힘을 쏟고 있는 중이다. 그동안은 국제수로기
구의 결정에 따라 국가적으로 일본해 단독 명칭을 사용하였으나
학자들과 지식인들은 그 명칭이 시대에 맞춰 재론되어야 한다고
생각하고 있다.

중국 또한 동해에 큰 관심을 보이고 있다. 만주 지역이 동해에
가까워 무관심할 수 없을 뿐 아니라 자원과 유통 면에서 동해의
경제적 가치를 높이 평가하기 때문에 북한과 나진 선봉 지역 개
발에 막대한 투자를 하는 중이다. 동해 명칭에 대해 중국 정부는
국제수로기구의 결정에 순응하고 있으나 제2차 세계대전 발발
직전 중국에서 지식인들에 의해 일본해 명칭의 사용이 부당하고
그 명칭을 바꿔야 한다는 운동이 크게 일어났었고 그 불씨가 아
직 소멸되지는 않았다고 보인다. 그리고 대부분의 학자들은 역사
적인 관점과 문화적인 관점에서 동해 명칭의 도입이 옳다고 보는
입장이다. 여러 나라가 공유하는 바다에 한 나라의 명칭만 들어
간다는 것은 그 지역 다른 나라들의 찬성을 얻기 어렵다. 만약 지
중해를 '이탈리아 해' 혹은 '프랑스 해'라고 한다면 그 바다를 공
유하는 지역 국가들의 찬동을 받을 수 있을까?

2) 일본해 명칭의 부당성

동해의 명칭을 단일 국가의 명칭으로 구성하는 것이 국제적으로 부당하다고 하는 것을 역사적인 면에서, 그리고 언어학적인 관점에서 고찰해보자.

(1) 역사적인 고찰

중국에서는 네 가지 방위와 지역의 의미로 동해, 서해, 북해, 남해 등을 사용하였다. 그러다가 바다의 색깔을 고려하여 황해 명칭이 형성되었고 동해는 꿈과 이상을 실현해주는 공간으로 상상되다가 중국의 동쪽에 있는 바다라는 의미로 쓰이기도 하였다. 근대 이후에는 중국 동남부의 해역을 '동중국해'로 부르게 되었다.

그러나 일본에서는 오랫동안 바다를 지칭하는 명칭이 없었다. '바다'라고 하면 화자와 청자는 그것이 어느 바다인지를 인지하기 때문에 바다 명칭이 없어도 특별한 불편이 없었고 언어 외적인 상황이 대화 중의 '바다'가 어느 바다를 지칭하는지 추정할 수 있게 해주었다.

그러한 전통 때문인지 마테오 리치의 〈곤여만국전도〉가 일본에 전해져 일본인들의 세계관에 큰 영향을 주었음에도 불구하고 일본인들은 정작 동해를 '일본해'라고 한 부분에는 전혀 신경을 쓰지 않았고 〈곤여만국전도〉가 출판된 지 근 200년 후에야 시바 코칸(Shiba Kokan, 司馬江漢)과 이네 다카고에 의하여 처음으로 동해를 '일본해'라고 표기하는 지도가 출현하였다. 그러나 19세기에 들어서도 당시 막부의 천문방으로 지도 출판도 담당하고 있던 다카하시 가게야스는 막부의 요청으로 만든 1819년의 〈일본변계약도〉와 1810년의 〈신정만국전도〉에서 동해를 '조선해'라고 표기하였고 다카하시를 따르는 제자들과 지도 제작자들은 1870년까지 동해를 '조선해'라고 표기하였던 것이다.

이상태 박사의 연구에 의하면 1870년대까지 일본의 고지도 약 20여 점에서 동해를 '조선해'라고 표기하였고 4~5점의 지도가 일본해와 동해를 병기하고 있으며 10여 건의 공문서에서도 조선해 명칭을 사용하였다고 한다.

조선해 표기는 논리적 관점에서 피할 수 없는 선택이었던 것으로 보인다. 왜냐하면 일본의 태평양 쪽을 '대일본해'라고 표기하면서 동해에도 같은 표기를 하는 것이 부담스러웠기 때문에 본의가 어떻든 조선해는 불가피한 선택이었고 당시 권력을 쥐었던 막부도 그런 생각이었던 것이다.

그러나 한편으로는 일본에서 동해를 '북쪽 바다' 혹은 '북해'로 부르는 전통이 있었던 듯하다. 동해안 쪽 지방에서는 동해를 그저 '바다'라고 불렀지만 일본 남부와 동남부에서는 동해가 일본의 북쪽에 있는 바다이기 때문이다. 그런 흔적을 먼저 고지도에서 찾아보자.

예컨대 진나로(Bernardino Ginnaro)는 예수회 선교사로 일본에 파견되어 일본의 역사와 지리를 공부한 후 1641년 일본 지도를 제작하였는데 동해를 'Oceano Boreale'이라 표기하였다. Boreale은 그리스신화에서 북풍 혹은 삭풍을 나타내다가 북쪽의 자연 상

태를 표현하는 형용사로, 그리고 차츰 북쪽을 지칭하는 표현이
되었는데 그가 일본 체류 시 일본인들에게 동해의 명칭이 무엇이
냐고 물으면 주저 끝에 '북쪽의 바다'라고 하였고 그것을 그렇게
번역하였던 것이다.

　해양 지도 전문가 더들리도 1647년 〈일본과 한국의 해도〉에서
'일본북해(Il Mare Boreale del Giappone)'라고 하였다. 그것이 일본
의 북쪽 바다라는 점에서 그렇게 표기한 것이다. 요코하마와 무
역을 하던 친지에게서 정보를 받은 드 페르도 1696년 아시아 지
도에서 동해를 '일본북해(Mer Septentrionale du Japon)'라고 표기하
였다. Septentrionale은 '북극에서 일하는 일곱 마리의 소'에 대한
신화에서 비롯되어 북쪽을 가리키는 형용사로 쓰인다. 드 페르는
1703년의 지도에서 동해를 '동해(Mare Orientale)'라고 표기하고 지
도의 여백에 그것이 현지인들이 부르는 명칭이라고 하는 이례적
인 설명을 첨부하였다. 그러나 2년 후 1705년의 아시아 지도에서
는 1696년과 같은 '일본북해' 표기를 하였다. 이러한 사실로 보아
동해를 '북해' 또는 '일본의 북해'라고 부르는 명칭이 있었음을
알 수 있다.

　일본 자체에 동해를 '북해'로 부르고 기록한 사실이 있다. 심정
보 박사의 조사에 의하면 19세기 말경의 일본 교과서, 사전, 신
문, 역사서, 지리서 등에서 동해를 '북해(Hokkai)'라고 지칭하는데
저자들은 Hokkai라는 명칭에 익숙해졌기 때문에 때때로 '일본
해'라고 쓰다가도 '북해'라고 하였다는 것이다. 따라서 여러 가지
로 보아 동해가 '북해'로 불렸고 표기되었음이 확실한데도 일본

의 학자나 외교부는 혹시 그 명칭이 일본해라는 명칭에 해가 되지 않을까 해서인지 일절 함구하고 있다. 오히려 '일본북해'도 일본해 표기라고 간주하고 있다.

(2) 언어학적인 고찰

언어학에는 명칭을 다루는 분야가 있다. 크게 ① 명사론(Onomasiology)과 ② 고유명사론(Onomastic)으로 나눌 수 있는데 이 두 분야는 밀접한 관계가 있다. 거의 대부분의 고유명사는 일반명사에서 비롯된다. 예컨대 '동해'는 품질형용사＋일반명사로 이루어지고 그 두 구성 요소는 어원적인 뜻을 가지고 있다.

그러나 그 두 구성 요소가 명칭과 같은 고유명사가 되면 두 요소가 한 마디 명칭 '동해'로 하나의 지명 고유명사가 되는 동시에 품질형용사는 어원적인 의미를 상실하고 본래의 두 요소는 결합되어 하나의 고유한 명칭이 될 뿐이다.

그렇기 때문에 동해가 '한반도 동쪽의 해역'이라는 풀이는 명사론의 어원적인 해석일 뿐 고유명사 동해는 한반도 동쪽뿐 아니라 서쪽의 유럽이나 남쪽의 오스트레일리아나 북쪽의 러시아, 한마디로 지구촌의 모든 곳에서 한국의 동해를 지칭한다. 어원적인 의미를 벗었기 때문이다.

그러나 개인이든 집단이든 존재의 명사가 개입되면 문제가 다르다. 예컨대 '홍길동의 바다', '신라해'의 경우는 명사론에서 '홍길동과 특별한 인연이 있는 바다', '신라가 지배하는 바다'의 의미인데 고유명사가 되어도 '홍길동'과 '신라'는 그 자체가 본래 고유명사이기 때문에 의미에 변화가 없이 그대로 '홍길동과 특별한 인연이 있는 바다', '신라가 지배하는 바다'인 것이다.

'일본해'에 적용해보면 명사론적 관점이나 고유명사론적 관점에서 모두 '일본과 특수한 관계에 있거나 일본이 지배하는 바다'라는 의미이다. 그러나 동해는 네 나라에 의하여 공유되는 바다이고 모든 나라의 선박들이 자유롭게 항해하는 바다이기 때문에 '일본해'란 명칭은 근원적으로 부당하게 형성된 이름인 것이다.

3) 동해 명칭의 정당성

(1) 국민의 의식과 문화적 전통에서

한국은 삼면이 바다로 둘러싸여 이루어진 반도 국가이지만 동해는 오래전부터 특별한 의미를 지닌 바다로 국민의 의식 속에 각인된 바다이다. 예컨대 우리나라 애국가가 '동해물과 백두산……'으로 시작되는 것은 그 바다와 산이 다른 바다나 산보다 한국인들에게 한국을 상징하고 국민 의식 속에 뿌리내린 바다와 산이기 때문이다.

삼국을 통일한 신라의 문무왕은 죽은 후 동해에 묻혀 호국대룡(護國大龍)이 되어 국가를 수호하고 싶다는 유언을 남겨 신하들이 그를 대왕암 아래 묻었고 다른 신라의 왕들도 죽은 후 그 재를 동해에 뿌려달라고 한 것은 동해를 지키는 것이 나라를 지키는 관건이라고 생각했기 때문이다. 신라가 주로 동해에 면한 나라이기 때문에 그런 것이라고도 하겠지만 신라는 남쪽에도 바다가 있고 삼국통일 이후에는 서쪽에도 바다가 있으나 동해가 특별한 의미를 지닌 바다라는 사실에는 변함이 없었다.

그렇기 때문에 동해에서 일어나는 기이한 자연현상은 다양한 신화의 소재가 되어 국민들의 상상력을 자극하면서 그 상징적인 의미 속에 부각되어 있다. 또 동해에서 일어나는 자연적 재해 현상은 국민에게는 자연에 대한 경외심을 크게 불러일으켰고 왕에게는 자신을 돌아보게 하고 그것이 혹시 자기의 부덕한 정치 때문에 일어나는 것은 아닌가 하는 반성의 기회였다.

고려는 입지적으로 서해와 면해 있어 서해에 관심을 두었으나 신라인들의 의식과 사고방식을 이어받아 동해를 신성시하고 경외심을 품었다. 그리하여 봄과 가을에는 국가가 동해를 모시는 제사를 지내는 행사가 제도화되었다.

물론 조선시대에도 양양을 중심으로 동해에 대한 제사 제도는 계속된다. 농경국가인 조선에서는 가뭄이 들면 그것이 하늘의 노여움에서 비롯되었다고 보고 억울한 옥살이를 하는 사람이 없게 하고 재판을 공정, 신속하게 처리하여야 한다고 믿었고 위정자는 덕을 베푸는 정치를 해야 한다고 다짐하였다.

신앙과 찬양의 대상이 되는 동해는 한국민의 정서가 투영된 구비문학, 민요, 시가 등에서도 다수 나타난다. 한국정신문화연구원의 《한국구비문학대계》는 동해 관련 작품 800여 편을 수록하였고 그 외에도 관동대학 민속학회는 130여 편의 설화를 수집하였다. 북한 지역의 설화까지 추가한다면 그 수는 더 증가할 것이다. 뱃사람들의 민요에도 동해를 삶의 터전으로 삼고 있는 어민들의 진솔한 애환이 서려 있고 시조와 시가에서도 동해와 관련된 작품들이 다수 있다. 비명을 연구한 이상태 박사는 동해를 언급한 비명 120여 점을 발굴한 바 있다.

중요한 것은 동해 관련 작품들이 최상위 지배 계층만을 위한 것이 아니고 최하 기층민까지 아우르는 모든 계층을 위한 작품으로서 동해가 우리 민족의 삶과 심성 속에 깊이 뿌리내려 있음을 보여준다는 사실이다.

(2) 동해 명칭의 역사성

이미 알려진 바와 《삼국사기》의 〈고구려본기〉 동명성왕 부분에 북부여의 도읍을 동해가의 가섭원으로 옮기라는 꿈의 계시가 기록되는데 그때가 B. C. 59년이니 우리 민족이 2,000년 이전부터 동해 명칭을 사용했다는 증거가 된다. 그런데 우송디와 구렌허, 쳉롱 등 중국 학자들은 중국의 사료에서 2,000여 년 전에 만주족들이 동해를 언급했다는 기록을 찾아내었다. 그렇게 보면 한국인뿐만 아니라 만주인들이 동해 명칭을 사용한 것이 2,000년 이상 된다는 것을 보여준다.

동해가 《삼국사기》에 15회 거론되고 《삼국유사》에 14회 언급되는 것은 역사적으로 동해 명칭이 한국인들에게 중요한 것임을 보여주는 증거이다. 또한 414년에 건립된 광개토대왕비의 제3면에 묘지기의 숫자를 기록하면서 '동해매(東海買)'라는 구절이 나오는데 買라는 것은 '물가'를 뜻하는 것으로 동해 명칭이 빈번하게 사용되었음을 보여준다.

여러 사료에서 동해 명칭이 사용된 것은 동해가 우리 민족의 의식과 삶에 깊이 뿌리내리고 있고 특히 그 명칭의 사용이 2,000년 이상 되었음을 보여준다. 동해의 영역 'Eastern Sea'는 외국인들의 이해를 위한 한국 정부의 작명으로 '동해'가 토착명이기 때문에 'Eastern Sea' 역시 동해와 같은 토착명으로 인정받아야 옳다.

그에 비하여 '일본해'는 1897년 라페루즈의 항해기에서부터 동해와 한국해를 대신하여 사용이 확대되었고 한국이 일본의 식민지였던 1928년 국제수로기구의 표기에서 비롯되어 공인된 명칭이다. 외국인들이 사용하여 그 역사가 100여 년 된 외래명 '일본해'가 단독으로 표기되는 것은 불합리한 점이 여러 가지이다. 따라서 동해 명칭이 정당한 인정을 받고 동해 표기에 반영되어야 한다.

3. 결론

일본의 우경화와 함께 일본인들은 '일본해' 명칭에 국민적 자존심을 걸고 있는 듯하다. 그러나 우리가 검토한 바와 같이 '일본해'라는 이름은 일본인들이 본래 사용하던 이름도 아니고 태평양 쪽을 '대일본해'라고 부르다가 외국에서 그 이름을 인정받지 못하자 그 대신 동해를 '일본해'라고 하여 일본에서 19세기 말에서 20세기 초에 정착한 이름이다.

우리가 '일본해' 단독 명칭의 사용에 반대하는 것은 그것이 역

사적으로 그리고 논리적으로 문제가 있기 때문이다. 물론 국제수
로기구와 국제사회가 짧은 시일 내에 올바른 결정을 내려 그 명
칭을 수정하리라고 기대하기는 어렵다. 그러나 역사는 보편화 쪽
으로 진화하고 있고 정의는 느리지만 조금씩 실현되어가고 있기
때문에 동해 명칭의 정당성을 주장하는 목소리가 언젠가는 정당
한 인정을 받을 것이라고 믿어 의심치 않는다.

에필로그

나와 동해와의 인연

  나는 대학에서 프랑스어문학을 전공하고 대학원에 진학하였다
가 프랑스 정부장학금을 획득하고 프랑스 소르본대학에서 7년
유학하고 학위를 취득한 후 귀국하였다. 그 당시 학위 소지자가
많지 않아 두세 개 대학에서 초빙 제의를 받았으나 모교에서 자
리 잡고 34년간 봉직하면서 학회회장직도 맡았었고 교내에서 대
학원장직도 수행하였다. 그러나 1990년대 어느 날 동해연구회에
창설 위원으로 참여한 후 나의 인생은 동해 연구 쪽으로 180도
선회하였다. 어떻게 그런 일이 가능하였을까.
  가만히 생각하면 내 안에는 일찍부터 동해를 향한 마음의 씨앗
이 뿌려져 있었고 그것이 자라 내 나이 50대 중반에 밖으로 꽃봉
오리를 피우기 시작한 듯하다. 다섯 살 때 아버님과 함께 아버님
고향 홍남을 여행하였는데 그곳에서 작은아버님은 환영의 뜻으
로 다른 친척들과 함께 배를 빌려 동해안 어느 섬에 가서 하루 동
안 즐거운 피크닉을 즐기게 했다. 그때 본 동해 바다의 출렁거리
는 파도가 언제나 눈에 선하다. 그 후 초등학교 2학년 때 해방을

맞았고 4학년 때 한국 지리를 공부하였다. 교실 뒷면에는 큼직한 채색 한국 지도가 걸려 있어 매일 아침 학교에 등교하면 그 지도를 보며 동해, 황해 등과 우리나라의 산맥, 하천 등을 익혔고 지리에 취미를 느껴 지리 과목 시험에서 항상 가장 좋은 점수를 받았다. 그 후 중1 때 6 · 25 사변으로 피난을 갔다가 9 · 28 수복으로 집에 돌아왔고 그해 어느 겨울날 아는 분을 따라 시내의 유일한 다방에 들어가 난롯불을 쬐던 중 미군이 놓고 간 한반도 지도를 펼쳐보니 전국의 지명이 영어로 되어 있고 동해에는 Sea of Japan으로 되어 있었다. 그 명칭은 초등학교에서 매일 보던 명칭과 다른 것이어서 '그러면 이 바다가 전부 일본 것이라는 말인가? 그럴 수는 없는데' 하고 생각하였고 그것은 상당한 정신적 충격을 안겨주었다. 그리고 그 충격이 무의식 속에 남아 있었던 듯하다.

그러다가 20여 년이 지나 유학 시절 베르사유의 루이 14세 응접실에서 동해에 'Mer Orientale', 즉 '동해'라는 표기를 발견하고 순간 또 다른 충격을 받았었다. 나도 모르게 "그래 바로 이거야"를 외치며 환호했다. 지리나 역사에 대한 기본 지식이 별로 없던 나는 파리에서 한국학 관계 학위를 준비하는 유학생들에게 내가 발견한 사실을 신나게 설명하고 그쪽을 연구해볼 필요가 있다고 강조하였으나 내 설명을 들은 그들은 침묵하면서 화제를 자기들의 연구와 지도 교수에 대한 이야기로 돌렸다. 기대가 크면 실망도 큰 법, 왜 그럴까 생각해보니 그들은 하루라도 빨리 학위를 마치고 귀국하여 조금이라도 좋은 대학에 전임 교수가 되어 자기 인생을 정착하는 것이 중요했기 때문에 나의 이야기가 아무리 중요하다고 해도 그것에 귀 기울일 마음은 애초에 없었던 것이다.

　나도 귀국하여 모교의 프랑스어과에 자리를 잡았으나 머릿속에서는 동해가 떠나지 않았다. 그러던 중 T 일보에 근무하는 P 기자가 저녁을 하자고 하여 이런저런 이야기를 나누다가 동해에 관한 대화를 나누게 되었다. 마침 베르사유에서 내가 발견한 것을 이야기하고 그에게 파리 특파원에게 연락하여 그 문제를 조사해보라고 전하자 P 기자는 '잘 알겠다'고 대답하였다.

　그러고 그다음 날 신문 3면 연재만화 밑에 "O대 S교수에 의하면 루이 14세의 응접실 지구의에 동해가 'Mer Orientale'이라고 표기되었다고 한다"는 2단짜리 기사가 실렸다. 나의 이름이 거론된 것에 놀라 친구에게 연락했더니 그 친구가 말하기를 나의 충고대로 하려면 시간이 걸리기 때문에 그 사실을 조속히 홍보하기 위하여 그렇게 하였다는 것이다.

　그런데 그 후 다른 신문의 특파원이 찾아보니 그런 지도가 없다는 소리가 들렸다. 그렇다면 내가 환상을 보았다는 것인가. 그것을 다시 확인하고 싶어 나는 여름방학이 오자 파리로 날아갔다. 도착하자마자 베르사유 궁에 달려가 보니 내가 보고 싶어 하는 장소에는 작업 중이라 접근할 수 없다는 팻말과 함께 경비까지 서 있었다. 아무리 설명해도 안으로 들어갈 수가 없었다. 슬그머니 화가 난 나는 궁전의 관장실로 달려갔고 마침 비서가 자리를 비운 터라 무작정 노크하고 관장실로 들어가 약속 없이 방문한 것을 사과하고 명함을 건네면서 '나는 한국에서 프랑스어를 가르치는 교수인데 학생들에게 가르치는 내용 중에 루이 14세의 거실에 대한 설명이 있기 때문에 직접 확인해보기 위해 찾아왔다'고 설득하고 왕의 거실을 볼 수 있도록 허가해달라고 졸랐다. 관장은 한참 생각해보더니 자기 명함을 꺼내 뒷면에 명함 소지자의 관람을 허용하라는 메모를 써주는 것이었다. 명함을 들고 가 의기양양하게 경비에게 전하니 그 경비는 '들어가서 오래 있지 말고 나오라'는 당부를 하며 허락하였다. 그런 과정을 겪고 들어가보니 18세기 중엽에 제작된 문제의 지구의의 한반도 동쪽 해안에 분명 '동해'라고 표기되어 있었다. 나는 사진까지 찍었다. 그러나 필름을 현상해보니 들키지 않으려 몰래 가져갔던 카메라가 소형이어서 사진이 선명하지 않았다.

수소문 끝에 센 강변에 가면 지도를 취급하는 서점들이 있다는 이야기를 듣고 달려가 한국 지도가 있느냐고 물어보니 한국 지도는 본 적이 없다고 하여 그러면 일본 지도는 있느냐고 물었다. 그랬더니 그것은 있다고 하면서 보여주었지만 그 지도에는 동해에 'Sea of Japan'이라고 되어 있어 다른 서점 몇 집을 더 찾아갔고 여러 번의 시도 끝에 드디어 'Mer Orientale'이라고 된 지도를 찾을 수 있었다. 그 지도를 들고 가격을 물으니 나의 눈치를 살핀 주인은 꽤 비싼 가격을 요구하였고 그런 지도를 찾던 나는 값을 깎을 생각은 하지도 못한 채 달라는 값을 모두 주고 필요한 지도를 손에 넣었다.

대학촌에 돌아와 역사, 지리를 전공하는 프랑스 친구에게 보여주고 자랑을 하였더니 그 친구는 너무 흥분하지 말라고 충고하면

서 도서관에 가서 지도 사전에서 지도의 저자에 대해 알아보자고
하였다. 영어로 된 사전에서 저자를 찾아보니 저자에 대한 설명
에 그 저자는 독창적인 아시아 지도를 제작한 것이 아니라 당빌
(Jean Baptiste Bourguignon d' Anville)의 지도를 모사하여 한반도를
그렸다고 되어 있었다. 나는 약간 실망하여 그다음 날부터 다른
지도상들의 가게를 찾아가 모든 아시아 지도를 뒤져보았다. 한국
전도를 그린 지도는 찾지 못하였다. 그래도 아시아 지도 혹은 일
본 지도에서 한국 지도의 동쪽에 'Mer de Corée(한국해)'라고 표
기된 지도들은 꽤 나왔으나 당빌의 지도는 보이지 않았다. 나는
이미 약간의 수험료를 낸 유경험자이기 때문에 점잖게 '싸게 해
주면 살 생각이 있다'고 하자 지도 뒷면에 연필로 쓴 가격보다 싸
게 넘겨주었다.

　그러나 주머니가 금세 바닥이 났기 때문에 나는 특파원으로 와
있는 선배에게 꼭 송금하겠다는 약속을 하고 돈을 구하여 체류
기간 동안 찾은 지도들을 사 들고 개선장군처럼 귀국해 학교에서
돈을 가불하여 우선 꾼 돈을 프랑스로 송금하였다.

　그 후 나는 '이중생활'을 하게 되었다. 아침 일찍 출근하여 수업
준비를 하고 강의 후에는 연구실에서 논문을 준비하다가 저녁에
귀가하면 저녁 식사 후에 혼자 조용한 2층 서재에 올라가 수집한
지도들을 들여다보았다. 그러다가 지도 사전과 지도 관련 서적에
서 지도 제작자의 생애에 대해 알아보고, 또 지도를 펼치면 '아는
만큼 보인다'고 상상의 나래가 넓게 펴졌다. 가장 먼저 제작자의
시대를 생각하며 그 시대의 공간과 시간 속에 잠기게 되고 제작

자의 활동과 환경을 그려본다. 그러면서 그가 어떻게 그리고 왜 동해에 그런 명칭을 표기하게 되었는지를 심리학적으로 이해하고자 노력한다. 상대방을 이해하고 그려보는 노력이 있고 나면 스포트라이트는 나에게로 귀착된다. 그때 우리는 어떠했던가.

호란과 왜란 등을 겪은 후 양반과 선비의 생활도 풍족하지 못했겠으나 민중은 더 큰 곤란을 겪었을 것이다. 튼튼한 중산층이 없고 지식 문화가 뿌리내릴 공간이 좁은 상태에서 지도를 제작한다고 하는 것은 극히 일부의 선비, 학자의 몫일 뿐 그것이 유럽에서처럼 다량으로 인쇄되어 상품화되는 길은 유감스럽게도 불가능하였다.

이런저런 생각에 잠기면서 때로는 깜빡 졸기도 하다가 12시를 훌쩍 넘기는 일이 많았다. 그다음 해 여름에도 지도 수집을 위해 떠나야 할 텐데 비용이 걱정스러워 아내에게 호소하는 수밖에 없었다. 그러자 지도 수집이 단순한 취미 이상으로 중요하다는 것을 알고 있던 아내는 "죽은 사람 원도 풀어준다는데……" 하면서 생활은 자기 봉급으로 해결할 것이니 당신 수입은 지도를 위하여 쓰라며 자기는 자기 힘으로 한국 관계 고서를 수집하겠다고 하여 우리는 분야를 둘로 나누고 서로 협조하는 체제를 갖추게 되었다.

런던에도 지도상들이 있다는 것을 알게 되어 그다음 해에는 파리에 들렀다가 런던으로 갔다. 시내 서점에 들어가 조심스럽게 '혹시 지도를 취급하는 가게를 아느냐'고 묻자 그는 리스트를 가져와 여러 가게를 알려주면서 그중 D사가 가장 규모가 크다는 것도 귀띔해주었다. 나는 택시를 타고 달려갔다. 과연 D사는 규모도

크고 지도도 체계적으로 정리가 잘 되어 있었다. 아시아 관계 지
도에서 당빌의 한국을 포함한 아시아 지도도 있었다. 필요한 지
도를 골라 가격을 묻자 종업원은 잠깐 기다리라고 하고는 안으
로 들어갔고 부장이 나와 잠시 안으로 들어가자고 하였다. 들어
가서 자기소개를 하는데 W부장은 케임브리지에서 사학을 전공
하고 지도에 관심이 있어 학교나 다른 직장을 마다하고 이 회사
에 들어왔다고 하면서 지도 수집을 한 지 얼마나 되느냐고 물었
다. 솔직하게 알려줬더니 빙그레 웃으면서 몇 가지 요령을 말해
주었다.

먼저 영국에는 지방에도 지도와 서적 전문점이 있는데 교수에
게는 할인이 없지만 지도를 취급하는 가게를 가지고 있으면 정가
의 10%를 할인해주고 자기는 여러 경로를 통하여 지도를 구입하
지만 소더비 경매에도 참가하여 사는 것이 꽤 있으니 그곳에도
가보라고 하였다. 고서는 가끔 중개만 하지만 유럽에서 고서와
지도첩을 취급하는 가장 중요한 회사는 자기가 알기로는 네덜란
드 헤이그의 R서점이라고 알려주었다. 당장 소더비에 달려가 지
도와 서적을 구입하고 싶다고 하였더니, 직원이 우선 연회비를
내고 회원 가입을 하면 1년에 1~2회 경매 카탈로그를 보내니,
거기에서 관심 있는 물건을 골라 경매가를 써 보내 낙찰이 될 경
우 기한 내 송금을 하면 물품을 보내준다고 설명해주었다. 그러
면서 카탈로그에는 각 품목의 기준가격이 제시되는데 대개 기준
가격의 ±10%에 낙찰이 결정되지만 보다 높은 가격을 제시하는
사람에게 최종 낙찰되니 장담은 할 수 없다고 했다.

다음 날 아침, 나는 암스테르담을 거쳐 헤이그에 도착해 서점을 찾아갔다. 장년의 주인 R씨는 다른 네덜란드인들처럼 외국어에 능하여 영·불·독어 등을 자유자재로 구사하였기 때문에 나는 그에게 프랑스어로 '혹시 프랑스 문학에 관한 고서가 있느냐'고 물었다. 그는 여러 책을 보여주었지만 나는 그것들을 본 후 '고지도도 취급하느냐'고 물으니 낱장 지도는 별로 취급하지 않고 지도첩들은 가지고 있다고 하였다. 나는 한국에서 고지도와 고서 들을 취급하는데 '혹시 《라페루즈의 세계일주여행기》가 있느냐'고 물었더니 '얼마 전에 비싼 가격에 구입한 것이 한 질 있다'고 하면서 적정 가격만 받겠다고 하였다. 내가 그 가격에 사도 되는지 한국과 전화 연락을 해보아야 한다고 하자, 자기 전화를 쓰라고 호의를 베풀어 서울 아내에게 전화로 값을 이야기하니 '한 사람의 1년치 봉급에 해당하는 값이지만 그만 한 가치가 있는 책이니 예약을 해놓고 후일에 송금하겠다고 하라'고 하였다. 주인에게 그 말을 전하니 그는 '당신 이름하고 전화번호만 남기고 그냥 가져가고, 그 책을 판 후 송금해달라'면서 호의와 신임을 보여주었다. 그러는 사이 시간은 흘러 점심시간이 훨씬 지난 것을 서점에서 나와서야 알게 되었다.

돌아와 돈을 마련하려고 했으나 쉽지 않았고 그러다가 연말을 맞았다. 그 무렵 네덜란드에서 크리스마스카드를 한 장 받았는데 뜯어보니 그 서점 주인이었다. '연말이 가까운데 아직 송금을 받지 못했다. 혹시 잊고 있었던 것은 아닌지' 해서 연락을 했다는 것이다. 아내에게 설명하니 아내는 자기 학교 경리과에 뛰어가

퇴직 적금에서 필요 액수를 빌려와 편지와 함께 송금하고 한숨을 쉬었다.

나는 파리의 몇몇 고서점 주인들 및 지도상들과도 각별한 관계를 유지하였다. 클라프로트(Julius Klaproth)가 번역한《삼국통람도설(三國通覽圖說, SAN KOKF TSOU RAN TO SETS)》도 그런 인간관계 때문에 구할 수 있었다. 나는 본래 동해에만 관심이 있고 울릉도와 독도에는 큰 관심이 없었다.

그런데 어느 날 파리에 정착한 고서상 B씨가 전화를 걸어와 관심이 있을 만한 물건을 보러 들르라는 것이다. 다음 날 그곳에 갔더니 깨끗한 상태의《삼국통람도설》과 부록 지도첩을 보여주면서 중요한 자료를 소장하던 수장자가 사망하면서 후손들이 상속세를 내기 어려워 소장하던 자료를 시중에 내놓게 되었다고 했다. 구하기 어려운 자료인데 최근 한국 도서관 사서들이 몇 번 찾아와 독도 또는 다케시마(竹島) 관계 지도를 찾더라며 이 책 지도에 다케시마 섬이 나오니 당신에게 먼저 연락했다는 것이다. 내가 가격을 물으니 '적당한 가격(reasonnable price)'이라고 하는 가격이 상당히 높은 수준이라 나는 내일까지 보류해달라고 요청하고 기숙사에 돌아와 아내에게 전화를 걸었다. 아내는 한참 생각하더니 가격이 높지만 국가적으로 필요한 자료이니 우선 내가 가진 돈으로 지불하면 그것을 보상하겠다고 하였다. 다음 날 찾아가서 10% 할인이라도 해달라고 부탁했으나 B 씨는 내가 교수인 줄 알고 있고 그것은 프랑스에는 없는 방식이라고 하여 제 값을 다 주고야 살 수 있었다.

K씨도 잊을 수 없는 인물이다. 고지도상들이 즐비한 센 강가 가까운 곳에 가게가 있는 그는 폴란드 이민자 출신으로 역사, 탐사, 여행 관계 서적으로는 파리에서 가장 큰 규모의 서점을 가지고 있고 상당한 부를 이루었다. 나에게 호감을 표시하던 그는 어느 날 카페에 가자고 하더니 별안간 '결혼했느냐'고 묻는 것이다. 너무 당황하여 '결혼해 아들 형제까지 두었다'고 하자 갑자기 내 어깨를 가볍게 몇 번 치면서 '왜 결혼은 하였느냐'는 것이다. 웃으면서 어째서 그런 말을 하느냐고 묻자, 자기는 사업으로 성공하였으나 한 가지 고민은 과년한 자기 딸을 원하는 남자가 없는데 당신이 미혼이면 자기 사업도 물려주고 '딱'일 것이라고 생각했다는 것이다. 비록 K씨의 사위가 되지는 못하였지만 그와는 계속 좋은 관계를 유지해왔다. 하지만 얼마간 아무 연락이 없어 파리에 간 길에 들렀더니 문제의 딸이 가게를 지키고 있었고 아버님 소식을 묻자 '몇 년 전에 작고하셨다'는 것이다.

그중에 가장 비싼 값을 치른 고지도 이야기를 해보자. 경부고속도로를 건설하고 강남 개발을 예고하던 시절 사돈 H씨가 어느 날 우리 부부를 초대하더니 식사 후 강남 땅 구경이나 가자고 하여 따라나섰다. 부동산 중개업을 하던 그분은 지금의 테헤란로 부근을 가리키며 유망한 곳이니 사놓으라고 권했다. 머뭇거리자 다른 곳을 보여주겠다면서 현 교육대학 부근의 논밭을 가리키며 이곳이 길모퉁이 요지가 될 곳이라면서 값은 테헤란로의 3분의 1 수준이니 좋은 가격이라고 권했으나 나는 집에 가서 생각해보겠다고 하고 집에 돌아왔다. 그 당시 나는 비축해놓은 돈이 300만원 가까이 있었고 그것으로 D사가 가지고 있는 블라외(Joan Blaeu)의 1634년작 〈새 지구지리수로전도〉라는 희귀 지도를 구입하고 싶었다. 나는 아내에게 그 땅이 언제 개발되어 값이 오를지 모르니 그보다는 세계적인 희귀 지도인 블라외의 지도를 한 장 사두는 것이 더 의미 있는 일이라고 설득하여 동의를 얻었다. 서슴지 않고 D사에 송금을 하였더니 그 지도를 별도로 잘 보관하고 있다는 연락을 받았다. 마침 프랑스에서 초대받아 가는 아내에게 블라외의 지도를 찾아달라고 부탁하였다. 그래서 저렴한 왕복 버스로 런던의 D사에 가서 문제의 지도를 찾아 그다음 날 아침에 도착하는 버스를 탔단다. 그러고는 잠을 청하기 위해 그 고가의 지도를 선반에 올려두고 밤새 잠을 자고 나서 파리에 도착하자 끼고 잔 핸드백만 들고 기숙사로 돌아왔다는 것이다. 저녁때가 되어 '아차, 그 지도를' 하며 교외의 버스 회사에 달려가니 그 버스는 지금 독일 프랑크푸르트에 있다는 것이다. 그리하여 사정 끝에 그 버스 기사와 통화를 하니 그가 말하기를 '무슨 두루마리 지도 같은 것이 있어 보관 중인데 주인이 나타났으니 2일 후 돌아가는 길에 가져가겠다'고 했단다. 테헤란로 60여 평 값의 지도를 찾을 수 있게 되었지만 돌려받는 그날까지 아내는 밤에 잠이 오지 않았다는 것이다.

서유럽 몇 나라의 지도들을 탐색하고 구입하는 네트워크를 어느 정도 갖추었을 무렵 나는 영국 도서관에서 포르투갈 정부가 엔리케 해양왕자 서거 500주년을 기념하기 위하여 상당한 자금을 투입해 제작한 《포르투갈 지도의 금자탑(Portugaliae Monumenta

Cartographica)》에 한국 관련 중요 지도가 있음을 발견하고 그것을 구하고자 유럽 중요 고서점에 연락하였다. 그러나 본래 지극히 한정된 숫자의 부수만 찍어 각국 국립도서관에만 1부씩 보내고 시판 물량이 없다는 보고만 들어올 뿐이었다. 그러다가 사이즈를 줄여 작게 제작한 지도첩은 간혹 구할 수 있다고 하였다.

포르투갈에 가면 구할 수 있을 것이라고 생각되어 포르투갈어과 C교수와 상의하였다. 그랬더니 포르투갈 굴지의 석유 재벌의 굴벵키안재단에서는 포르투갈과 관련된 문제를 연구하는 학자에게 3개월 체류비와 왕복 비행기표를 제공한다는 것이다. 그 재단의 아시아 지부가 홍콩에 있다는 소식을 듣고 나는 장문의 편지를 보냈다. 그러자 한 달이 지나 심사에 합격하였으니 곧 왕복 비행기 표를 보내겠다는 답장이 왔다.

런던에서 비행기를 바꿔 타고 리스본에 도착하여 중심가에 자리 잡고 현지에서 박사 학위를 준비하는 K군에게 나의 의도를 이야기하자 그곳에서 가장 큰 고서점이 있는데 거기 가서 알아봐야 한다고 하였다. 높은 지대에 위치한 그 서점에 가서 그 책을 살 수 있느냐고 물었더니 외국에서도 많은 문의가 오는데 자기는 한 번도 그 책을 구입하지 못했다고 했다.

현재 소장자가 한 사람 사망하여 상속자와 연락해보고자 하니 한 일주일 후에 들러보라는 것이다. 약간의 희망을 안고 일주일 후에 다시 찾아가보니 상속자가 '정당한 값을 주면 팔겠다'고 하였다는 것이다. 고서점 주인은 나의 몇 달치 봉급에 해당하는 액수를 제시하였고 나는 흥정의 여지가 없어 그 액수를 내겠다고 하고, 호텔에 돌아와 장학금을 아끼고 비축한 돈을 보태어 4권으로 된 큰 사이즈의 지도첩을 손에 넣었다. 하지만 한국으로 가져가는 것도 문제였다. 두 권씩 단단히 묶은 다음 다른 짐은 모두 정상적인 화물로 비행기회사에 맡긴 후 손에는 두 보따리만 들고 게이트를 지나가는 정면 돌파 작전을 썼는데 다행히 그 작전이 통했다. 비행기에 탑승한 후 나는 승무원에게 찾아가 짐을 적당한 곳에 둘 수 있게 도와달라고 애교를 부려 부탁하니 적당한 장소를 찾아주었다. 서울에 도착해서는 별문제 없이 카트에 싣고 밖으로 빠져나올 수 있었다. 돈을 주고 책을 사는 것도 나에게는 하나의 드라마인데 박물관에서 편안히 그 책을 참고하는 사람들은 내가 겪은 드라마를 상상이나 할 수 있을까?

어렵게 수집한 이야기를 하자. 나는 당빌의 컬러로 된〈한국왕국도(Royaume de Corée)〉는 운 좋게 비교적 싼 가격에 구입할 수 있었으나 만주와 시베리아 쪽 지도의 형태를 알기 위해서는 당빌의《중국지도첩》을 사고 싶었다. 아는 지도상들에게 알렸으나 한결같이 '최근 몇 년 동안 취급한 적이 없다'는 것이었다. 나는 런던의 S씨에게 연락을 했다. S씨는 가게 없이 사무실에서 자기의 연락망을 이용하여 파는 사람과 사는 사람을 중개해주는 일종의 복덕방 같은 역할을 했다. 부탁한 지 한 달가량 되었을까. '아직 영국에 있으면 들러달라'고 했다. 영국 E대학에 초빙교수로 귀국 준비를 하던 나는 즉시 런던의 S씨를 찾아갔다. 그는 지방의 지도상이 그 지도첩을 가지고 있는데 얼마 이하로는 내놓지 않겠다는 것이었다. 나는 S씨의 상술을 잘 알고 있었기 때문에 그 가격으로는 한국에서 살 사람이 없을 것 같으니 포기해야겠다고 하자 어떻게든 거래를 성사시키고 싶은 S씨는 자기에게 시간을 달라고 했다.

그는 결국 다른 소장자에게서 그 지도첩을 사들여 나에게 내놓으면서 부피가 크고 짐 속에 넣으면 파손될 수 있으니 자기가 항공편으로 부쳐주겠다고 하였다. 그것도 좋은 방법이라고 생각하여 귀국하자 S씨는 항공편으로 지도첩을 부쳤노라고 연락해왔다. 얼마 후 화물 항공사에서 연락이 왔는데 책을 서울 세관에 가서 찾으라는 것이다. 의아하게 생각하면서 세관에 갔더니 담당 직원이 책은 대부분 무관세이지만 이 책의 가격이 높게 명시되었기 때문에 세금을 많이 내야 한다는 것이었다. 세금을 낼 여력이 없던 나는 높은 분을 만나게 해달라고 하니 담당 과장에게 데리고 갔다. 과장은 책의 가격이 찍혀 있으니 규정상 다른 도리가 없다는 것이다. 나는 그 책을 열어 한국 전도 부분을 보여주면서 '내가 봉급을 털어 이 책을 구입한 것은 만주의 간도가 한국 땅으로 되어 있기 때문에 국가적인 안목에서 연구하려고 투자한 것'이라고 하자 그 지도를 본 과장은 '훌륭한 연구를 하시기 위해 사재로 사셨는데 제가 모든 책임을 지겠으니 그냥 가지고 가십시오'라고 하면서 내 앞에서 관계 서류를 파기하고 기록을 없애는 것이었다. 오래전의 일이지만 수집가로서 큰 감동을 받은 순간이었다.

내가 고지도 자료를 수집하고 동해에 대해 연구하는 것은 일본해라고 부르는 큰 산을 넘어 '동해/일본해'라고 하는 당연한 이름을 획득하기 위해서이다. 그 과정에서 일본이라는 현실과 마주치는 것은 피할 수 없는 만남인 것이고 나에게는 그런 기회가 두 차례 있었다. 한번은 한국에 IMF 한파가 닥치던 해 유엔에서 동해의 명칭 문제가 상정될 예정이어서 동해연구회의 이기석 회장과 내가 유엔 대표단에 합류하게 되었다. 대표단은 도착 다음 날부터 시간이 있는 대로 각국 대표들과 만나 동해의 정당성을 열심히 홍보하였는데 반응은 크게 두 가지로 나뉘었다. 이른바 강대국 대표들은 대부분 국제수로기구의 결정을 따르기 때문에 한국의 제안에 찬성하기 어렵다는 쪽이고 우리와 비슷한 문제를 안고 있는 신생국가 대표들은 우리의 주장에 일리가 있기 때문에 찬성한다는 쪽이었다. 우리는 전체 투표에서 해볼 만하다고 생각하였다.

그러나 투표하는 날 아침에 회의장에 온 대표들은 전날 밤 자기들의 외무성에서 한국 측 제안에 찬성하지 말라는 훈령을 받았다고 하면서 미안하다고 하며 자리를 비키는 것이었다. 사실인즉 일본 외무성에서 전날 전화를 걸어 일본이 신생국가들 해양 조사에 상당한 액수를 기부하려고 계획하는데 당신들 대표단이 한국 쪽에 투표한다면 한국에게서 도움을 받아야 하지 않겠느냐고 협박을 하여 많은 나라들이 급작스레 태도를 바꿨다는 것이다. 학자들은 그래도 투표를 통하여 기록이라도 남기자고 했지만 외교관들은 이길 수 없는 싸움을 하기보다는 결의안을 철회하고 다음 기회를 보자고 하면서 본회의 의장에게 그 사실을 알렸다. 일본의 국력을 피부로 느끼는 순간이었다.

얼마 후 외교부는 일본의 동해 연구에 대해 알아보기 위해 나에게 니가타대학 환일본해연구소에 다녀오라는 요청을 하였다. 당시 국사편찬위원회 위원장이 그곳의 친한파 사학자의 이름을 적어주면서 그분을 만나면 도와줄 것이라고 하였다. 마침 방학 때라 우리는 부부가 동행하기로 하였다. 일요일에 출발하여 약 두 시간의 비행 후 '설국'의 나라에 도착하였는데 뜻밖의 일이 생겼다. 일본 노부부가 비행장 출구에서 플래카드를 들고 기다리고 있는 것이다. 내가 아무개라고 인사하니 반갑게 맞으면서 자기가 안내하겠다고 했다. 일요일 오후에 노부부가 기모노와 정장을 하고 우리를 환영하러 나올 것이라고는 상상도 못한 일이어서 감동하지 않을 수 없었다. 자기들은 차가 없다고 하면서 택시로 이동하며 니가타대학 교수 영빈관에 예약이 되었다고 알려주고 도착한 것을 환영하는 의미에서 저녁까지 초대해주었다.

다음 날 아침 노교수만 숙소에 찾아와 함께 대학에 가서 학장과 교수, 직원 들을 소개해주고 환일본해연구소로 갔다. 그곳에는 T교수가 소장으로 있었는데 먼저 연구소 소개를 해주었다. 동해변 10여 개의 대학에 일본해연구소가 있는데 니가타대학 연구소가 가장 활발한 활동을 하고 있다는 것이다. 한 달에 두 차례 국제적 세미나를 개최하는데 중·러뿐만 아니라 여러 나라의 학자들이 참석하고 있고 매년 두 차례 논문집을 발간한다고 소개해주었다. 놀라운 것은 연구소의 크기는 100평가량 되는데 거기에는 조교와 소장, 그리고 컴퓨터만 약 10여 대가 있었다. 그리하여 인원이 더 필요하지 않으냐고 묻자 일이 있을 때마다 교수나 직

원 들이 도와주고 있어서 별 탈 없이 운영하고 있다는 것이다. 정
부의 지원을 받느냐고 묻자 지원 요청을 하면 자금을 지원받을
수 있지만 그렇게 되면 까다로운 감사를 받아야 하고 그것이 싫
어서 감사와 보고가 필요 없는 대기업에 요청을 하면 기꺼이 도
와주기 때문에 그쪽을 선택했다는 것이다. 발표에 대해 물어보자
장소는 강당을 이용하는데 강의가 끝난 5시경 개최하면 약 500여
명의 교수 중 급한 약속이 없는 400여 명의 교수가 참여하고 있
어 청중 동원에도 아무 문제가 없다고 했다. 발표 내용은 여러 분
야의 학자들이 동해의 여러 가지 문제를 다루는데 지난달에는 옛
날 발해와 일본의 교역과 교류에 대한 발표, 동해의 생태계에 대
한 발표 등이 있었고 자원의 문제, 군사적인 문제에서 해양 기후
의 변화에 이르기까지 여러 분야를 연구한다는 것이다.

　일본의 노사학자 부부와는 전통 시장도 함께 구경하고 주변의
이름난 맛집을 찾아가기도 했는데 그분들이 서울에 오면 우리 부
부가 그렇게 할 수 있을까 하고 생각해보았지만 어려울 것 같았
다. 떠나기 전날 환일본해연구소 T소장에게 인사차 들렀더니 자
기는 다음 학기부터 와세다대학으로 가게 되었다는 것이다. 니가
타대학도 대우를 잘 해주지만 자기가 각 현에 있는 일본해연합회
회장직을 맡아 자주 강연을 다니는데 그 사정을 안 와세다대학이
그 연합회도 같이 가져오면 좋은 대우를 약속하여 그렇게 하기로
했다는 것이다. 그리고 한 가지 알려줄 것은 일본 정부가 만약 동
해/일본해의 병기에 찬성한다고 해도 일본 국민의 5%에 지나지
않는 극우파가 반대 운동을 벌이면 최소 90%의 국민은 그들을

따를 것이기 때문에 그렇게 하기 힘들 것이라고 하면서 빙그레 웃었다.

유엔의 경험을 통하여 일본 국력의 실상과 개도국 대표들의 동향을 깨달았다면 니가타는 일본인들의 친절과 함께 일본 국민들의 심적 풍향계를 실감하는 계기가 되었다.

나는 나이 오십이 되어 동해 위주의 《서양 고지도와 한국》이라는 작은 책자를 낼 수 있었고 도쿄의 최서면 원장, 서울대의 이찬 교수 등과 '고산자(古山子, 김정호의 호)회'를 만들어 발표도 하였으나 지금 돌이켜보면 너무 '우물 안 개구리'였던 내가 부끄럽기만 하다. 얼마 후 외교부 유엔 과장이 학교로 찾아와 동해 관련 모임을 계획하니 꼭 참석해달라고 했다. 그것이 '동해연구회'의 창립회가 되었다.

현역 시절이었지만 이미 마음은 나의 본 전공과 다른 동해 연구라는 콩밭으로 날아갔고 나는 제1차 동해연구회 세미나에서부터 이사회와 모임에 거의 빠짐없이 참석하였다. 그곳에서 동해에 관심 있는 여러 사람들, 특히 현 동해연구회 이기석 명예회장, 이상태 박사, 양보경 교수, 주성재 교수, 김신 교수 등을 만나 교류하고 배운 지도 이제 20여 년 된다. 그 후 세미나가 국제화되면서 세계 여러 나라에서 온 학자들의 발표를 듣고 그들과 교류할 수 있었다. 영국의 우드먼 교수, 이스라엘의 카드먼 교수, 중국의 우송디 교수, 리우씬준 교수, 쳉롱 교수, 프랑스의 펠르티에 교수, 이진명 교수, 일본의 아오야마 교수, 야지 교수, 기타 미국, 오스트리아, 헝가리, 불가리아, 알제리, 튀니지, 남아공, 러시아 등에

서 온 학자와 전문가 등등. 그들 덕분에 나는 '우물 안 개구리' 신
세를 벗어날 수 있었고 그들에게서 듣고 배운 것을 많이 참고하
여 이 책을 쓸 수 있었다.

나이가 육십이 되어 정년이 가까워오자 걱정 제1호는 그동안
수집한 200여 장의 고지도와 아내의 한국 관계 고서를 보관할 장
소가 고민이었고, 그 장소를 물색하게 되었다. 내가 평생 대학에
서 봉직하였으니 제일 먼저 생각난 것은 대학에 기증하는 것이었
다. 우선 모교에 알아보니 기증품은 받으면 우선 지하 수장고에
보관한다는 것이다. 그 후 습기 때문에 보관된 고지도에 곰팡이
가 피고 변질되어도 그것을 돌볼 직원이나 비용은 예산에 없고
그 운명은 아무도 예측할 수 없다고 했다. 그러니 대학에 기증할
수도 없었다. 차라리 내가 시내 전시실을 대여하여 전시하고 아
예 지도 도서관을 차릴까도 생각해보았으나 그것은 어림도 없는
구상이었다.

지도 전시실을 어찌어찌 마련한 후 전시실을 한 일주일 빌리는
것은 비싸지 않지만 컬러로 도록을 만들자면 엄청나게 돈이 많이
들고 전시 전문가를 고용하여 전시실을 꾸미는 것도 비용이 많이
든다는 것이었다. 그런 고민을 주위에 알리자 사학자 L박사가 모
박물관이 나의 지도에 관심이 많다고 귀띔해주었다. 그래서 지푸
라기라도 잡는 심정으로 만나보겠다고 했더니 박물관 간부와 담
당자가 찾아왔다. 그들은 소장품들을 천천히 살핀 후 몇 가지 제
안을 하였다. 그것을 기증해주면 박물관이 1년 안에 전시회를 열
고 그 후 기증품은 온도와 습도 등이 조절되는 수장고에 안전하

게 보관되며, 내가 그것들을 참고하고자 할 때는 그것을 컬러 복사해 제공하고 책은 서재에서 자유로이 참고하도록 편의를 제공한다는 것이다.

사실 내가 블라외의 수로 지도를 사지 않고 테헤란로의 땅 60평을 구입하였다면 재벌이 되었을 것이고 모든 소장품을 일본에 팔거나 하나씩 매매를 한다면 웬만한 빌딩을 소유할 수도 있었다는 것을 알았지만 나에게는 다른 생각이 들었다. 우리 부부에게는 호화로운 노후 생활은 맞지 않고 노후는 교육 연금이 보장해 주니 차라리 다음 세대를 위해 그것들을 모두 공동 박물관에 기증하고 이름을 남기는 것이 좋다는 생각을 하게 된 것이다. 그런 결정을 하고 나니 어깨를 짓누르던 무거운 짐에서 벗어나는 자유를 느꼈다. 그때 내가 깨달은 것은 우리가 어떤 사물을 좋아하고 그 수집에 전력을 쏟으면 그때는 정신없이 수집이 인생의 목표가 되고 다른 것은 아무것도 보이지 않지만, 그 목표를 어느 정도 이루고 수집을 끝내면 그때부터는 그 수집품들이 나에게 정신적 멍에를 씌우고 거기에서 벗어나는 길은 모든 것을 공공을 위하여 내어놓음으로써만이 가능하다는 사실이다. 가장 아끼는 1~2점은 기증품에서 빼고 자식에게 넘겨주고 싶은 생각도 들었지만 한편으로는 그것을 빼고 나머지만 기증하면 '단팥 빠진 단팥빵'인 셈이라 줄 때는 하나도 빼지 않고 모두 주는 것이 참다운 자유를 느낄 수 있을 것이라 생각했다.

결국 약속대로 박물관은 1년 후 나의 기증품만으로 훌륭한 컬러 도록을 만들었고 나는 박물관과 만족할 만한 관계를 유지하고 있다. 그 사실을 알게 된 T일보가 나에게 고지도에 대한 책을 하나 부탁했고 그것은 '지도 위의 전쟁'이라는 이름으로 2010년 출판되었다. 그러나 그것은 동해뿐만 아니라 Korea라는 명칭, 그리고 영토 문제까지 다루다 보니 너무 여러 가지가 섞여 일관성 면에서도 아쉬운 책이 되고 말았다. 그 책이 나온 후 나 나름대로 보다 냉철한 성찰을 한 다음 유학 시절 처음 나를 사로잡았던 동해 문제만 다루는 책을 아내와 구상하게 되었고 그것이 이 책의 출판으로 실현되었다고 생각한다.

마지막으로 덧붙이고 싶은 것은 물론 내가 한국의 입장에서 동해라고 하는 바다에 빠진 것은 사실이고 지금도 그러한 생각에는 변화가 없으나, '일본해'를 물리치고 그것을 '동해'로 대체하기 위하여 이 책을 쓴 것은 아니다. 동해 이름이 일본해 이름과 함께 저울의 균형을 이룰 때 우리가 염원하는 화평과 우정을 허심탄회하게 누릴 수 있기 때문에 그날을 위하여 쓴 책임을 밝힌다.

2014년 7월
서정철

| 찾아보기 |

The truth of the East Sea and the Sea of Japan

동해는 누구의 바다인가

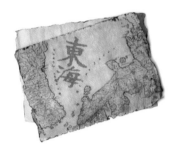